江山醫統

第二輯

卷15

千幻魔眼

石章魚 著

武功之道永無止境
人外有人天外有天

目錄

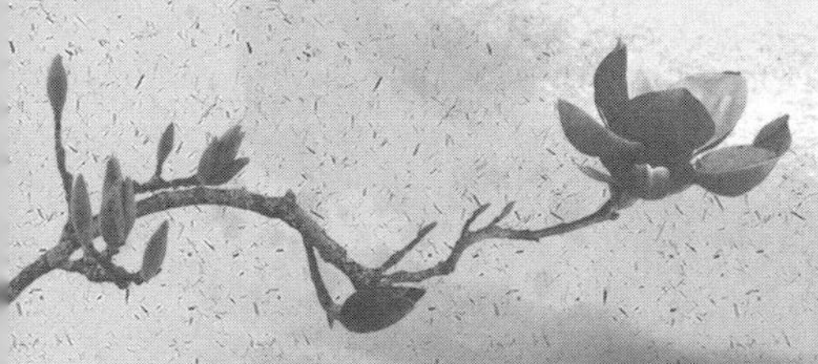

第一章

謎樣的藍色柳絮

那藍色柳絮到底是什麼東西，
居然能夠讓一個貞潔烈女變成這個樣子，
更不用說自己這個血氣方剛的正常男人，
胡小天暗歎，簡洗河大學士，別人是坑爹，
你是坑自己閨女，坑自家人就算了，
居然把我這個外人也坑進來了！

胡小天擔心把她嚇著，不敢告訴她真相，緩緩將那張人皮展開。

簡融心舉目望去，那人皮之上紋著一個讓人臉紅心跳的圖案，竟然是一個藍色的巨人正在和一個裸身女子交合的情景，簡融心羞到了極點，驚得呀了一聲，猛然扭過身去雙手捂住了俏臉，只感覺自己的一張面孔燙得嚇人，她無論如何也想不到，向來品德高尚的父親竟然在酒罈中收藏了一幅這樣的東西。

胡小天卻沒有感到尷尬，他從內心中感到的卻是震撼，拋開其中的內容不言，這張圖案紋得卻是活靈活現，那藍色巨人從外形來看像極了龍靈勝境浮雕上所見的天外來客，更讓他驚奇的是，人皮上的圖案竟然在他的視線中動作了起來。

胡小天以為自己見到了鬼，他低聲道：「你看這圖案是不是在動？」

簡融心此刻恨不能找個地縫鑽進去，如果不是這樣東西是她父親留下的遺物，她說不定會痛斥胡小天故意輕薄自己。她哪裡肯轉身，聲如蚊蚋道：「我不看，你還不趕快將那東西丟了……」

胡小天道：「你看，真的在動！」

簡融心終於還是按捺不住好奇，她轉過身去，卻見桌上的那張人皮之上，那藍色的巨人彷佛活過來一樣在裸身女子的身上不停動作著，簡融心看得臉紅心跳，可是她的目光一旦接觸到那圖案，便再也移動不開。

胡小天深深吸了一口氣，他內功根基雄厚。再加上跟隨維薩學習過定神之術，目光好不容易才從眼前的景象中抽離開來，看到簡融心仍然目瞪口呆地望著那張人皮紋身，心中暗叫不妙，趕緊上前擋住簡融心的視線，簡融心此時方才如釋重負地鬆了口氣。駭然道：「怎麼回事？」

胡小天撿起一旁的蠟丸，輕聲道：「或許秘密就在其中！」他稍一用力就將那蠟丸捏碎，以為其中會留下遺書之類的東西，卻想不到捏碎蠟丸之後，藍光大盛，光芒之中，一朵藍色晶瑩如雪花般的物體，柳絮般在空中升騰而起。

簡融心開始的時候有些害怕，可是看到那晶瑩剔透的物體在空中靜靜漂浮，還不斷變幻著形狀，邊緣還透著紫色的光暈，猶如一朵盛開的鮮花，色彩不停變換，又如微縮的美麗星雲。

胡小天覺得這東西透著古怪。提醒簡融心道：「不要碰它。」說話的時候，那物體悠悠蕩蕩向下方墜落。胡小天擔心它會靠近，揮手劈空就是一掌，一道淩厲的掌風拍擊在那物體上面，那物體因此而改變了形狀，扭曲之後一分為二，很快由兩個變成了四個。裂變擴張的速度驚人，胡小天一把抓住簡融心的柔荑，沉聲道：「快走！」

他身體的反應速度遠不如那古怪物體的裂變速度，在他準備衝出這個房間的時候，整個房間內都已經漂浮著淡藍色的柳絮。光芒變幻，到處都是波光浮掠，以胡小天的目力竟然分不出自己究竟身在何處。

一片淡藍色的柳絮落在簡融心的手上，光芒閃爍，然後迅速如雪花般消融。

胡小天也是一樣，他們兩人都被包裹在藍色柳絮形成的落雨之中，他們的身體外面猶如趴伏了千萬隻螢火蟲，一閃一滅，那些沾染在他們肌膚上的藍色柳絮很快就被他們的體溫融化。

這些藍色的柳絮消失如出現一般迅速，胡小天並無任何的不適感，他用力閉上雙眼，然後再睜開雙目，眼前的一切重新回到了從前，難道一切只是幻象？他的目光投向簡融心，簡融心也驚魂未定地望著他。

胡小天低聲道：「你有沒有感到不適？」

簡融心搖了搖頭，兩人的目光再次回到那張人皮之上，發現人皮上的圖案仍在，只不過沒有像剛才那樣動作。簡融心俏臉一熱，只覺得一顆芳心突突突跳個不停，她提醒自己一定要冷靜，可越是如此，內心卻越是無法平靜，舉目望向胡小天，忽然感覺心底一陣發熱，喉頭發乾。

胡小天四處尋找著藍色柳絮，在房間內一個也沒有發現，應該是幻象！他心中暗暗道，身後傳來簡融心的一聲嬌吟。

胡小天轉身望去，卻見簡融心竟然衣衫盡褪，完美的嬌軀毫不吝惜地展示在他的面前，胡小天先是一怔，旋即就明白了過來，難道那藍色柳絮中有古怪，他暗暗提醒自己一定要控制，可周身的血液卻瞬間沸騰了起來，簡融心晶瑩無瑕的玉體無疑成為一種致命的誘惑。更何況這具溫軟的嬌軀已經撲入他的懷抱，猶如八爪魚一般將他牢牢纏住。

胡小天就算敲破腦袋也不會猜到，名滿天下的大學士簡洗河居然會埋藏了這麼一件東西在地下，而且他只將這個秘密告訴了他的女兒。

簡融心卻是率先清醒過來的那個，下身撕裂般的疼痛讓她從愉悅的夢境回歸到現實中來，她驚恐坐起，這才意識到自己身無寸縷，捂住溫軟的胸膛，轉身望去，胡小天裸著身軀仍在一旁沉睡，簡融心馬上意識到發生了什麼，她用力咬著櫻唇，淚水無聲滑落，腦海中混亂到了極點，她怎麼會糊里糊塗就失去了清白之身，而且奪去她貞潔的並非她的丈夫，而是胡小天。

傳統的道德觀念在不停鞭撻著簡融心脆弱的芳心，她想到了死，或許唯有一死才能擺脫這一切，她找到了用來防身的匕首，緩步來到胡小天的面前，雙手握住匕首高高舉起，卻感到這匕首無法形容的沉重，胡小天無疑也是受害者，雖然剛才的一切都在迷亂中發生，可是她只要閉上眼睛就能夠清晰記得剛才的景象，那個在胡小天身下輾轉逢迎，嬌聲吟叫的女子是自己！

這一刀她刺不下去，如果不是受了自己的委托，胡小天也不會去找這罈女兒紅，如果不是因為這罈女兒紅，他們也就不會發生這種事情，手中的匕首噹啷一聲落在了地上。

簡融心轉過身去，淚眼朦朧中看到了那罈女兒紅，她踉踉蹌蹌走了過去，捧起了罈子狠狠摔在了地上，酒罈摔了個粉碎，卻露出中空的夾層，簡融心發現這碎片之中出現了一個白色的物體，拾起一看卻是一個紙團，展開紙團，熟悉的字跡映入眼簾。從字跡上就能夠判斷出這封信乃是她父親所留，上面寫道：

融心吾兒，看到這封信的時候，爹應該已經不在人世了，罈中人皮乃是敬德皇背部紋身，爹這一生的唯一目的就是取下這樣東西，紋身乃是一幅地圖，一共分為兩幅，必須全都得到方能揭示其中的秘密，另外一幅應該在蔣太后身上，我死後，你若和沉舟恩愛如初，你可將這個秘密告訴他，只要帶著這兩幅圖前往無極廟去找天殘道長就可換得他答應一件事，你幫我求他將你哥哥還給我，我相信他必然還活在這個世界上……

簡融心看到這裡不禁淚如雨下，她從來不知道自己居然還有一個哥哥，父親在大雍為官多年，內心中竟深藏著這個秘密，他一向忠君愛國，顯然是被逼無奈才這樣做，否則又怎會冒著如此大的風險盜取敬德皇背後的紋身。簡融心此時方才回憶起來，當初敬德皇駕崩的時候，父親正是負責那次葬禮之人，而且敬德皇生前對父親極其信任，在臨死之前交代遺囑的時候甚至都只讓父親留在身邊。

簡融心穩定了一下情緒，繼續看去。

我曾用你大哥的胎毛做成一支筆，如今就在咱們家中的書房內，筆桿中有他的生辰八字，那支筆可以作為你們兄妹相認的信物。那顆白色的蠟丸乃是天殘道長送給我的一顆靈丹，你和沉舟婚後多年未育，為父看在眼裡心中也頗為著急，只是父女之間有些話羞於啟齒，爹走後，希望你和沉舟能夠早得貴子永結同心，你和沉舟一起捏碎這顆蠟丸即可將靈丹分開服下。

簡融心看到這裡唇角不禁現出一絲苦笑，父親只怕也不知道這蠟丸之中究竟是什麼，他泉下有知，若是知道他留下的這顆藥物害了女兒，不知作何感想？簡融心又不由得回頭看了看胡小天，卻見胡小天仍然在熟睡，心中不禁埋怨，這廝睡得倒是香甜，剛剛奪了人家的清白身子，居然如此心安理得。她卻突然意識到自己並沒有想像中那樣傷心，望著胡小天安祥的睡態，心中竟然興不起半點怨恨。

簡融心咬了咬櫻唇，俏臉變得燒了起來，沒有人比她自己更清楚這種微妙的變化。她將那封信收好，來到桌前望著那張人皮，目光接觸到上面的圖案頓時霞飛雙頰，父親難道不知道這上面畫的是什麼？敬德皇也夠噁心，一國之君竟然在背後紋了這樣圖案。

畫面並沒有像先前那樣活動起來，不過上方倒是有藍色的字跡隱隱浮現，簡融心伸手拿起那張人皮，手指剛一觸及就覺得噁心，慌忙又將手縮了回去，努力幾次方才將人皮捲起收好了。

等她將房內的一切清理乾淨，外面竟然響起雞鳴之聲，簡融心此時方才意識到她和胡小天在床上竟然待了一整夜，想起天色就要大亮，她不由得慌張起來，若是有人過來找胡小天，發現他在自己的房間內，只怕是自己百口莫辯了。

簡融心來到床邊，看到胡小天仍然裸著身子呼呼大睡，更讓她臉紅心跳的是，這廝胯下仍然雄壯挺立，簡融心羞得閉上了雙眸，抓起被子哆哆嗦嗦幫著胡小天蓋上，以她的氣力是不可能將胡小天運回他自己的房間。眼前也只能等這廝醒來了，可他若是醒來自己又該如何面對？

簡融心咬了咬櫻唇，趁著胡小天熟睡之時自己或許應該選擇離開，今生今世都不再見他就是。

想到這裡簡融心馬上拿定了主意，她簡單收拾了一下，離開之前又轉身看了看胡小天，胡小天居然毫無察覺，心中卻突然生出不捨之意，腦海中浮現出胡小天這些日子對自己的諸般好處，眼睛不由得濕潤了，她搖了搖頭，終於毅然決然地拉開房門走了出去。

胡小天這一覺睡得很死，夏長明回來時沒有找到胡小天，敲了敲簡融心的房門無人回應，輕輕一推房門居然開了，這才發現胡小天在簡融心的床上呼呼大睡。胡小天脫得精光躺在簡融心的床上大睡，簡融心卻不知所蹤，就算傻子也能猜到其中發生了什麼。

可夏長明很快就覺得這件事不對頭，以胡小天的修為，不可能自己走入房內都毫無察覺，來到床邊喊了胡小天一聲他沒醒，搖晃了一下他的身體這廝還是無動於衷，這下夏長明才慌了神，在雍都他能夠想到的神醫只有秦雨瞳，只能去城西的清雅客棧將秦雨瞳請了過來。

秦雨瞳為胡小天診脈之後發現他的身體並無異樣，也是秀眉顰起搞不清到底為何會發生這樣的狀況，她將夏長明叫到外面，低聲道：「簡融心現在何處？」

夏長明搖了搖頭道：「我不清楚，一回來就是這個樣子，公子始終都在沉睡，簡融心不知所蹤。」

秦雨瞳眨動了一下明澈的美眸道：「我若沒看錯，這房間應該是簡融心的。」

夏長明的表情不免有些尷尬，其實他也沒往好處想，在秦雨瞳面前也不好相瞞，點了點頭道：「的確是，可我也搞不清楚公子為何會在那裡。」

秦雨瞳的臉上露出一絲冷笑，目光也顯得有些不屑，連夏長明都為胡小天感到難堪，心中暗歎，主公啊主公，你也太沒有節操了。不過在秦雨瞳面前他必須要維護胡小天的利益，他輕聲道：「或許公子是被人所害。」

「他那麼狡猾，誰害得了他？」秦雨瞳說完停頓了一下方才道：「你仔細檢查一下，他身上有無其他的傷痕？」

夏長明點了點頭，轉身進去。

掀開胡小天的被子，看到胡小天精赤著身子躺在裡面，心中又是好笑又是擔心，主公這次的確是太荒唐了。他仔仔細細檢查了一遍，胡小天的身上除了幾道抓痕，還有幾處淤痕，夏長明反反覆覆看了幾遍，斷定那是吻痕。

正低頭檢查他大腿上有無傷痕之時，胡小天卻偏偏在這時候醒了，胡小天看到眼前一幕被嚇了一大跳，這貨一骨碌坐了起來，夏長明也被他嚇了一大跳，腳下一個踉蹌，一屁股坐在了地上。

胡小天道：「你幹什麼？」一邊說一邊慌著將棉被拉過來蓋在身上。

夏長明哭笑不得道：「我能幹什麼？你睡了就快一天一夜，秦姑娘讓我為你檢查身上的傷口。」

胡小天裹緊了被子：「秦姑娘？你出去！你出去！」

夏長明看他狼狽的樣子強忍住笑：「公子，那我先出去了。」

胡小天又在身後叫住他：「喂，你給我站住！」

夏長明歎了口氣道：「您還有什麼吩咐？」心想不是你讓我出去的嗎？

胡小天道：「衣服，去我房間拿套衣服過來。」

夏長明離去之後，胡小天掀開被子看了看，馬上看到被褥上的點點落紅，這貨反手就抽了自己一個嘴巴子，這下麻煩大了，不用問，昨晚自己一定是把簡融心給那啥了，胡小天有生以來都沒那麼難堪過，捂著臉，腦子裡卻回憶起昨晚的景象，奇怪得很，他所有情景都記得清清楚楚，只是當時意亂情迷控制不住自己。夏長明知道就算了，這混小子居然把秦雨瞳給請來了，請來就請來，為什麼不先把自己轉移回自己的房間？明眼人一看就能猜到究竟發生了什麼事情。

胡小天穿戴停當，又將被褥疊好。來到鏡子前，對著鏡子看了看自己的樣子，發現自己嘴巴也破了，脖子也多出了不少的吻痕，剛才穿衣之前就已經看到身上十多條抓痕，吻痕，足可證明昨晚他和簡融心這位大才女戰況之激烈。

那藍色柳絮到底是什麼東西，居然能夠讓一個貞潔烈女變成這個樣子，更不用說自己這個血氣方剛的正常男人，胡小天暗歎，簡洗河大學士，別人是坑爹，你是坑自己閨女，坑自家人就算了，居然把我這個外人也坑進來了，這下麻煩了，在簡融心的心裡自己都成什麼人了？

想到簡融心胡小天不禁有些緊張，她性情外柔內剛，而且素來對貞潔看得比天還大，發生了這種事情，她又該如何面對？胡小天拍了拍自己的臉皮，事情反正是發生了，有些事根本就是不可控的，不做都做了，反正拚著這張臉不要，別人笑話就讓他們笑話去吧。

胡小天來到門外，看到夏長明和秦雨瞳都在那裡，夏長明剛剛就見過了，不過秦雨瞳給他診病的時候他正在呼呼大睡，現在才算是正式打照面。

在秦雨瞳面前胡小天多少有些做賊心虛，以秦雨瞳的智慧不難推斷出他做過什麼？他心中暗歎，這下被秦雨瞳越發瞧不起了，他厚著臉皮向秦雨瞳笑了笑道：「昨晚喝多了，不知怎麼睡到了現在，呵呵……麻煩秦姑娘了。」

秦雨瞳的雙目顯得越發淡漠，可越是如此，胡小天覺得越是尷尬，臉上的笑容也顯得僵硬無比，人果然是不能做昧心事，內心中盤算著如果秦雨瞳問起昨晚的事情，自己應該如何回應。

秦雨瞳卻對他發生的事情隻字不提，輕聲道：「簡融心呢？」

胡小天內心一沉，他本指望出來能夠得到簡融心的消息，可秦雨瞳這樣問就證明簡融心已經走了。他搖了搖頭道：「我不知道，我們昨晚喝了點酒，不知怎麼我就醉了，以後發生的事情我完全不記得了……」

秦雨瞳唇角泛起一絲冷笑，她轉身向外走去，胡小天愕然道：「你去哪裡？」

秦雨瞳道：「找人！」

胡小天和夏長明對望了一眼，胡小天抱怨道：「你因何把她請來？」

夏長明道：「公子沉睡不醒，我怎麼叫您都沒有反應，我擔心您有事所以才把秦姑娘請來，她說你只是睡著了，現在看來果然如此。」

胡小天想起失蹤的簡融心頓時不安起來，如果簡融心因為和自己做完發生的事情而尋了短見，那麼自己這輩子都無法原諒自己。

胡小天伸手搭在夏長明肩膀上，夏長明被他突然親熱的舉動嚇了一跳，警惕性十足地望著他：「幹什麼？」

胡小天道：「有沒有辦法幫我找到簡融心？」

夏長明搖了搖頭：「一個人如果存心想要躲起來，找到她應該不容易。」

胡小天道：「想辦法去找，我擔心她會出事！」

夏長明猶豫了一下道：「如果真想找也不是完全沒有辦法，如果有簡融心的貼身之物，黑吻雀或許可以根據她身體的味道追蹤到她的位置。」

胡小天眨了眨眼睛，他想到了一件事，附在夏長明耳邊低聲說了一句，夏長明聽著，臉卻突然紅了。

夏長明果然沒讓胡小天失望，很快就查到簡融心並未走遠，就在東乾街的一家客棧住下，這也是簡融心的聰明之處，她擔心胡小天會派人尋找自己，按照常理來推斷，自己在那種狀況下會出城，她反其道行之，剛好可以造成胡小天的誤判，再加上她父親在信中說過，還有一支胎毛筆在家中書房內，她要想辦法返回家中取走那支筆。

其實簡融心現在心亂如麻，她也不知自己究竟應該何去何從，雖然父親留下了一張人皮地圖，可是按照父親信中所講，地圖應該有兩張，還有一張應該在蔣太后的身上，如今蔣太后已經死了，而且入土為安，自己又有什麼本事拿到那幅圖，如果得不到那幅圖，是不可能從無極廟天殘道長那裡換取他為自己辦事的。

胡小天在得悉簡融心的下落之後心中稍安，他找來安翟，讓安翟於暗處保護簡融心，自己則去了紅山會館。胡小天的心中有太多的謎團想要得到解釋，自從見到鬼醫符刓之後，他方才意識到這個世界上不僅僅有天外來客，還有和自己一樣的穿越者存在，這些人正在悄悄利用自己的影響力改變著這個世界的格局。

敬德皇和蔣太后身上的人皮成了解開秘密的關鍵，敬德皇身上的那塊皮如今落在了簡融心的手裡，而蔣太后身後的那幅呢？據胡小天所知，當時薛勝景從慈恩園逃走之時順便帶走了蔣太后的屍體，在那樣的情況下他居然不忘帶走蔣太后的屍體，絕非源於孝心，而是為了蔣太后背後的那塊皮。照這樣看來，薛勝景應該是知道其中的一些秘密的。

按照鬼醫符刓告訴自己的事情，當年那些天外來客，有兩人被大康擒獲並斬殺，其餘人僥倖逃走，他們無法返回自己的星球，只能在這個世界生存下去，他們中的有些人開始嘗試繁衍生息，和這個世界的人繁殖後代，可是生育率卻極低，雖然低下，其中畢竟有存活者，這些存活下來的混血人是不是潛伏在四面八方？

凌嘉紫是天命者，七七是不是天命者？如果只有純正的血統可以稱之為天命者，那麼凌嘉紫的父母是誰？七七的父親又是誰？她們為何在外貌上已經和這個世界的人毫無差別？難道短短的一百年間，她們就已經實現了不可思議的進化，完全適應了這裡的環境，隱匿於塵世之中？

鬼醫符刓顯然沒有將所有的實情都告訴自己，和自己誤打誤撞來到這個世界不同，鬼醫擁有著明確的目的，他是越空小隊的成員，據他所說，其他人都已經死了，可會不會他在這方面隱瞞了真相？

環境的不同會讓人性發生難以估計的變化，除了鬼醫仍然堅守著他的信念，以完成越控計畫為己任，如果還有其他倖存者，是不是他們已完全放棄了這個計畫？

胡小天感到空前的危機感，在他來到這個世界相當長的一段時間裡，他都以為自己是這個世界上特立獨行的唯一，而隨著龍靈勝境的秘密揭開，一個另外存在的世界出現在他的面前，這些來自於外太空，異時空的智慧生命擁有著超越自己認知的科技和能力，在他們的面前，自己已經沒有任何的優勢可言。

人所占的高度不同，看待問題自然不同，這個世界上的多半人都以征服天下一統江山為宏圖大願，可就算統一了天下，面對在科技文明遠遠超過他們的外敵入侵，他們會有能力抵抗嗎？假如洪北漠當真修好了那艘飛船，他的目的只怕不是離開那麼簡單，這些天外來客再度歸來之時或許會帶來規模空前的軍隊，以他們的科級能力，必然可以摧枯拉朽般征服這個世界。

鬼醫符刓雖然和自己來自同一個時空，可是他們所生存的世界又是完全不同的，胡小天沒有能力預知在自己離去後三十年地球的樣子，他甚至懷疑越空計畫的目的是不是真的為了拯救，在他離開那個世界的時候，地球已經千瘡百孔，面臨著資源耗盡的危險，如果他們已經擁有了時空穿梭的能力，很難說不會對這片美麗的世界生出覬覦之心，三者之間，實力最弱的無疑是這裡。

正是內心中的危機感讓胡小天發現，原來他已經從心底愛上了這片土地。回想起來，前世的生命猶如一隻螻蟻。而這裡完全不同，他可以憑藉自己的能力書寫屬於自己的歷史。胡小天默默下定決心，他要保護這個世界，天外來客也好，越空小隊也好，無論哪一個想要對這個世界不利，就是與他為敵。

薛勝景對胡小天的到訪也感到有些驚奇，此前他派出刀魔風行雲在龍王廟刺殺尉遲冲，想不到被中途殺出的胡小天挫敗，薛勝景對此也深為惱火，可他又無可奈何，一來因為事情已經發生，二來他對胡小天始終有所保留，從一開始就沒有將自己的計畫告訴胡小天。

不過薛勝景並未流露出一絲一毫的不悅，在紅山會館的北望亭接見了胡小天。寒風刺骨，化身為域藍國商人恩赫的薛勝景，一身棕色貂裘，體態魁梧壯碩，坐在北望亭內猶如一座巍峨不動的大山。

胡小天微笑望著薛勝景，和鬼醫符刓的那番談話之後，讓他明白了很多事，也讓他對這位大雍燕王多出了幾分瞭解。薛勝景絕對是這個世界上最為深藏不露的人物之一。胡小天大膽地推斷，關於天外來客的秘密應該在大雍皇室之中代代相傳，真正瞭解內情的人只怕不多，眼前的薛勝景無疑是其中的一個。

薛勝景道：「我以為賢弟已走，想不到你還在這裡，不知還有何心願未了？」

胡小天微笑道：「我以為大哥也早已離開了這是非之地，卻想不到仍然在這紅山會館內安之若素，此等心態真是讓人佩服！」

薛勝景哈哈大笑起來，意味深長道：「越是危險的地方其實就越是安全，這個道理你我都明白。」

胡小天道：「我們都明白的道理，別人也會明白，李沉舟這麼精明必然會想到這一層，大哥難道不擔心他會查到這裡？」

薛勝景笑眯眯望著胡小天，一雙小眼睛瞇縫起來，滿滿的全都是狡黠的光芒。

胡小天道：「大哥最近有沒有聽說什麼特別的消息？」

薛勝景搖了搖頭：「我在這裡深居簡出，又能有什麼消息，哦！對了，倒是聽說了一個消息，李沉舟已經放了柳玉城。」他向胡小天湊近了一些，低聲道：「聽說是尉遲冲從中斡旋的緣故。」他和胡小天達成合作的條件之一就是柳玉城，如今這個條件已經不復存在。

胡小天微笑道：「此事我已經聽尉遲大帥說過了。」

薛勝景點了點頭：「看來終究是我的消息太過閉塞了，原來兄弟和尉遲冲的關係也很不錯。」

胡小天道：「霍勝男是他的義女，卻是我的老婆，按照道理我本應稱呼他一聲岳父大人才對。」

薛勝景其實早就知道他和薛勝景的這段關係，可是聽在耳朵裡內心中仍然有些不爽，這廝岳父滿天飛，實在是豔福不淺，想到自己的女兒霍小如，薛勝景禁不住冷笑了一聲道：「兄弟的岳父也太多了一些吧。」

胡小天笑道：「沒辦法，我這人心軟，總是做不出太過絕情的事情來。」

薛勝景都不得不佩服這廝的臉皮，花心就是花心，處處留情就是處處留情，還厚顏無恥地說什麼心軟，他呵呵笑道：「像兄弟這樣年輕有為的少年英雄，自然會得到無數美女的傾慕，大哥真是羨慕你呢。」他話鋒一轉，故意道：「聽說尉遲冲回來雍都弔孝的途中遇到刺殺，據說是黑胡人所為，兄弟有沒有聽說這件事呢？」

胡小天暗罵薛勝景無恥，明明一手策劃了行刺，卻在自己面前裝成一副事不關己的樣子，他點了點頭道：「不但聽說了，而且還親眼見到了。」

薛勝景並沒有料到他會那麼痛痛快快地承認，表情顯得有些錯愕：「兄弟的意思是……你當時在場？」

胡小天道：「尉遲冲是我岳父，我當然要保證他的安全，刺殺他的是丐幫叛賊上官雲冲。」他故意沒有提起刀魔風行雲的名字。

薛勝景故作驚訝道：「竟然是他？那上官雲冲是李沉舟的人，必然是李沉舟想要掌控大雍兵權，所以才決定除掉尉遲冲，清掃障礙。」

胡小天道：「可我後來追蹤上官雲冲發現，他和黑胡國師崗巴拉等人勾結。」

薛勝景倒吸了一口冷氣道：「難道李沉舟和黑胡人勾結！」

胡小天道：「有些事從表面上看似乎是這樣，可是禁不起推敲，只要仔細想想就能發現其中存在著太多的破綻，喔！對了，我還忘記了告訴大哥一件事，刀魔風行雲也是刺客之一！大哥跟他的關係應該不錯吧。」

即便是被胡小天當面拆穿謊言，薛勝景依然處變不驚，微笑道：「若是我沒聽錯，兄弟在懷疑我吧？」他緩緩站起身來，身軀的投影宛如陰雲般將胡小天籠罩，胡小天的心頭也感到一種無形壓力，薛勝景的實力或許超乎自己的想像。

胡小天平靜注視著薛勝景道：「大哥不覺得自己可疑嗎？」

薛勝景笑道：「我有何可疑之處？大雍乃是我薛氏的江山，如今鳩占鵲巢，我想盡辦法拿回祖宗的基業有何不對？即便是如此，我也不可能做出勾結黑胡出賣大雍利益的事情。」

胡小天道：「成大事者不拘小節，只要能夠達到目的，又何必計較手段？」

薛勝景呵呵笑道：「這話深得我心，可大丈夫有所為有所不為，我這一生從未做過違背原則之事。」從未做過是因為他的內心深處根本就沒有原則。

胡小天道：「我新近聽說了一件事，太皇太后的遺體被找到時並非全屍。」

薛勝景聽到這裡，臉上的笑容漸漸凝結，雙目陰惻惻望著胡小天，他開始意識到胡小天今日到來的目的絕不是因為尉遲冲的事情那麼簡單。

胡小天道：「據我所知，當初是大哥從慈恩園帶走了蔣太后的遺體，你或許應該知道她的遺體究竟發生了什麼事情？」

薛勝景的身軀猶如凝固在哪裡，目光也是一樣，過了許久，他方才緩緩坐了下去，臉上居然又擠出僵硬的笑容：「可不可以告訴我，你為何突然問這件事？」

胡小天道：「若要人不知除非己莫為，這世上本沒有絕對保密的事情。」

薛勝景桀桀笑道：「兄弟把我說糊塗了。」

胡小天卻微笑道：「真糊塗不怕，就怕裝糊塗，就算你得到了那副紋身，好像也沒什麼用處。」

薛勝景的臉色勃然一變，他本以為胡小天只是故意在詐自己，可現在胡小天的突然攤牌表明他已經知道了內情。

薛勝景一雙小眼睛圓睜，充滿震驚和錯愕道：「你……究竟是誰？」

胡小天沒有說話，只是從懷中取出了一張早已畫好的素描，畫面上正是敬德皇背後的紋身，乃是胡小天憑藉著超強的記憶力描摹了下來，雖然他不知道這紋身到底代表什麼意義，可是拿出這些對薛勝景來說已經足夠震撼了。

薛勝景道：「你是……」

胡小天緩緩站起身來，他臉上的表情高傲而冷漠：「你們薛家究竟是怎樣得到的這片江山，你心中應該是明白的。」

薛勝景仍然不肯輕易承認，他呵呵笑道：「兄弟越說我越是糊塗。」

胡小天看到這廝如此狡猾，冷哼一聲道：「既然如此，你我也沒有談下去的必要。」他作勢要走。

薛勝景一看反倒慌了起來，他慌忙道：「兄弟留步！」看到胡小天仍然繼續前行，他又道：「仙使留步！」

胡小天心中暗忖，那些天外來客在多半人的眼中豈不就是仙人嗎？仙使就是仙人的使臣，看來薛勝景將自己當成了天外來客的使臣，胡小天這才停下腳步。

薛勝景繞到他的面前，畢恭畢敬深深一揖，臉上再不見任何的浮誇和不恭，表情鄭重道：「參見仙使！」

胡小天心中暗暗發笑，這老狐狸居然信以為真，還把自己當成了什麼仙使，索性將錯就錯，他冷冷望著薛勝景道：「看來我們還是高估了你，區區小事到現在都沒有能夠辦好。」

薛勝景額頭見汗，誠惶誠恐道：「仙使千萬不要見怪，小人一直兢兢業業，本來只差一步就能成功，卻想不到在最後關頭出現了偏差，那李沉舟先行一步。」

胡小天呵呵冷笑了一聲：「蔣太后身上的那幅圖，你也據為已有了吧？」

薛勝景顫聲道：「小人不敢，那幅圖根本不在我手上，我將母后遺體帶走時，就發現她背後紋身已被人揭去，我之所以沒有離開雍都，就是要查實這件事。」

他的回答讓胡小天感到意外，胡小天對薛勝景的性情極為瞭解，他幾乎能夠斷定薛勝景說的不可能是實話，想讓這廝交出那幅紋身應該沒那麼容易。

胡小天冷冷道：「你以為可以瞞過我嗎？」他撩開衣袍，露出光劍劍柄。

薛勝景眼角的餘光掃到那劍柄，臉色又是一變，他將頭垂得更低。在昔日這位結拜兄弟，有可能成為自己女婿的胡小天面前，他還是第一次表露出如此的尊敬。

胡小天道：「念在你我相交一場，我給你三日時間，何去何從你自己掂量。」

他說完再不多言，大踏步向園外走去。

直到胡小天的背影消失，薛勝景方才敢直起身來，他的面孔因為憤怒而扭曲，忽然向望北亭揮出手去，空中發出一聲沉悶的氣爆聲，然後一記無形的拳勁狠狠砸在望北亭之上，亭子轟然倒塌。一時間塵土飛揚，煙塵瀰漫在整個院落之中。

煙塵散去，院內卻多了個人影，卻是薛勝景的師爺馬青雲。

馬青雲望著眼前的一切風波不驚，輕聲道：「毀去一樣東西只是瞬息之間的事情，可是想要將之建立起來卻需要花費不少精力，原來你也有沉不住氣的時候？」

薛勝景望著馬青雲，臉上的憤怒之色漸漸收斂，他的憤怒也隨同浮塵一起散去，表情重新歸於平靜，輕聲道：「他敢詐我！」他將胡小天遞給自己的那幅素描遞給了馬青雲。

馬青雲看清那幅畫之後，表情倏然變得凝重起來，他低聲道：「我就說過，他必然是鬼醫符刓的弟子。」

薛勝景不解道：「可是鬼醫符刓已經死了十多年，他那時還只是一個傻子。」

馬青雲冷笑道：「這世上還有什麼不可能發生的事情嗎？」

薛勝景道：「鬼醫符刓死的時候我曾經親眼見證！」

馬青雲瞇起雙目：「那幅圖就算不在胡小天的手裡，他也應當是見過的。」

薛勝景道：「他為人狡猾多變，這幅圖真正的用意是要試探我，我故意稱他為仙使，他還以為當真將我震懾住。」

馬青雲道：「胡小天未必信你，此人來路不明，不可輕敵。」

薛勝景恭敬道：「仙使言之有理！」

馬青雲輕歎了口氣道：「他應該還不知那幅圖才是真正的《天人萬像圖》！」

薛勝景道：「仙使以為我們應該如何應對？」

馬青雲的目光變得撲朔迷離，過了一會兒方才道：「他應該是要引你出手，或許你是時候離開這裡了。」

胡小天回去的路上極其謹慎，他深知現在打交道的對手是何等人物，薛勝景是一隻狡猾而貪婪的狼，想要從薛勝景那裡解開秘密，就必須抓住他的真正弱點，今日拋出的誘餌份量應該不輕，薛勝景突然轉變的態度，足以證明他對這個所謂的仙使心存敬畏。

確信沒有人跟蹤自己，胡小天這才兜了個圈子返回了南風客棧，夏長明已經在那裡等著他，胡小天剛一回來就迎了上去，低聲道：「公子，丐幫來了不少援軍，乃是為了薛長老的事情。」

胡小天點了點頭，丐幫多名高手被殺，其中還包括執法長老薛振海，此事震動不小，丐幫派人過來也實屬正常。他關心的反倒不是這件事，低聲道：「簡姑娘那邊有什麼動作？」

夏長明道：「她今日大多數時間都在客棧內，只是中途去了大學士府，裝出若無其事的樣子在周圍轉了一圈，不過我能看出她應該是在觀察環境。」

胡小天皺了皺眉頭，心中暗忖，難道簡融心想要夜入大學士府？難不成她在被自己變成女人之後膽子也變大了？此事可非同小可，雖然最近雍都已經放鬆了境界，可並不代表著大學士府周圍已經無人駐守。

夏長明低聲建議道：「我看您還是儘快跟她談談，以免她做出什麼不理智的事情來。」

胡小天不禁向夏長明看了一眼，他聽出夏長明話裡有話，這小子也就是不點破。他岔開話題道：「有沒有秦雨瞳的消息？」

夏長明搖了搖頭道：「自從分別之後就沒有見過她，不知她去了哪裡？」

胡小天道：「她這次過來行蹤好像有些詭異啊，長明，你幫我盯著她！」

夏長明真是有些哭笑不得了，自己就快成為胡小天的御用護花專使了，不過對簡融心是保護，對秦雨瞳胡小天好像是產生了懷疑，夏長明道：「剛剛聽到消息，李沉舟將柳玉城給放了，我們此次前來雍都的任務也算是完成了。」

胡小天豈能聽不出夏長明的意思，他分明是在提醒自己任務已經完成，應該考慮回東梁郡了，可是夏長明又怎麼知道胡小天遇到了一個空前的挑戰。胡小天雖然很想將實情告訴夏長明，可斟酌之後又覺得現在並非合適的時機。

夏長明看到胡小天許久沒有回應自己，又道：「丐幫為薛長老他們設了靈堂，公子要不要過去一趟？」

胡小天點了點頭道：「自然要過去，這樣，明日一早我們一起過去一趟，於情於理都應該給薛長老他們上一炷香。」

第二章

真正的女人

簡融心羞得恨不能找個地縫鑽進去，
她出生於書香門第，婚後嫁給李沉舟，
李沉舟雖然是個偽君子，可外表也是彬彬有禮，
何時遇過胡小天這種憊懶人物，什麼話都說得出口，
可簡融心非但沒有感覺到討厭，反而還惹得她心跳不已。

夜色深沉，大學士府北側空曠無人的小巷之中突然出現了一道人影，那人青衣小帽，緩步走在小巷之中，一邊走一邊左顧右盼，顯然是在觀察周圍的環境，從步伐來看應該是故作鎮定，從驚惶的眼神卻能夠看出她內心的慌張，此女正是喬裝打扮的簡融心。

簡融心確信周圍再沒有他人出現，方才來到北牆下，一陣助跑，然後猛然一縱，雙手攀住牆頭，輕盈爬了上去，她的身法雖然稱不上高妙，卻足以算得上乾淨俐落，簡融心多少還是學過一些防身之術，她和李沉舟完婚之後，雖然兩人並無夫妻之實，可也曾經有過一段蜜月時光，也就是在那時候李沉舟教給了她一些防身武功，想不到今日能夠派上用場，簡融心爬上牆頭向家中望去，卻見整個宅院內黑漆漆一片，沒有一絲一毫的燈光，顯然無人在此。

簡融心舒了一口氣，沿著牆頭滑下，四周雖然黑暗寂靜，可畢竟這裡是她居住多年的宅院，簡融心就算閉著眼睛也能夠知道這裡的佈局，她直奔目標，摸黑來到父親的書齋前方，自從大學士府被查封之後，所有的房門都已經上了封條，房門也已經上鎖。

簡融心來到窗邊，利用匕首挑開格窗的搭扣，推開窗戶爬了進去，形勢讓人改變，換成過去，向來知書達理養尊處優的大才女無論如何也不會做出這種翻牆越戶的事情，暗夜獨行，這樣的事情更是想都不要想。

簡融心來到父親的書桌前，她也不知哪一支才是大哥的胎毛筆，索性將筆筒中所有的筆一網打盡，全都打包裝起。

準備從書齋內再次爬出，卻聽到外面傳來紛亂的腳步聲，應該是有十多人將書齋團團圍困，為首一人冷冷道：「大膽賊子，夜闖大學士府，意欲何為？」

簡融心芳心一驚，此時方才知道原來自己從一開始就被人察覺了，這大學士府內也一直都有人隱藏埋伏。簡融心將窗紙捅破向外望去，卻見外面已經亮起了十多個火把，將書齋周圍映照得亮如白晝，十餘名全副武裝的金鱗衛在外面嚴陣以待，為首一人喝道：「還不快快棄械投降！」

簡融心暗自難過，咬了咬櫻唇，憑著她自己的能力無論如何也不可能從這些人的包圍中殺出去，難道唯有束手被擒？她搖了搖頭，轉向父親的書桌，彷彿看到父親仍然坐在燈下奮筆疾書，淚水不由得滾滾落下，喃喃道：「爹，女兒沒用，連這麼簡單的事情都做不好……」

她想到了一死了之，揚起匕首卻不知為何腦海中又浮現出胡小天那張陽光燦爛的笑臉，心中不由想到，若是他在自己身邊該有多好。可胡小天又怎能知道自己的處境，簡融心黯然搖了搖頭，今生無緣，來生再見吧！她把心一橫，反轉匕首準備自刎，黑暗中一隻大手握住了她的手腕，她感覺就被拉到了一個溫暖寬闊的懷抱中，剛要驚呼，嘴巴卻已經被人捂住，耳邊傳來胡小天的聲音道：「動不動就尋死覓活，難道這世上就沒有讓你留戀之人嗎？」

簡融心一句話都說不出口，只覺得內心一陣暖流湧出，旋即喉頭被一種難以名狀的情緒堵塞了，淚水不受控制地流了出來。

胡小天很快就感到了她的淚水，低聲道：「別怕，我這就帶你離開。」他抱起簡融心，柔聲道：「摟住我的脖子。」

簡融心沒有一絲一毫的抗拒，摟住他的脖子，任憑他將自己抱在懷中，胡小天騰空躍起，簡融心下意識地將螓首埋在他的懷抱之中。

胡小天其實一直在暗處觀察著簡融心，在簡融心潛入書齋之前，他先行進入，以他的武功，簡融心對他自然是毫無察覺。一直到埋伏者出現，簡融心準備自刎的時候，胡小天方才及時現身。

胡小天單臂擁住簡融心，右臂揮出，一拳將屋頂破開一個大洞。

這聲轟然巨響將外面的金鱗衛的目光全都吸引了過去，眾人舉目望去，卻見書齋上方兩道人影衝天而起。

金鱗衛的那名首領率先反應了過來，他高呼放箭，眾人亂箭齊發，胡小天冷哼一聲，手中破風刀揮舞得風雨不透，將射向他們兩人的羽箭盡數撥打開來，身軀升騰到了盡頭，帶著簡融心猶如鳥兒一般俯衝，中途在院牆處輕輕一點，然後再度飛起，那幫金鱗衛看到他轉瞬間已經逃出他們的射程之外，一個個呼喊著追趕過去，可他們的身法和胡小天相去甚遠。等他們追出大學士府院落外，已經看不到兩人的身影。

胡小天抱著簡融心縱跳騰躍，在屋頂之上行走如履平地，終於他停了下來，簡融心緊閉的雙眸小心翼翼睜開，方才發現他們身處在鎮國塔上，如此高度嚇得簡融心差點叫出聲來，她下意識抱緊了胡小天，可馬上意識到自己的行為大大不妥，俏臉紅了起來，想要推開胡小天，又怕從塔上滑落下去，纖手不得不抓住他的手臂。

胡小天微微一笑，從身上解下貂裘為簡融心披在肩頭，簡融心沒有拒絕，螓首低垂，胡小天道：「他們找不到這裡。」在鎮國塔上可以清晰看到周邊的情況，大學士府的方向燈火閃爍，應該是有隊伍集結，在周邊展開了大規模的搜索。

一陣冷風吹過，簡融心下意識地裹緊了貂裘，卻留意到胡小天單薄的衣衫，咬了咬櫻唇，小聲道：「你冷不冷？」

胡小天搖了搖頭道：「不冷，這兩天去了哪裡？我很擔心你呢。」

「不要你擔心……」簡融心的話怎麼聽都像是一種嬌嗔。

胡小天笑了笑，伸出手臂，悄悄攬住她的纖腰，簡融心嬌軀掙扎了一下，胡小天卻抱得更緊了，她含羞道：「不要這樣，不好……」

胡小天心中暗笑，兩人都已經有了夫妻之實，現在還說這種話，他低聲道：「融心，我會負責。」這話說得連他自己都想抽自己一巴掌，俗不可耐簡直是。

簡融心的俏臉卻羞紅了，她越是想迴避，可胡小天越是要把事情挑明，咬了咬櫻唇道：「你我就當從未見過……就是……」

胡小天道：「我知道我配不上你，本來不該找你，可是我又擔心……」

簡融心道：「你擔心什麼？」

胡小天道：「擔心那件事過後，萬一你懷上了我的骨肉，你一個人孤苦伶仃，又如何照顧於他？」

簡融心的螓首越垂越低，雖然羞到了極點，卻無法否認胡小天所說的事實。

胡小天道：「以你的性情定然不會讓我知道，可孩子是無辜的，他長大以後若是問你，他爹是誰？你怎樣回答他？一個沒有父親的孩子，在外面會不會受欺負？你這樣一走了之有沒有為他想過？」他說得情真意切，望著簡融心的肚子，彷彿簡融心已經懷胎十月，現在就要生產一般。

簡融心紅著俏臉道：「這世上哪有那麼巧的事情……」她聲如蚊蚋，如果不是胡小天耳力超群，幾乎都聽不到她在說什麼。

胡小天道：「你是在質疑我的能力？」

簡融心羞得恨不能找個地縫鑽進去，她出生於書香門第，婚後嫁給李沉舟，李沉舟雖然是個偽君子，可在表面上也是彬彬有禮，何時遇到過胡小天這種憊懶人物，當真是什麼話都能說得出口，可簡融心聽在耳朵裡非但沒有感覺到討厭，反而還惹得她心跳不已，甚至連簡融心自己都意識不到自己這兩日發生的變化，胡小天才是她真正意義上的男人，是他把她變成了一個真正的女人。

簡融心小聲道：「就算真的有了……也是我自己的事情……」語氣虛弱無力，在胡小天的無賴攻勢面前幾乎喪失了反抗的能力。

胡小天道：「那可不成，真要是有了，有你的一半，也有我的一半，你無法剝奪我做父親的權力，更無權決定讓一個孩子永遠見不到他的父親。」

簡融心鼓足勇氣抬起頭來狠狠瞪了他一眼，胡小天還是一臉沒心沒肺的笑。

簡融心道：「你無恥！」

胡小天居然點了點頭道：「一直如此。」

「我恨你！」簡融心咬牙切齒，竭力想讓自己顯得凶惡一些。

胡小天卻一把將她擁入懷中，低下頭去深吻在她的櫻唇之上，簡融心掙扎開來：「我寧願去死……唔……」

「看在咱們未出世的孩子份上，你還是堅強活下去吧……」

李沉舟環視這間書齋，臉都綠了，他能夠斷定潛入書齋的人必然有他的妻子簡融心，救走她的人應該是胡小天無疑，想到這裡，他的內心如同被毒蛇咬噬一樣難受。雖然他從未真正珍視過簡融心，只是將她當成一個華美的飾品，當成一件利用的工具，可是一想到簡融心和胡小天在一起，他的心中仍然妒火中燒。

一旁搜查的武士來到他身邊稟報道：「啟稟大都督，只是筆都不見了，其他的物品並沒有缺少什麼。」

李沉舟緩緩點了點頭，兩道劍眉緊緊皺起，他實在想不透，簡融心夜入學士府，目的就是為了拿走她父親的筆？事情應該不會那麼簡單。李沉舟此時方才意識到，他對簡洗河父女的瞭解並不多，他一直都將簡洗河當成太后的死黨，將簡融心當成一個逆來順受的小綿羊，現在看來，正如他們不瞭解自己一樣，自己也不瞭解他們的世界。

「大都督，已經派人追查，相信很快就會有消息。」

李沉舟抿了抿嘴唇，在心底迅速做出決斷：「算了，沒有丟失什麼重要的物品，就不必興師動眾，雍都太平沒有幾天，我不想有心人利用這件事興風作浪。」

「是！」

薛振海之死震動丐幫上下，丐幫執法長老穆樹生，丐幫夔州分舵主孟廣雄一行陸續抵達雍都，其實他們此次前來並非奔喪，兩人率領一班幫內高手早於月前就已經動身，他們是應薛振海之邀，北上共同剷除幫眾叛逆，卻想不到援軍未到，薛振海已經遇害身亡。

丐幫江北分舵在上官天火父子的挑唆下分裂，已經是丐幫自從開宗立派以來的第一次，對丐幫來說此事已無可容忍，更何況現在又發生重量級人物遇害的事情。

天色濛濛亮，雍都城西義氣莊內已經是人聲鼎沸，從昨晚開始有二百餘名丐幫弟子陸續來到這裡相聚，一是為了弔唁死去的薛振海等三名丐幫長老，二是為了聚在一起共商大計，磋商為長老復仇，如何收復江北分舵之事。

一群丐幫弟子正在議論紛紛之時，胡小天和夏長明到了，聽聞胡小天親自到來，丐幫執法長老穆樹生攜眾人出大廳迎接。

胡小天看到穆樹生親來，遠遠抱拳行禮道：「穆長老別來無恙！」

穆樹生一臉悲愴道：「托公子的福，老叫花子身體還算硬朗。」見過之後，他又向胡小天介紹身後眾人，胡小天對丐幫的這些骨幹力量多半是沒有見過的，不過孟廣雄他曾經在西川的時候有過合作，和此人頗為熟悉，也知道孟廣雄智慧出眾，乃是一個不可多得的智將。

和眾人打過照面之後，先去靈堂在三位長老牌位前上香，昨晚這件事之後，他跟著穆樹生來到一旁的花廳內飲茶，陪同穆樹生的人正是孟廣雄，足見此人在丐幫的地位。

穆樹生道：「胡公子，我聽說薛長老他們遇害之時您就在現場？」

胡小天點了點頭道：「的確如此，只可惜我晚了一步，沒能阻止慘劇發生。」

穆樹生嗟然歎道：「人各有命數，有些事並非人力能夠挽回的，怪只怪那上官雲冲狼子野心，手段狠辣！」

胡小天道：「當時我聽到消息，說有人會在途中對尉遲冲不利，所以我才趕過去施以援手，並沒有料到薛長老他們也在那裡。」

穆樹生皺了皺眉頭道：「此前我們丐幫和尉遲冲並無任何的瓜葛，緣何薛長老他們會出現在行刺現場？」

胡小天道：「我看應該是上官雲冲故意設下計策，將薛長老他們引到行刺現場，然後進行誅殺，本想造成一場雙方火併同歸於盡的假像，可是因為我的出現並未得逞。」

穆樹生不解道：「他這樣做又有何好處？若是大雍因此而和丐幫為敵，對他和江北分舵來說也沒有任何的好處。」

胡小天道：「對江北分舵沒有好處，對他卻並非沒有好處，事情發生之後，我一路追蹤上官雲冲，發現他和黑胡人密會。」

「什麼？」穆樹生怒目圓睜，丐幫對中原列國的紛爭並不介入，可是對黑胡人卻嫉惡如仇，丐幫戒律之一就是丐幫門下弟子不得和黑胡人往來，上官雲冲這樣做無異於欺師滅祖。

孟廣雄一旁道：「如此說來他根本不在乎什麼丐幫，難道他是黑胡奸細？」

胡小天望著穆樹生道：「至於上官父子和黑胡之間的關係，要問穆長老了。」

穆樹生苦笑道：「我怎麼會知道？上官天火入幫也有三十多年了，我也不清楚他的來歷。」

孟廣雄道：「上官父子勾結黑胡人，殘害幫中兄弟，損毀我丐幫名譽，此等欺師滅祖之輩，必然人人得而誅之！」

穆樹生道：「胡公子可有他們的下落？」

胡小天搖了搖頭，自從那日和崗巴多交手之後，他就已經失去了上官雲冲的下落，一來因為上官雲冲為人狡詐，行蹤詭秘，二來他的重點也不是尋找上官雲冲。

穆樹生的臉上流露出失望之色。

胡小天道：「穆長老，我能夠瞭解諸君報仇心切的心理，可是還需冷靜下來從長計議，當務之急並非剷除上官天火父子，而是要收復江北丐幫。」

孟廣雄點了點頭道：「長老，胡公子所言極是，江北分舵至今仍然不知上官父子和黑胡人勾結之事，若是得知真相，我想幫中弟子必然不願和他們同流合污。」

穆樹生歎了口氣道：「收復江北分舵談何容易！」

胡小天笑道：「的確不容易，不過也不算太難，上官天火父子如今已經不敢公開露面，一來他害怕我們找他復仇，二來他在大雍也得罪了李沉舟。」

穆樹生詫異道：「他怎麼會得罪李沉舟？他們父子不是專程逃到大雍來投奔李

沉舟的嗎？李沉舟是他們的靠山啊！」

孟廣雄道：「胡公子說得沒錯，上官雲冲應該是還有自己的盤算，這次刺殺尉遲冲未必得到李沉舟的授意，如果是他自作主張，那麼這次勢必會得罪李沉舟，他如果不敢公開露面，我們剛好將他勾結黑胡人的消息散佈出去，江北分舵儘管對幫主不滿，可是他們也未必肯歸順黑胡人，更不願背上出賣中原利益的罵名。」

胡小天微笑道：「孟兄分析的不錯。」

穆樹生點了點頭道：「無論如何都不能讓江北分舵被上官父子帶入歧途。」

胡小天在義氣莊待了約半個時辰就起身告辭離去，穆樹生將他和夏長明送出大廳，又讓孟廣雄代自己將他們送出莊外，夏長明先行出門去取坐騎，胡小天在義氣莊大門外停下腳步，微笑道：「孟兄就不必遠送了，今日倉促一晤，改日抽空，你我兄弟找個地方開懷暢飲，把酒言歡。」

孟廣雄歎口氣道：「丐幫正值多事之秋，這段日子只怕是可望而不可及了。」

胡小天道：「薛長老的事情我沒能幫上什麼忙，實在是慚愧。」

孟廣雄道：「人命天註定，胡公子也不必介懷，日後如有用得上孟某之處，胡大人只管招呼。」

胡小天點了點頭，孟廣雄向遠處招了招手，一名乞丐從後面走了過來，將一個禮盒雙手敬獻給胡小天，孟廣雄道：「這裡面是我從西川帶來的上好猴兒茶，胡公子請笑納。」

胡小天看出孟廣雄對自己的示好之意，和穆樹生、薛振海這幫丐幫老一輩實權人物不同，以孟廣雄、安翟為代表的新生代人物對自己表現得更加親近，胡小天微笑道：「那就恭敬不如從命了。」他接過禮盒。

那乞丐交出禮盒的時候手指和胡小天觸及在一起，胡小天陡然感到一絲冷意沿著自己的肌膚送了過來，詫異地舉目望去，卻見那乞丐已經退了回去，從他的眼中看到一絲熟悉的目光，耳邊傳來一個淡漠的聲音道：「小胡子，我在東南驪河渡口等你。」

一種欣喜至極的情緒瞬間占滿了胡小天的內心，眼前這不知名的乞丐竟然是姬飛花所扮，正所謂踏破鐵鞋無覓處，得來全不費功夫，胡小天心中有著太多的迷惑和困擾等待她來解答，而且這段時間他得知了太多的秘密，這些秘密苦於無人可以與他分擔。而姬飛花不同，姬飛花智慧出眾，而且她可以能夠從藍色透明頭骨之中獲取資訊，就算她不是天命者，也必然和那些天外來客有著千絲萬縷的聯繫。

胡小天臉上的錯愕只是稍閃即逝，旋即向孟廣雄抱拳告辭。夏長明在遠處等待，胡小天從夏長明手中接過馬韁，翻身上馬，和他共同奔行了一段時間後，向他低聲道：「你先走，我還有事。」

夏長明點點頭，策馬揚鞭率先離去，胡小天向周圍看了看，確信無人跟上，這才調轉馬頭向東南而去，約莫行了十多里路，看到前方驪河渡口，這渡口荒廢已久，不過渡口上仍有許多古舊建築，胡小天看到旗桿上拴著一匹白馬，也催馬行了過去，將馬兒拴好了，舉目望去，卻見右前方一個黑衣人背身站在驪河邊緣，身上寬大長袍被陣陣北風吹起，似乎隨時都要凌空飛去，不是姬飛花還有哪個？

胡小天來到姬飛花身邊，沿著她的視線望向前方冰封的河面，輕聲道：「這渡口已經荒廢了。」

姬飛花轉過身去，明澈的雙眸在他臉上掃了一眼道：「即便是沒有荒廢，現在也起不到任何作用，河面的冰層有半尺左右，就算車馬也可以行走其上。」

胡小天點了點頭道：「冰凍三尺非一日之寒，這天兒是越來越冷了。」

姬飛花聽他發出這樣的感慨卻覺得有些可笑，她也說不出是什麼原因：「馬上就是新年，過了年就一天暖似一天了。」

胡小天道：「姬大哥，沒想到你會來！」

「怎麼？不想見到我？」

胡小天笑道：「想得很，這段日子對姬大哥是朝思暮想，連做夢都想呢。」

姬飛花感覺臉上一熱，這廝說話的口氣分明是對著一個女人，難不成他已經識破了自己的本來身分？可她又覺得不太可能，可胡小天沒有識破，為何要對一個男人表現出如此的熱情，想到這裡姬飛花忽然感覺有些心底發毛，胡小天該不是這方面有毛病吧？

姬飛花道：「我來見你，是特地歸還你一樣東西。」她將光劍遞給了胡小天。

胡小天笑道：「你留著吧，我又找到了一個。」那柄光劍自從他從敬德皇的皇陵地宮中找出就一直帶在身上，用光照、火烤、水泡，所有辦法都嘗試過了，可那光劍仍然沒有任何反應，胡小天認為這柄光劍應該已經損壞了。

姬飛花看到胡小天居然又拿出了一柄光劍心中也是大奇，她伸手將胡小天的光劍拿了過去，擰動劍柄，馬上發現這柄光劍並無任何反應，湊在光劍的劍柄之上看了看上面的文字，劍眉微顰，若有所思。

胡小天自然是認不得上面的文字，只是猜到這上面的文字應該和此前光劍上的差不多，姬飛花既然能夠知道光劍旋到最後一檔可以引發爆炸，那麼想來她應該是懂得這種文字的。

姬飛花看了一會兒，將胡小天遞給她的那柄光劍擰動兩檔，然後又將隨身攜帶的那柄光劍擰動了一檔，再將兩柄光劍尾部相對，只感到一股吸力，托的一聲，兩柄光劍合二為一，姬飛花再將隨身攜帶的那柄光劍再擰動一個檔位，一道劍芒從光劍之中射出，胡小天遞給她的那柄光劍也露出半寸左右的微弱劍芒。

胡小天驚喜萬分，看來姬飛花果然認識這文字，他低聲道：「雌雄雙劍！」

姬飛花淡然笑道：「確切地說應該是母子劍才對。」

兩柄光劍連成一體之後，光芒迅速延伸，很快都擴展到三尺左右的長度。胡小天不解道：「原來這柄劍沒壞，只是需要從你那裡吸取能量。」

姬飛花道：「第一次是這樣，只要啟動之後就可以利用光照來儲存能量。」她將兩柄光劍分開，關閉光刃，將胡小天那柄遞給他，胡小天卻指了指姬飛花那柄：「把雄劍給我！」

姬飛花微微一怔，本來自己就要還給他，剛才他又不要，現在說這種話，稍一琢磨就覺得他話裡有話，為何要把雄劍給他？這廝在暗示什麼？

胡小天笑道：「我更喜歡雄劍！」

姬飛花道：「原本就都是你的東西，你都拿去就是。」

胡小天道：「一把就夠了，另外一把你留著防身。」

姬飛花也不跟他謙讓，收起那柄光劍，這才問起胡小天這柄光劍的由來。

胡小天歎了口氣道：「此事說來話長……」於是將自己如何進入敬德皇皇陵地宮，如何找到這柄光劍的事情全都說了一遍，至於鬼醫符刓的事情他並沒有說出，雖然姬飛花對他不錯，可畢竟姬飛花的身分存疑，如果姬飛花當真是鬼醫所說的天命者，那麼焉知她不會有什麼別的想法？

姬飛花聽他說完，雙目深沉似海，目光投向冰封的驪河沉思良久方才道：「小胡子，你信不信，我可能就是那些天外來客的後代？」

胡小天點了點頭。

姬飛花皺了皺眉頭道：「是不是我說什麼你就信什麼？」

胡小天笑道：「是！」

姬飛花道：「難道你就不擔心我會騙你？」

胡小天搖了搖頭道：「從未擔心過，這世上如果還有一個人真心真意的對我好，那個人就是你。」這貨這番話說得情真意切，可絕對是甜言蜜語。

聰明睿智如姬飛花焉能聽不出他是故意說這種話討自己歡心，可偏偏聽在心裡竟然有些感動，自然不忍心戳穿他的謊言，輕聲道：「連我自己都不清楚我究竟是誰？你應該記得楚家被滅門的事情？」

胡小天點了點頭道：「記得。」當初他和姬飛花在庸江之上曾經有過一番深談，姬飛花告訴他楚家被滅門的事情，以及楚家和金陵徐家的一些瓜葛，雖然沒有正面承認，可是實際上卻已經告訴了胡小天，她就是楚家的後人。

姬飛花道：「楚家被滅門的時候，只有一個小孩子躲過了一場劫難，那年她才六歲，並非是因為她的命大，而是因為有人幫了她。」

胡小天道：「什麼人？難道是……劉玉章？」

姬飛花露出一個欣賞的表情，胡小天的頭腦果然靈活，他能夠從自己的話推斷出是劉玉章，足見他的思維何其縝密。

姬飛花道：「劉玉章這個人深藏不露，表面上看他對大康皇上忠心耿耿，淡泊名利，可事實上他心機深沉，老謀深算，潛藏在皇宮之中另有所圖。」

胡小天望著姬飛花，心中暗忖，當年她入宮之時才六歲，如果不是劉玉章代為掩護，那麼她的女兒之身肯定瞞不過宮裡那麼多人。仔細回憶劉玉章過去的所作所為，實在是無法想像這個對自己關懷備至的慈祥老人，怎麼會是如此深藏不露的人物？可是此前李雲聰也曾經說過劉玉章詐死逃過一劫。自己以兩世的經歷，這樣的年紀身在宮中都如履薄冰，步步驚心，想當年姬飛花入宮的時候才六歲，真不知道她那個時候是怎麼熬過來的。輕聲道：「當年你一定受了不少的委屈。」

姬飛花抿了抿嘴唇，繼續道：「那孩子很快就發現劉玉章絕非一個慈祥的老人，他之所以幫她，目的只有一個，他必須要依靠那孩子的血來養病。」

胡小天瞪大了雙目，無論如何他都不會想到這樣的事情。

姬飛花道：「留下這孩子的最大目的就是用她做藥，每隔七天，他都會從這孩子的身上放兩大碗血，配合其他藥物飲下，整整五年從未中斷！」

胡小天聽到這裡方才明白姬飛花因何會對劉玉章如此仇恨，劉玉章做了如此喪盡天良的事情，就算被殺也是罪有應得。

姬飛花道：「五年裡，這孩子的身體始終虛弱，對她來說，在宮裡的每一天都是噩夢，她想過一死了之，可是她心中卻又充滿了對大康龍氏的仇恨，她想要有朝一日為家人復仇，正是復仇的信念才讓她得以存活下去。她開始學會觀察周圍人的一舉一動，開始學習並揣摩勾心鬥角，開始恭維奉承，尋找強大的靠山，終於讓她找到了一個人。」

胡小天心中暗道，一定是權德安了，姬飛花的武功乃是權德安一手傳授，應該是她利用權德安的力量擺脫了劉玉章這個可怕的夢魘。

姬飛花望著胡小天，目光充滿問詢，她在等著胡小天的回答，看看他猜不猜得到是誰？

胡小天道：「難道是權德安？」

姬飛花搖了搖頭。

胡小天靈機一動：「凌嘉紫！」

姬飛花輕聲歎道：「看來你瞭解的事情還真是不少，不錯，就是凌嘉紫。一個偶然的機會這孩子遇到了當時的太子妃，凌嘉紫當時剛剛有了身孕，於是就將她要了過去，讓她在身邊伺候。劉玉章雖然不甘心，可是卻不敢違背太子妃的意思，那孩子雖然不知發生了什麼，可從那以後，劉玉章就再也沒敢找過她，甚至對她身世的秘密也不敢提及半個字。」

胡小天道：「他若是敢揭穿這件事，對他也沒有任何的好處。」

姬飛花卻搖了搖頭道：「沒那麼簡單的，那孩子當時也不懂得，可是現在回頭想想，一切都是凌嘉紫的安排，她去了太子妃那裡之後，渡過了人生中最幸福的一段時光，太子妃非但教她琴棋書畫，還讓權德安教給她武功。」

胡小天道：「後來她的武功卻要高過權德安不少。」

姬飛花呵呵笑了起來，向前走了一步，遙望正南方，她的思緒瞬間回到了過去：「她的武功卻是因為凌嘉紫送給她的一本書，她當時也沒有覺得那本書是什麼了不起的東西，只是記得，凌嘉紫越是臨近生產，就變得越是不安，她曾經說過，如果有一天她死了，希望這孩子能夠善待她的女兒。」

胡小天心中暗忖，凌嘉紫果然不同尋常，孩子還沒有出生就已經知道了性別。

姬飛花道：「那孩子答應了下來，沒過多久她就被調回了宮中，後來聽說凌嘉紫因為難產死去，她才發現凌嘉紫送給她的一本書原來是武功秘笈。」

胡小天點了點頭，原來姬飛花的發跡和這些人都有著密不可分的關係。

姬飛花道：「劉玉章死的時候，我曾經親自查驗過，確信他已經死了，可是事後我又讓人去中官塚將他的墳挖掘開來，方才發現其中已經沒了屍體，那時候，我才知道劉玉章利用金蟬脫殼之計從我的眼皮底下逃走。」

胡小天打心底歎了口氣，原來一直被蒙在鼓裡的人是自己。

姬飛花道：「你不用歎氣，劉玉章連我都騙了過去，更不用說你了，畢竟當時在你心中將他視為尊長，我殺了他，你一定恨我對不對？」

胡小天毫不隱瞞地點了點頭道：「當時心中恨你入骨，甚至想過殺了你為劉公公報仇。」

姬飛花不禁笑了起來，她負起雙手道：「從你一開始入宮我就留意到你了，權德安這個人想玩什麼花樣我都清楚，我一直以為金陵徐家於我有恩，我做事向來恩怨分明，並未想過要將你們胡家趕盡殺絕，如果我真有那樣的想法，又豈會留下你們父子的性命？」

胡小天道：「看來你我還是有緣。」

姬飛花忍不住白了他一眼，這廝的臉皮真是越來越厚了。

姬飛花道：「我之所以選擇對胡不為下手，並非是因為他和西川的關係，而是我想通過他將金陵徐老太太驚動，當時那種狀況下，如果徐老太太肯出面為胡家說一句話，我肯定會網開一面，畢竟我那時認為楚家欠了徐家一個很大的人情。」

胡小天道：「現在呢？」

姬飛花歎了口氣道：「一切都由因果，若無徐老太太的陰謀設計，楚家又怎會落到如此淒涼的下場。世事難料，我本以為能夠掌控一切，卻想不到洪北漠、慕容展、李雲聰三人聯手伏擊我，洪北漠的武功更是超乎我的想像之外。」

胡小天道：「天下間能夠在他們三人聯手之下逃生的只怕也沒有幾個。」

姬飛花淡然笑道：「若非是那次的挫折，我還不會發現自己身上的秘密。」

胡小天側耳傾聽究竟是什麼秘密的時候，姬飛花卻止住不說，突然轉移了話題道：「你剛才告訴我，大雍乃是依靠天命者方才發展壯大，此事看來確有可能。」

胡小天道：「那藍色頭骨就應該屬於最早的天命者，頭骨之中或許記載了不少的資訊。」說話時他盯住姬飛花的雙目，顯然期待姬飛花多給自己透露一些資訊。

姬飛花道：「我雖能從中得到一些資訊，可是並不全面。」她輕易就看出胡小天臉上的質疑，不禁笑道：「你不用這樣盯著我看，我絕不是你所說的天命者！」

胡小天道：「可是你能讀懂頭骨中的資訊，應該只有天命者才有這個能力。」

姬飛花道：「我也不清楚為何會發生這樣的情況，如果我是你所說的天命者，洪北漠他們也不會這樣對付我，我想我只是擁有天命者的血統罷了。」

這個解釋合情合理，正如混血兒中有人是二分之一混血，有人是四分之一混血，還有人是八分之一，看來姬飛花只是其中一個混血兒，並非兩個天命者結合的後代，而且胡小天也不止一次見過姬飛花流血，她的血是紅色的。

胡小天道：「想要揭穿這個秘密，就必須要找到那仍然活在世上的天命者。」

姬飛花道：「縱然這個世界上真有天命者存在，他活到現在也應該快兩百歲了，你真相信世上會有那麼長壽的人？」

胡小天道：「萬事皆有可能。」

姬飛花道：「按照你的說法，你也很像是天命者。」

胡小天苦笑道：「那骷髏頭扣在我腦袋上毫無反應，我算哪門子的天命者？」他心中明白，正像自己對姬飛花並未將所有的事情倒出來，姬飛花對自己一樣有所隱瞞，她從藍色頭骨中得到的資訊肯定很多，否則她也不會這麼愉快地將頭骨交給自己，讓自己拿去給胡不為交差。不過這並不代表姬飛花對自己有惡意，應該是她對自己仍然未能完全信任。

此時天空中彤雲密佈，看起來又要下雪了，胡小天道：「咱們回去吧，姬大哥，要不要跟我一起入城喝酒？」他本以為姬飛花會拒絕，卻想不到姬飛花居然愉快地點了點頭：「好啊！」

胡小天和姬飛花兩人剛剛進入雍都，就看到夏長明神情慌張的迎了上來。

看到夏長明的表情胡小天就心知不妙，低聲道：「有什麼事情？」

夏長明向姬飛花的方向看了一眼，姬飛花早已走向一旁。夏長明壓低聲音道：「秦姑娘出事了。」

胡小天微微一怔：「什麼？」

夏長明這才將事情簡單說了一遍，原來他奉命跟蹤秦雨瞳，派出黑吻雀追隨秦雨瞳的下落，看到秦雨瞳今日去見了神農社的樊明宇、樊玲兒父女，可就在秦雨瞳離開那裡返回的途中，被一群人劫走，黑吻雀一路跟蹤，發現那些人將秦雨瞳劫走去了劍宮。

胡小天聽完之後不由得怒道：「那邱閑光好大的膽子，竟然敢在光天化日之下劫人！」心中又有些疑惑，據他的瞭解秦雨瞳的武功應該不弱，怎麼會如此輕易就範？難道劫走她的是超一流的高手不成？

胡小天按捺下當即就去劍宮找邱閑光要人的念頭，讓夏長明儘快去調查劍宮那邊的狀況，他則回到姬飛花的身邊。

姬飛花淡然道：「是不是遇到了麻煩？」

胡小天點了點頭，將發生的事情告訴了她。

姬飛花皺了皺眉頭，低聲道：「秦雨瞳？莫不是玄天館任天擎的得意弟子？」

胡小天點了點頭道：「就是她！」

姬飛花道：「劍宮雖然勢力不小，可是他們竟然敢挑戰玄天館，公然劫持他的弟子？」任天擎不止是醫術高明，他的武功也早已進入宗師級境界，即便是姬飛花當年對他也忌憚幾分。

胡小天這才將自己劫持邱慕白的事情說給她聽了，姬飛花道：「如此說來，興許是你得罪了人，有人報復到了她的身上。」

胡小天不解道：「可是這件事我做得隱秘，並沒有人知道是我下手。」

「若要人不知除非己莫為，既然黑胡人能夠從你關押邱慕白的秘密地點將他帶走，就證明你的事情並不隱秘。」

胡小天道：「黑胡人和劍宮有不共戴天之仇，他們應該不會合作！」

姬飛花輕聲道：「既然想不通就乾脆不去想，要麼你讓秦雨瞳自生自滅，要麼你出手相救。」

胡小天道：「就怕他們劫走秦雨瞳的真正目的是為了引我入甕！」

姬飛花呵呵笑了起來：「你怕啊？」

胡小天一臉傲氣道：「怕他個鳥，他敢動我的人，老子便把劍宮一把火給燒了，新賬舊賬一起算！」

姬飛花眉峰一動：「秦雨瞳是你的人？」

胡小天面露尷尬之色：「朋友，你別多想！」

姬飛花輕聲歎了口氣道：「你私人的事情我從不關心，不過劍宮攪了咱們的酒局，我這心情也鬱悶得很呢。」

胡小天焉能聽不出她要跟自己同去劍宮，心中也是頗為感動，姬飛花總是這樣，雖然感情很少流露，可是在關鍵時刻總會毫不猶豫地站在自己的身邊，他點了點頭道：「我已經讓長明前去調查，等查清情況，咱們就夜探劍宮……」他發現姬飛花的表情顯得有些不屑，頓時覺得尷尬起來。

姬飛花道：「男子大丈夫做事總是偷偷摸摸畏手畏腳，你難道就不能光明正大地做一次？」

胡小天道：「你的意思是……」

「既然都知道是劍宮做的，乾脆就堂堂正正找上門去。」

胡小天怔怔望著姬飛花，心中暗忖劍宮或許早已設好了圈套等他去鑽。

姬飛花道：「對敵之策，虛虛實實，他們剛剛劫走秦雨瞳不久，應該不會想到你這麼快就得到了消息，現在登門要人會殺他們一個措手不及。」

胡小天點了點頭，姬飛花的話說得倒是很有道理，可是他們又該用怎樣的身分前去要人？

姬飛花對他的心思揣摩得非常透徹，輕聲道：「既然他們劫走了玄天館的人，咱們就打著玄天館的旗號前往要人。」

胡小天道：「那也得人家相信。」

姬飛花微笑道：「我恰恰收藏了一張蒙自在的面具，加上你易筋錯骨本事，模仿秦雨瞳的師伯應該不難。」

胡小天目光一亮：「好！就這麼辦！」姬飛花都如此無畏，胡小天又豈肯落後，更何況他和姬飛花兩人聯手，放眼天下又有幾人能敵？再者說，他們還帶著兩把光劍，真是遇到了強敵，亮出光劍自然是無堅不摧。

姬飛花輕聲提醒他道：「最好別打光劍的主意，匹夫無罪懷璧其罪，不到萬不得已的時候，這件武器儘量不要動用，不然會招來很多不必要的麻煩。」

劍宮主人邱閑光心緒不寧，兒子已經失蹤了近半個月，至今仍然杳無音訊，雖然他求助於李沉舟，李沉舟也表示在這件事上會盡力相幫，可是並沒看到李沉舟有何具體動作，這讓邱閑光非常失望。

邱閑光心中煩亂之時，卻聽到房門敲響的聲音，得到他的應允之後，大弟子林慕青走了進來。

不等他說話，邱閑光就迫不及待地問道：「可有慕白的消息？」

林慕青搖了搖頭。

邱閑光的臉色頓時變得不悅，既然沒有兒子的消息，為何要打擾自己？

林慕青道：「師父，外面有位玄天館的蒙先生求見。」

邱閑光皺了皺眉頭道：「哪個蒙先生？」

「蒙自在！」

邱閑光聽到蒙自在的名字也不由得動容，他有些詫異道：「怎會如此？」

林慕青道：「弟子從未見過蒙先生，所以還請師父過去一趟。」

邱閑光點了點頭，沉聲道：「我去看看，他究竟是真是假！」

第三章

沉水無香

劍名沉水，沉水無香，沉水劍追命絕情，
這柄劍下不知死去了多少敵人的冤魂，
可是今天這把劍並非奪去敵人的性命，
而是奪去了自己門人的性命，
老者的臉色陰森可怕，內力貫注於劍身之上，
被折斷的地方竟然擴展出一寸長度的白色劍芒。

胡小天和姬飛花兩人喬裝打扮之後直奔劍宮，夏長明的追查也有結果，秦雨瞳被帶入了劍宮的萬仞山，然後就不知去向，胡小天並未讓夏長明隨行，此次劍宮之行十有八九會是一場大戰，他有姬飛花相助，應該立於不敗之地。

易容成為蒙自在的胡小天端坐劍宮慧劍堂內，姬飛花則扮成他的弟子靜靜站在他的身後。

劍宮畢竟是大雍武林的象徵，規模之大，弟子之眾也是讓胡小天大開眼界，別的不說，單單是目前劍宮的弟子就有三千多人，劍宮始祖藺百濤憑藉誅天七劍開創劍宮基業，當年以一柄玄鐵劍橫掃武林，後來受了大雍皇帝委託刺殺黑胡可汗完顏鐵鎧，雖然當時未能將完顏鐵鎧斬首，可是也將之重創，完顏鐵鎧死於三月之後。

藺百濤雖然為大雍立下不世之功，可最終也未得善終，大雍皇帝聽信挑唆讒言，擔心藺百濤於己不利，下令遣散劍宮，藺百濤蒙冤出走，卻遭人洩露行蹤，最終和黑胡四大高手同歸於盡，胡小天誤打誤撞進入桃花潭，殺死紫電巨蟒，吃了風雲果，得到玄鐵劍，還學會了誅天七劍的劍法，說起來胡小天和劍宮之間也算得上是頗有淵源。

因為胡小天不經意露出的劍法，劍宮多人也對他窮追不捨，也發生了不少凶險狀況，劍宮馮閑林就是死在胡小天的手下。

胡小天並不害怕劍宮門人的劍法，畢竟藺百濤死後，他的誅天七劍並沒有傳給劍宮的任何人，可是劍宮也並非軟弱可欺，藺百濤給劍宮留下了威力巨大的針法，現在回想起當初對付劍宮劍陣的情景，胡小天仍然心有餘悸。

劍宮主人邱閑光步履矯健地走入慧劍堂，他不僅對弟子約束嚴格，而且律己甚嚴，他的多半時間都致力於劍法修煉中，為人冷酷無情，不苟言笑，愛子被人劫走之後，更見不到他流露出絲毫歡顏，邱閑光的目光落在胡小天臉上，打量了一下，然後抱拳道：「蒙先生！西川一別，已經十年，先生風采依舊，真是讓人欣慰。」

胡小天呵呵笑道：「門主還記得老夫，我還以為你都將我忘了呢。」他和蒙自在不止一次打過交道，將蒙自在的舉止神態學了個七分，從邱閑光的話可以聽出，他此前曾經和蒙自在打過交道，胡小天心中暗想，最好不要被他識破才好。

邱閑光似乎並沒有看出破綻，在胡小天的對面坐下，讓人送上香茗，端起茶盞抿了一口道：「不知蒙先生今次前來所為何事？」

胡小天道：「無事不登三寶殿，若是沒事，老夫也不敢叨擾門主。」他緩緩站起身來，居高臨下望著邱閑光，先在氣勢上壓制住對方一頭。

邱閑光也感到一股無形潛力撲面而來，心中微微一怔，不過表面仍然古井不波，穩穩坐在太師椅上，風波不驚道：「蒙先生有什麼話，不妨坐下細細道來！」

胡小天冷哼了一聲道：「你我也算是舊識，我且問你，我玄天館可有得罪你門上之處？」

邱閑光表情錯愕道：「蒙先生此話怎講？」

胡小天冷笑道：「明人不做暗事，老夫也不跟你繞彎子，你們劍宮因何劫持了我師侄秦雨瞳？」

邱閑光皺了皺眉頭道：「蒙先生是不是有所誤會？我並不認得您師侄，劍宮和玄天館從無任何仇恨，我焉能做出這種有損雙方友情之事？」

胡小天咄咄逼人道：「若無確切的消息，老夫也不敢登門冒犯！有人親眼所見，是你們劍宮弟子將秦雨瞳擄走，劫持進入了劍宮，一直送到了萬仞山！」

邱閑光呵呵冷笑道：「那萬仞山乃是我劍宮禁地，任何外人不得進入，蒙先生應該聽說過這個規矩吧？」

胡小天道：「親眼所見那還有錯？你若是念及雙方的交情，最好乖乖將秦雨瞳交出來，否則……」

「否則怎樣？」邱閑光拍案怒起，身邊一眾弟子，鏘的一聲同時將佩劍拔出一半，森寒的劍光瞬間瀰漫在慧劍堂內。

姬飛花仍然靜立在胡小天身後一動不動，胡小天環視眾人不禁哈哈大笑：「怎麼？想要倚多為勝嗎？」

邱閑光擺了擺手，示意眾人將長劍收回鞘中，然後盯住胡小天道：「欲加之罪何患無辭，蒙先生，我邱閑光對玄天館懸壺濟世的行為向來是敬重的，又豈會向玄天館館主的高足下手？」

胡小天道：「你若是心中沒鬼，敢不敢讓我將你這劍宮上下仔細搜查一遍？」

劍宮大弟子林慕青再也按捺不住心中的憤怒，大吼道：「大膽狂徒，你當我劍宮是什麼地方？你想搜就搜？」

胡小天冷冷看了林慕青一眼，逼人的殺氣宛如暗潮一般湧動而去，將林慕青包圍其中，林慕青感到呼吸為之一窒，下面的話竟然說不出口。

邱閑光此時向胡小天走了一步，看似漫不經心，實則擋在了林慕青的身前，為他化解了這讓人膽顫的凜凜殺氣。

邱閑光一如剛才那般冷漠，靜靜望著胡小天道：「蒙先生犯不著和小輩一般見識，你若是不信，我可證明給你看。」

胡小天心中暗奇，證明？怎麼證明？難道邱閑光改變了主意？同意讓他搜查劍宮？胡小天堅信夏長明的消息不會有誤，可既便如此，就算邱閑光答應將劍宮敞開來讓他們搜查，他和姬飛花也未必能夠找得到秦雨瞳的下落。

胡小天點了點頭道：「門主還是將誤會解釋清楚得好。」

邱閑光道：「請跟我來！」

胡小天跟在邱閑光的身後，姬飛花本想隨同他一起前去，卻被林慕青擋住了去路，胡小天怒道：「邱門主什麼意思？」

邱閑光淡然道：「蒙先生若想證明此事還需獨自一人跟我前往，若是蒙先生不肯，那便算了。」

胡小天心中不免猶豫，邱閑光根本是要故意將他們分開，難道是想將他們隔離開來然後逐一解決？可人家已經讓步，不過既然是來興師問罪，就不怕把事情鬧大，胡小天正準備繼續發難之時，卻聽姬飛花道：「師父，徒兒就在這裡等您，您不用擔心我，如果有什麼事情，您只需招呼一聲，徒兒就會趕過去。」

胡小天看到姬飛花讓自己跟著邱閑光過去，又見她說得那麼有把握，想必已經有了應對的辦法，大不了也就是硬闖出去，也沒什麼好怕。心念及此，他向姬飛花點了點頭道：「你小心些，若是誰敢欺負你，為師絕饒不了他！」說話的時候向林慕青狠狠瞪了一眼。

林慕青被他瞪得打心底發寒，可又不敢說什麼。

邱閑光唇角露出淡淡的笑意：「蒙先生只管放心，我劍宮上下無人會對玄天館的門下不利。」

胡小天跟著邱閑光出了慧劍堂，來到外面，看到天空之中悠悠蕩蕩下起雪來，走出院落，拾階而上，來到劍閣，這劍閣乃是由東西兩座五層樓台組成，兩座樓台之間有一道猶如長虹般的天橋相連，天橋下方乃是劍宮的主道。主道南北走向，從北到南道路逐漸收窄，從上方俯瞰，猶如藏在劍宮中的一把長劍。劍鋒處所指的方向乃是萬仞山，乃是劍宮禁地。

雖然天空中雪越下越大，可是因為這天橋之上有風雨亭，所以胡小天的身上並未沾染雪花，走過天橋，來到西樓之上的寬闊平台，這裡名為磨劍台，整個平台之上空無一物，雪花已經將磨劍台蓋上了薄薄一層，就在磨劍台的中間站著一人，此人一身青色儒衫，相貌清臒，表情從容，那漫天飛雪在他的身體周圍竟似乎悄悄躲開了去，沒有一片落在他的身上，而此時邱閑光也悄然後退離開。

胡小天看清那人面容之時，感覺血液瞬間凝固了。

那中年儒生向他微笑點了點頭，輕聲道：「別來無恙？」

就算胡小天敲破腦袋也想不出眼前人竟然是玄天館的館主任天擎。

胡小天馬上就明白自己已經暴露了，任天擎何許人物？他不可能糊塗到連自己的師兄蒙自在都不認識，更何況任天擎本身就是一個易容高手，秦雨瞳的易容術就是得自於他的真傳，連秦雨瞳的易容手段在胡小天心目中都是高山仰止的狀態更何況任天擎乎？任天擎身在劍宮，那麼秦雨瞳的安全自然不會成為任何的問題。

那麼秦雨瞳被劍宮劫持整件事就是一個圈套，只是並非胡小天和姬飛花分析的那樣，胡小天心中暗歎，秦雨瞳啊秦雨瞳，你在其中究竟又充當了怎樣的角色？難道你也會設計我嗎？

胡小天心中雖然波瀾起伏，連罵娘的心都有了，可是表面上卻風平浪靜，一臉人畜無傷的笑容，他沒說話，因為一說話定會露餡。其實他不說話也已經暴露了，所以他只能笑。

任天擎道：「膽敢冒充我的師兄，天下間還真沒有幾個。」

到了這種時候，胡小天也沒必要偽裝了，他呵呵笑道：「你師兄也不是什麼了不得的人物，冒充他是他上輩子修來的福分。」

任天擎點了點頭道：「看來我那個乖徒兒在你心中果然有些地位。」

胡小天道：「讓我先搞清楚，究竟是你們聯手演了這齣戲，還是你一手導演了這一切？」

任天擎道：「跟雨瞳無關，只是我聽說了一些事，交出那幅圖，我就放雨瞳一條生路。」

胡小天有些錯愕地張大了嘴巴：「我有沒有聽錯？你居然用自己徒弟的性命來要脅我？」

任天擎微笑道：「沒錯，交出那張皮，我就放了她！」

胡小天沒有聽錯，任天擎這次說的更加清楚，他說的是那張皮，應該是那張屬於敬德皇的人皮，而這件事，胡小天只是故意將消息透露給了燕王薛勝景，他的本意是要打亂薛勝景的佈局，引蛇出洞，卻想不到薛勝景的應對之策竟然是從秦雨瞳一方下手。任天擎和薛勝景無疑是同一陣營。如此看來薛勝景當時只是在自己面前故意偽裝，所謂仙使只不過是用來迷惑自己的稱呼罷了，也許什麼仙使根本就不存在，也許仙使另有其人。

胡小天望著任天擎道：「你是仙使？」

任天擎唇角露出淡淡的笑：「不可以嗎？」

胡小天也笑了起來：「你怎麼知道我會為了秦雨瞳而選擇向你低頭？」

任天擎道：「因為我真的會殺了她！」

「她是你的徒弟！」胡小天提醒他道，心中仍然在懷疑，秦雨瞳或許也參與了這件事，虎毒不食子，師徒之間的感情猶如父子，任天擎又怎麼忍心如此對待他最為得意的弟子。

任天擎道：「比起《天人萬像圖》，徒弟算不了什麼，我也不止一個徒弟。」

「天人萬像圖？」胡小天有些驚詫地重複著這熟悉的字眼，他本以為那幅鬼醫符刓所繪的人體解剖圖就是天人萬像圖，任天擎一語驚醒夢中人，他此時方才明白原來天人萬像圖的真相卻在於此。

任天擎深邃的雙目望著胡小天道：「看來你不知道的事情還有很多，你知不知道秦雨瞳並非她的本名，她姓周，她的父親乃是大康丞相周睿淵，說起來跟你還曾經指腹為婚呢，我是不是有用她威脅你的足夠理由？」

胡小天有種精神錯亂的感覺，一切對他來說都顯得如此匪夷所思，然而任天擎應該不會在這方面欺騙自己。他緩緩點了點頭，然後向任天擎道：「雖然我很想把那勞什子《天人萬像圖》給你，可是我沒有啊！」

任天擎道：「現在說沒有是不是已經為時太晚？」

胡小天道：「你搞錯了兩件事，一，你過於相信薛勝景，二，你高估了秦雨瞳在我心中的地位！」他的話音剛落，已經猶如猛虎出閘般衝了出去，然後揚起拳頭，一拳向任天擎攻了過去，神魔滅世拳！他記得姬飛花的囑託，不到迫不得已儘量不使用光劍，除了光劍他還有拳頭，他的神魔滅世拳威力也相當驚人，在胡小天發動攻擊的剎那，爆發出以聲震徹天地的大吼。

這聲吼叫卻是為了給姬飛花報訊。

在胡小天動手之前，姬飛花已經感覺到氣氛不對，一位掃地的老者緩緩抬起頭來，原本黯淡無光的雙目卻陡然迸射出利劍般的寒芒，死死盯住了她。

林慕青卻在此時悄悄向門外退去。

姬飛花望著那老者，表情沒有絲毫的畏懼，唇角泛起一絲嘲諷的笑意。

那老者低聲道：「勞煩讓一讓，我要掃地。」

姬飛花輕聲道：「我若不讓呢？」

老者道：「那就去死！」說話的時候已經出手，手中的笤帚指向姬飛花，中途掃把四散解體，露出藏在其中寒光閃爍的劍鋒，劍長三尺，鋒芒在外卻只有一寸，這一寸寒光直奔姬飛花的咽喉，追風逐電，快似流星。

姬飛花望著那縷寒光，眼睛都不眨一下，就在寒光迫近自己的那一刻，她伸出右手的兩根手指，準確無誤地夾住劍鋒，寒光在頃刻之間散去，伴隨著喀嚓聲響，劍鋒應聲而斷，姬飛花纖長的手指竟然折斷了堅韌的劍鋒，她旋即輕輕一抖，一點寒星直奔林慕青的後頸而去，噗！斷裂的劍鋒從林慕青的後頸刺入，穿透他的頸部，擊碎他的喉結，然後去勢不歇，帶著鮮血發出嗚嗚一直射出慧劍堂外，徑直射入包圍慧劍堂的那群劍宮弟子之中，慘呼聲接連響起，竟有三人命喪當場。

老者手中的三尺劍被折斷了一寸，他的憤怒全都集結在光禿禿的掃把之上，掃把的竹竿從中爆裂開來，裸露出裡面暗藏的那柄劍，劍如沉水，光芒深沉，可是最為銳利的劍鋒卻已經被人折斷。

劍名沉水，沉水無香，沉水劍追命絕情，這柄劍下不知死去了多少敵人的冤魂，可是今天這把劍並非奪去敵人的性命而是奪去了自己門人的性命，老者的臉色陰森可怕，內力貫注於劍身之上，被折斷的地方竟然擴展出一寸長度的白色劍芒。凝氣為劍，劍宮之中能夠達到這一境界的並不多，劍宮除了門主邱閑光之外，也只有三名長老才能夠達到這一境界，眼前的老者正是劍宮三大長老之一的謝長流。

謝長流、齊長光、賀長勝這三人乃是劍宮現存資格最老的三位元老，他們三人因為年事已高早已不問俗事，甚至連劍宮的後輩弟子都很少知道他們的身分。然而這並不代表著他們的實力不濟，自從邱閑光主事之後，這三位長老就退居幕後，有人選擇雲遊，有人選擇閉關，有人則選擇泯然眾人，如謝長流這種就搖身一變成為劍宮的一名不起眼的雜役，除了邱閑光等少數人知道他的身分，誰也不知道這位沉默寡言的老人竟然是劍宮輩分尊崇的長老。

凜冽的殺氣以謝長流為中心，向四面八方彌散開來，猶如一張無形的大網將整個慧劍堂籠罩。慧劍堂內已經沒有其他的劍宮弟子，只有姬飛花靜靜站在那裡，她的雙眸深沉如海，傲然挺立，雙手負在身後，望著謝長流手中的沉水劍，唇角露出一絲淡淡的笑意，沒有譏諷，可更沒有流露出絲毫的畏懼。

沉水劍的鋒芒雖然被姬飛花折去，可是內力催發而生的劍芒卻令劍身光芒四射，沉水劍綻放出前所未有的光華。

謝長流出劍的速度極其緩慢，但是沉水劍在他的手中卻輕盈如同無物，劍芒在距離姬飛花還有五尺的地方，如同花瓣般綻放開來，一朵朵一叢叢，幻化出千百道炫目的光影將姬飛花的身軀籠罩其中，速度在瞬間遞增數十倍，一道道劍芒在高速行進中幻化出一道道筆直的森寒軌跡。

姬飛花輕歎了一口氣，然後伸出右手，竟探入了這追魂奪命的劍芒之中，出手之後，千百道光芒瞬間歸於一線，依然是兩根手指夾住了沉水劍，身軀猶如陀螺般旋轉起來，在謝長流還未來得及奪回沉水劍之時，以肩頭重重撞擊在他的胸口。

謝長流再也拿捏不住手中的沉水劍，胸口宛如被重錘擊中，悶哼一聲，身軀倒飛而起，謝長流應變奇快，在姬飛花撞在他胸口之時，他已經吸氣令整個胸膛內陷，藉以緩衝姬飛花強大的撞擊力，饒是如此仍然還是慢上了一步，他詫異於對方的速度，對方如此年輕，怎麼會擁有如此強大的實力。

謝長流被撞飛之後，在空中接連變換身形，一是為了緩衝姬飛花的衝擊力，二是為了不至於在一眾劍宮弟子面前摔得太過狼狽。外面的劍宮弟子本來已經擺好了劍陣，可是看到謝長流從裡面出來，慌忙向兩旁閃避，這樣一來本來組好的陣型頓時改變。

只是他的身軀尚未落地，姬飛花已經握著剛剛奪來的沉水劍尾隨而至，一劍劈向謝長流的咽喉。

謝長流還沒有來得及做出反應，冰冷的劍刃已經劃破他的咽喉，將他的頭顱和身體一分為二。姬飛花抬腳將謝長流的屍身踹了下去，然後揚起沉水劍抽打在謝長流的頭顱之上，那顆腦袋猶如流星般向人群中飛去，一名不及閃避的劍宮弟子被迎面撞了個正著，頓時撞得腦漿迸裂，一命嗚呼。

姬飛花視這些不相干的人命如同草芥，對他們的死亡根本無動於衷，此時她聽到了胡小天的那聲大吼，目光投向前方的磨劍台。身下那數百名劍宮弟子揚起長劍在下方迅速集結陣列，姬飛花唇角泛起一絲冷酷的笑意，手中沉水劍一抖，一道凜冽的無形劍氣激發而出，劈斬在人群之中，血肉橫飛，慘叫聲此起彼伏，姬飛花冷冷道：「擋我者死！」右腳踏在一名劍宮弟子的頭頂，身軀再度騰空而起。

此時前方陡然傳出一聲厲喝：「萬劍齊發！」

那幫被姬飛花嚇得魂飛魄散的劍宮弟子聽到這聲呼喝之後頓時冷靜了下來，五十名劍宮弟子舉起弩機，他們的弩機之上安放的並非是弩箭，而是一柄柄雪亮的細劍，這種細劍形狀古怪，沒有劍柄，就是劍身的尾部增添了尾羽，三柄輕薄鋒利的羽劍疊合在一起，扣動弩機，三劍齊發，一百五十柄羽劍破空射去，這些負責射出羽劍的弟子訓練有素，配合默契，射出的羽劍從各個角度封死了姬飛花的去路。

姬飛花劍眉微顰，手中沉水劍有若蛟龍，在她的身體周圍劃出一道銀色長鏈，長鏈旋動，幻化成一個銀色的漩渦，射向她的羽劍受到一股無形吸力的牽引，紛紛改變方向投入銀色漩渦之中，陡然之間，光芒大盛，從銀色漩渦之中百餘支羽劍改變方向射出，如同漫天花雨落向下方剛剛組成的劍陣。

「合！」下方劍宮弟子已經在短時間內列陣完畢，百餘名劍宮弟子手中長劍揮舞得風雨不透，光影旋動，如同一支支雨傘，擋住了這漫天花雨，雖然如此，仍然有十多名劍宮弟子不急閃避，被反射回來的羽劍射殺當場。

一排羽劍射完，第二輪羽劍再次射向姬飛花。

姬飛花武功雖高，可是面對對方的接連進擊也不得不放緩腳步，將羽劍反擊回去，雙腳輕輕落在地面之上，近五百人的劍陣已經佈置完成，劍宮主人邱閑光手握一柄古劍靜靜站在天樞位置之上，陰森的目光籠罩住姬飛花，沉聲道：「好厲害的身手，試試我劍宮的劍網天羅陣！」

劍網天羅陣乃是劍宮第一大陣，劍陣共有五百四十人組成，內陣三十六人，二重七十二，三重一百四十四，外陣二百八十八，由內到外又稱之為日、月、星、辰，此陣乃是劍宮人數最多，威力最大的陣法，邱閑光自從繼任門主之後，他在劍法上的進境一般，又因為劍宮已經沒有了誅天七劍，所以他在陣法上下的功夫最多，劍宮能有今日之威，紛繁複雜的劍陣功不可沒。

姬飛花望著周圍宛如波浪般起伏的劍刃，心中興起了萬丈豪情，挑戰當前，她沉寂許久的鬥志開始慢慢甦醒了。

任天擎望著胡小天奔若驚雷的一拳，臉上帶著詭秘的微笑，他仍然站在那裡，不閃不避。胡小天的這一拳撕裂了空氣，周圍雪花隨同排浪般的空氣向周圍四散飛去。威勢駭人，這一拳足可開山裂石，可令江河斷流，胡小天的拳頭距離任天擎還有兩尺，無形拳勁已經先行到達，拳頭並未觸及任天擎，任天擎卻已經猶如一片輕盈的羽毛，悠悠飛起。

胡小天的力量落空，砸在任天擎身後，於虛空中迅速衰減。

胡小天從一開始就知道任天擎的體外有著一層無形護體罡氣，他本以為自己的拳勁和對方的罡氣正面相交，會對衝出驚天動地的動靜，卻想不到拳勁剛剛觸及到任天擎的體外罡氣，他就如同一片羽毛般飄走，根本全不著力，胡小天向前跨出一步，右腳重重踏在青石地面上，膝蓋微屈，借助地面的反彈之力，身軀拔地而起，飛掠起四丈的高度，然後如同一隻蒼鷹般急速俯衝，衝破風雪，一拳向任天擎的頭頂擊落。

此前的狀況再度發生，拳勁根本無法突破任天擎的護體罡氣，只不過這次他猶如一個憋足勁的皮球，向地面高速落去，落在地面之上然後迅速彈射而起。胡小天眼睜睜看著任天擎超越過自己的高度，他正嚴防任天擎的反擊之時，卻見任天擎在空中一個曼妙的轉折，猶如一隻大鳥般向正南方滑翔而去。

胡小天高喝道：「哪裡走？」其實他原本不需要那麼大的嗓門，其目的卻是要讓姬飛花知道自己的方位，足尖在磨劍台上一點，施展馭翔術，緊隨任天擎滑翔的方向追逐而去。

姬飛花聽到了胡小天的這聲大喊，此時她的注意力卻在前方的劍陣之上，只見前道道劍光陡然豎立起來，猶如平靜海面上突然泛起的波浪，劍光組成的波浪足有三丈高度，向姬飛花席捲而來。

層層疊疊的劍光，讓人觸目驚心的恢弘攻勢，劍宮主人邱閑光大喝道：「斗轉星移！」斗轉星移，滄海桑田，往往在人的一念之間，邱閑光要在最短的時間內擊殺姬飛花。

姬飛花卻聚精會神地觀察著這滾滾而來的劍陣，劍宮的劍網天羅陣果然名不虛傳，鋪天蓋地，宛如狂濤駭浪，以摧枯拉朽之勢向她襲來，和規模宏大的劍陣相比，姬飛花只是一葉孤獨的小舟。劍光組成的驚濤駭浪張開猙獰的巨吻，要將這葉小舟撕成碎片。

當劍光巨浪升騰到最高點，向下方拍打而來的時候，姬飛花的腳步終於啟動……

沉水劍在謝長流的手中可以發出一寸劍芒，在姬飛花的手中卻是另一番景象，姬飛花挺起沉水劍，向前方劍光組成的巨浪無畏衝去，雙腳剛剛脫離地面，身軀就如同陀螺一般旋轉，沉水劍隨同她的身形迅速旋轉，劍光留影在她的前方形成一個巨大的矛尖，姬飛花的動作引動了周圍的風雪，風雪隨之瘋狂舞動，遠遠望去，暴雪形成的一道直徑半丈的白色龍卷，尖端寒芒閃爍，有若一隻飛速旋轉的鑽頭，向劍光閃爍的巨浪迎擊而去。

劍光浮掠，層層疊疊，數百名劍宮弟子形成了一道堅不可摧的劍光之牆，守則固若金湯，攻則摧枯拉朽。

劍宮主人邱閑光雙目之中全是冷森森的殺意，在他眼中姬飛花的行為無異於飛蛾撲火自尋死路，斗轉星移乃是劍網天羅陣中最強大的一招，它的強大絕不僅限於這聲勢浩大的陣仗！

「轉！」

劍光組成的巨浪幾乎在同時逆時針擰動，劍浪之上出現了一個巨大的漩渦。

姬飛花引動的白色龍卷此時徑直向漩渦的中心投去，強大吸引力試圖將姬飛花拉扯到漩渦深處。

姬飛花處變不驚，風雪瘋狂旋轉在她的身體周圍，沉水劍和她的身體已經合為一體，眾人的眼前只剩下光影，這白色的光影在進入漩渦之中的時候迅速擴展開來，沉水劍的鋒芒也以驚人的速度向前方延展出去，白光直刺漩渦的中心。

「合！」

鋪天蓋地的劍光向中心包圍壓榨，將白色的龍卷包圍其中，兩股龐大的力量於無聲中交接，劍光形成的巨大球體向內壓縮，縮小之後又迅速膨脹，劍光形成的巨大球體出現了微小的裂隙，白光從裂隙中不斷透射出來，終於裂隙越來越大，伴隨著白光噴湧而出的還有讓人觸目驚心的血霧。

蓬！一聲驚天動地的巨響，雪花四處翻飛，鮮血彌散在天空之中，數十隻斷裂的肢體夾雜著碎肉散落了一地。血光之中，白色龍卷纖塵不染，在空中幻化成人形，由虛返實，姬飛花孤傲的身影出現在劍陣之外。

劍陣卻已經支離破碎，一名劍宮弟子看了看他的雙手雙腳，心中不由得慶幸還在，可是忽然又想起什麼，低頭望去，卻見自己的胸前破出了一個碗口般的大洞，透過這個大洞可以清晰看到後方的景象，他想要說什麼，卻終於一個字沒有說出來，充滿驚駭的雙目望著不遠處的邱閑光，然後直挺挺倒了下去。

邱閑光的右手微微顫抖著，不是因為害怕，而是在剛才他和姬飛花對了一劍，被對方強悍的內力震得麻痹，至今仍然沒有恢復，他意識到自己失算了，本以為眼前之人乃是對手中最為薄弱的一環，卻想不到她的武功強悍到如此的地步。

邱閑光終於明白，為何對方敢強闖劍宮，擁有這樣強大的實力，放眼劍宮上下根本無人能夠攔得住她。

姬飛花望著滿地鮮血，目光冷漠，內心更是堅硬如鐵，並非是因為自己下手殘忍，而是這些對手不懂得珍惜他們的生命，她靜靜望著邱閑光：「交出秦雨瞳，我饒你一命！」

任天擎身形飄忽，徑直向劍宮禁地萬仞山飄飛而去，胡小天身法驚人，可是他卻始終無法拉近和任天擎之間的距離。

任天擎的身影沒入萬仞山之中。

胡小天於萬仞山前停下腳步，萬仞山並非天生而成，乃是人工堆砌的假山，層層層疊疊，犬牙交錯，猶如平地生出了一片紅色石林，石林的頂端已經被飛雪染白。

胡小天望著眼前的劍宮禁地，心中不由得躊躇起來，任天擎顯然是故意將自己引到這裡，常言道逢林莫入，這層層疊疊的石林只怕暗藏玄機。

萬仞山內傳來秦雨瞳的驚呼聲：「師父，你幹什麼？」

胡小天內心一緊，雖然他心中仍有疑慮，可是在他心底深處對秦雨瞳的關心仍占了上風，他咬了咬嘴唇，摸到腰間的光劍劍柄，暗自下定決心，就算裡面真是一座迷宮，自己也可用光劍劈開一條道路。

胡小天緩步走入萬仞山，一邊走一邊留意著周圍環境，這一座座拔地而起的山峰有若利劍直指天空。矮的不過三尺，高的卻有十丈，每座石峰之上都刻著大字。

胡小天又聽到一聲尖叫，他循聲走去，等到了聲音發出的地方卻發現空無一人。就在他四顧尋找秦雨瞳蹤跡之時，聽到頭頂一個陰惻惻的聲音道：「小子，擅闖劍宮禁地，你活膩歪了吧？」

胡小天仰首望去，卻見五丈高的石峰之上立著一人，那人一身青袍，手中拿著一把通體漆黑的木劍，雙目冷森森盯住胡小天，正是劍宮長老齊長光，胡小天和齊長光曾經打過交道，齊長光為了奪取誅天七劍曾經從大雍一路追蹤胡小天和霍勝男到了靈音寺，當時如果不是緣木大師出手相助，胡小天和霍勝男差點喪命在他的手裡，不過那次齊長光也被緣木震斷了右腿，被逼在靈音寺禮佛誦經三年。

胡小天馬上就意識到自己認得齊長光，可齊長光並不認識自己現在的樣子，他冷笑道：「我找人，你最好別多事。」

齊長光冷笑道：「胡小天，是你自己揭下這張面皮，還是老夫幫你撕下來？」

胡小天心中一怔，他並沒有以本尊的模樣出現，想不到齊長光終究還是知道了他的真正身分。胡小天暗忖，劍宮本來隸屬於李沉舟的陣營，而任天擎卻與薛勝景狼狽為奸，任天擎在這裡出現，難道證明劍宮已經倒向了薛勝景的一方？

胡小天微笑道：「齊長光，你這位劍宮長老還真是無恥，上次趁著我真氣走岔想要害我，這次我看你還有什麼機會？」

齊長光手中青鋼劍斜斜指向胡小天，劍身之上蒙上了一層青濛濛的光華，和謝長流喜好使用寶劍不同，齊長光更喜歡隨手拈來，劍法練到一定的境界，信手拈來，即便是草木也可以成為無堅不摧的利刃。

青鋼劍在齊長光的手中發出嗡嗡之聲，宛如突然活過來一般，氣息貫注於劍身之上，劍身微微顫抖。

不等齊長光出劍，胡小天已經一拳重擊在齊長光立足的石峰之上，石峰高有五丈，可底部的直徑只有三尺，胡小天要一拳砸斷石峰，將齊長光從上方逼迫下來。

讓胡小天意外的是，他這一拳砸在石峰之上並未將石峰砸斷，石峰並非石峰，乃是精鐵鑄成，因為外面裝飾得很巧妙，即便是近距離看上去也以為是一根根的石頭，竟看不出這萬仞山居然全都是精鐵打造。

這一拳雖然沒有將鐵峰砸斷，可是卻引起鐵峰劇烈的震顫，齊長光一個倒栽蔥，從高處直墜而下，手中青鋼劍直指胡小天的天靈蓋，劍氣撕裂空氣發出毒蛇吐信般的嘶嘶聲，雖然胡小天現在的武功早已非昔日可以相比，但是面對齊長光凝聚全身功力的一擊，也首選避其鋒芒，腳步變幻，躲狗十八步施展而出，胡小天的身軀倏然竄了出去，原地只剩下一道虛影。

齊長光一劍落空，及時收回力量，劍鋒在地面上一點，發出奪的一聲脆響，胡小天聽在耳中，馬上判斷出這是鐵器相撞的聲音，看來這萬仞山不但是山峰，甚至連地面全都是精鐵鑄造。

青鋼劍的劍身和地面撞擊之後形成一個彎曲的弧形，然後又憑藉著劍身良好的韌性迅速挺直，齊長光順勢騰空足尖在鐵峰之上一點，借力向胡小天俯衝而去。

胡小天眼角的餘光已經將齊長光的舉動看得清清楚楚，他腳步移動，將躲狗十八步施展到了極致，一時間到處都是胡小天的虛影，萬仞山獨特的地形給他輾轉騰挪創造了絕佳條件，齊長光接連幾劍全都刺空。

冷不防胡小天從他的身後冒了出來，一拳奔雷般直奔齊長光的後心而去。

胡小天看到齊長光毫無反應，心中大喜過望，本以為這一拳必然得手，可一股莫名的危險感覺籠罩了他的內心，他頸部的汗毛都豎立起來，胡小天下意識向右方閃避，志在必得的一拳也被他放棄。

一道悄無聲息的劍氣從他的左側掠過，胡小天躲得及時，衣袖被劍氣割破，胡小天驚魂未定地回身望去，卻見在他剛才身後不到一丈的地方，一個銀髮灰袍的老者手中握著一柄細窄的長劍靜靜站在那裡，剛才的偷襲就是由這名老者完成，這位老者正是賀長勝，劍宮碩果僅存的三大長老之一，如今謝長流剛剛被姬飛花所殺，劍宮僅剩的兩名長老全都在這裡了。

胡小天望著成夾擊之勢的兩人，暗罵兩人不顧身分如此卑鄙下作，冷笑道：「枉你們也是劍宮元老級的人物，竟然如此卑鄙齷齪。」

齊長光冷冷道：「交出誅天七劍，我們或可考慮留你一個全屍。」

胡小天居然點了點頭道：「也罷，那誅天七劍本來就是你們劍宮之物，交給你們倒也無妨。」

賀長勝和齊長光對望了一眼，兩人將信將疑，賀長勝道：「識時務者為俊傑，你這小子還算懂得進退。」

胡小天呵呵笑道：「不過，你們兩個若是現在就死在我的面前，或許我可考慮用劍譜為你們陪葬！」

賀長勝形如烈火，聞言勃然大怒：「小子狂妄！受死吧！」手中細劍一抖，一道森寒的劍氣延展開來，攻擊範圍已經擴展到兩丈開外，他在劍宮閉關多年，可是在劍法的修煉上始終無法更進一步，雖然已經進階到了凝氣為箭的境界，但是始終徘徊無法精進，完成劍氣外放的突破，雖然如此也足可算得上一流劍手。

胡小天早就料到會把他激怒，在賀長勝出手之時，再度施展躲狗十八步，第一時間溜了出去。

賀長勝和齊長光兩人的聲音在後方不絕響起，齊長光道：「小子，若是不繳出劍譜，你今日就要被困死在萬仞山內。」

胡小天心中極為不屑，這兩人劍法雖然還湊合，可是身法遠遠不及自己，如果跟他們正面交鋒，自己應該勝算很大。可自己只要想逃，他們根本沒有追上自己的機會，就憑這兩個老傢伙也想困住自己？他忌憚的絕不是這兩位劍宮長老，真正讓他戒備的還是玄天館主任天擎，可任天擎將自己引入萬仞山之後就不知所蹤，看來他對萬仞山也一定極其熟悉。邱閑光還說什麼萬仞山是劍宮禁地，禁地不是一樣有很多人闖進來了？

胡小天一邊迴避賀長勝和齊長光兩個老傢伙，一邊尋找秦雨瞳的下落，剛才他明明聽到秦雨瞳的呼救聲，循著聲音才走進來的。胡小天此時在不知不覺中深入萬仞山之中，他意識到這萬仞山乃是一座迷宮，兩個老傢伙所說的困住自己就是因此而來，胡小天心中早有盤算，就算這座迷宮自己無法找到正確的出口，可是以自己的輕功身法，跳到鐵峰頂部應該不難，什麼狗屁迷宮，只要從高處一看自然不攻自破，想要困住自己，簡直是做夢！

就在此時，前方又傳來一聲驚呼：「救我……救我……」

胡小天聽到那叫聲就在距離自己不遠處的地方，他對秦雨瞳的聲音非常熟悉，認定這聲音應該是秦雨瞳無疑，躡手躡腳走了過去，貼在鐵峰後方向聲音發出的地方望去，卻見一個女子站在那裡背身朝著自己，正在求救。看背影有些像秦雨瞳，可是風雪瀰漫，影影綽綽，不過那女子身邊並無任何人威脅她。

胡小天心中暗暗生疑，難道秦雨瞳終究還是和任天擎串通一氣來害自己？

他正在奇怪的時候，那女子如同腦後生了一雙眼睛一樣，緩緩轉過身來。

胡小天看得真切，她應該就是秦雨瞳無疑，內心中不由得怒火填膺，自己和秦雨瞳雖然不是生死相許的戀人，可畢竟兩人之間也算是同甘共苦過，她豈可如此坑害自己？胡小天怒沖沖從藏身處走了過去，怒視秦雨瞳道：「秦雨瞳，枉我不顧風險前來救你，你竟然幫著任天擎那老賊害我！」

秦雨瞳格格笑了起來，她歎了口氣，轉過面孔，再度轉向胡小天的時候竟然變成了夕顏的模樣，胡小天看得目瞪口呆，跟老子玩川劇變臉嗎？

夕顏冷冷望著胡小天道：「我不但要害你，我還要殺你，不過我給你一個活命的機會，交出天人萬像圖，我就放你一條生路。」

她的一舉一動像極了夕顏，可是她的目光之中缺少夕顏的嫵媚和靈動，卻有著夕顏那裡從未見過的冷酷和怨毒，胡小天緩緩搖了搖頭道：「你不是夕顏，你到底是誰？」說話的同時，他一個箭步向對方衝去，一拳向對方攻去，那女子早已算準了胡小天要向自己出手，身軀一晃，竟化成一團煙霧，憑空於胡小天的眼前消失。

胡小天用力眨了眨雙眼，不能置信地望著空空蕩蕩的前方，那女人怎麼可以憑空消失，莫非大白天遇到鬼了不成？他茫然四顧，只聽到耳旁呼呼風聲，抬頭仰望，空中雪花簌簌而落，左顧右盼，上看下望竟然找不到那女人的半點身影，再看前方雪地之上，根本沒有留下一絲一毫的足跡。如果不是他親眼所見，肯定以為自己遇到鬼了。

就在這時候，遠處又傳來一聲幽然歎息聲，這聲音在胡小天的耳中又是熟悉之極，不是夕顏更不是秦雨瞳。明知前方可能是圈套，胡小天仍然抑制不住心中好奇，繼續向前方走去，他也是藝高人膽大，兼有光劍防身，認為就算到最後一步，他也能夠憑藉實力從中逃脫出來。

那女人的身影果然又出現在前方，風雪之中，她的背影似乎在微微顫抖，黯然歎了口氣，充滿傷感道：「小天，難道你連我都不記得了？」她緩緩轉過身來。風雪中她的容貌雖有些朦朧，可是胡小天仍一眼就認出，她竟是自己的娘親徐鳳儀。

胡小天親眼見證母親死去，雖然此後發生的事情顛覆了他的許多認知，可是他從不認為徐鳳儀會欺騙自己，此前去天香國的時候，他曾經見小姑徐鳳眉，徐鳳眉的相貌和母親肖似，初見之時，胡小天也險些認錯，這次又看到母親出現在自己的面前，胡小天第一個想起的就是徐鳳眉假扮。他冷冷望著那張熟悉的面孔，沉聲道：「你詭計層出不窮也算是用心良苦了，如果我沒猜錯，你就是徐鳳眉！」

那女人仰天長笑：「徐鳳眉算什麼東西？她也配跟我相提並論？」

胡小天冷哼一聲：「我管你是誰，把秦雨瞳給我交出來！」他騰空飛掠而起，因為有了剛才的經驗，胡小天決定先佔據高處，看看這女人到底要玩什麼花樣？

那女人冷笑著望著胡小天，居然沒有逃走的意思，胡小天扶搖直上，落到鐵峰的頂端，從五丈高度向周圍望去，卻見周圍全都是高低不等的鐵峰，那女人仰頭望著他，似乎一直都在等待著胡小天發動攻勢。

胡小天並不急於發動攻擊，站在鐵峰頂部環視四周，發現自己在不知不覺中已經來到了萬仞山的中心地帶。直到現在都沒有見到姬飛花趕到，胡小天心中暗忖，難道姬飛花也遇到了麻煩？

那女人輕聲道：「小天，你知不知道是什麼人害死了我？知不知道是什麼人告訴我，你爹跟我是怎樣的關係？」

胡小天聞言虎軀劇震，他死死盯住下方的那個女人。

那女人的面孔陡然變得陰森可怖，她厲聲道：「你只是一個孽種罷了！你根本就不該來到這個世上！」

胡小天用力咬了咬嘴唇，猛然飛掠下去，揚起右拳以迅雷不及掩耳之勢擊向那女人，距離那女人還有一丈左右的距離，她的表情變得彷徨無助，尖聲叫道：「兒啊！你當真捨得殺我？」

胡小天在心中提醒自己，眼前一切都是這女人製造出的幻象罷了，若非她有迷惑自己意識的能力，就是她是個超一流的易容高手，胡小天剛才躍到鐵峰之上，一來是為了觀察局勢，二來是確信自己的意識清醒，他初步能夠斷定應該是後者。

一拳打在那女人的身體之上，那女人發出一聲哀嚎，身軀撞在後方鐵峰之上，口中鮮血狂噴，花白的頭髮散亂，艱難抬起了面孔，望著胡小天慘然道：「小天……你……你竟然殺了自己的娘親……」

胡小天望著她的樣子，幾乎辨別不出她和徐鳳儀的區別，心中不禁忐忑了起來。他剛才的這一拳乃是凝聚全身功力所發，就算是高手也無法承受。

胡小天向前走了一步：「你究竟是誰？」

那女人唇角流血，臉色蒼白，眼神卻黯淡了下去，突然她的頭重重垂了下去，花白頭髮遮住了面孔。

胡小天將信將疑，難道自己當真一拳把她給打死了，他向前又走了一步：「喂！你醒醒！」

那女人毫無反應。

胡小天又向前走了一步，原本一動不動的那女人卻猛然又抬起頭來，竟然變成了秦雨瞳的模樣，惡狠狠盯住胡小天道：「你竟然如此狠心對我！」她揚起手來，蓬！一團黑色煙霧在她的掌心炸裂開來。

胡小天雖然幾乎百毒不侵，可是面對這不知名的煙霧也不敢掉以輕心，慌忙屏住呼吸，向後退了幾步，舉目望去，那女人又失去了蹤影，此時在他的周圍煙霧升騰，整個萬仞山在短時間內已經被迷霧封鎖。

胡小天此時方才體會到萬仞山的厲害，這裡不但有迷宮而且有迷煙，現在到處都是煙霧封鎖，再加上天空落雪，整個萬仞山都籠罩在黑濛濛的煙霧之中，他的目力雖然強勁也看不到前方一丈以外的情形，胡小天暗叫不妙，側耳傾聽周圍動靜，目前的狀況下也唯有依仗自身的聽力了。

姬飛花輕易就破掉了天羅劍網陣，飛身來到天橋之上，卻見紛紛落雪之中，一個身影早已在那裡恭候著她。

玄天館主任天擎靜靜站在天橋中心，掌心握著一把宛如新月的彎刀，孤月斬！很少有人見過任天擎動用武力，更少有人看到他使用兵器，足見任天擎對這個年輕對手的重視，他靜靜望著對面的姬飛花，輕聲道：「天下間年輕一代的高手屈指可數，在我的印象中，年輕一輩中有能力破去劍宮天羅劍網陣的人不超過五個！」

姬飛花靜若止水，任憑雪花沾滿肩頭。而對面的任天擎周身籠罩著一層無形的罡氣，滿天飛落的雪花無一能夠飄落到他周身一寸的範圍內。

任天擎道：「你破陣的時候，我剛巧趕上旁觀，我知道你是誰！」

姬飛花笑了起來：「藺百濤死後，劍宮本該樹倒猢猻散，以邱閑光的修為根本不可能創造出這樣精妙的劍陣，他的背後果然另有高人！」

任天擎道：「他當然沒有這個本事，這樣的陣法就算是藺百濤也沒本事創出。」他娓娓道來，語氣雖然平淡卻讓人感到其中充滿了對劍宮的不屑。

姬飛花道：「難怪邱閑光從一開始就識破了真相，原來你在這裡，你究竟是玄天館主？還是任天擎？又或是其他人呢？」

任天擎微笑道：「我就是我，名字無非只是一個代號罷了。並不重要！」

姬飛花道：「五仙教主也是你吧？」

任天擎歎了口氣道：「真不知你是看低了我，還是抬舉了我？」

姬飛花道：「有分別嗎？在我眼裡你已經成了一個死人！」

任天擎呵呵笑了起來，手中孤月斬微微晃動了一下，寒光閃爍映射到姬飛花明如秋水的雙眸，姬飛花的雙目不為所動。

任天擎道：「洪北漠、李雲聰、慕容展三大高手聯手竟沒有殺掉你，你還真是有些本事。」他沒有撒謊，剛才從姬飛花破去劍陣的武功已識破了她的真正身分。

姬飛花道：「我今日方才知道，原來你才是隱藏最深的那一個。」

任天擎歎了口氣道：「我本來並不想過問你們的紛爭，可惜你們這幫不知死活的傢伙總一而再再而三的觸及我的底線，我再不管教你們，你們只會越發的放縱。」他望著姬飛花道：「你為何不問我胡小天的死活？」

姬飛花識破了他想要擾亂自己心神的用意，輕聲道：「他若活著，自然不用我去管，他若是死了，我殺了你為他報仇。」話音剛落，姬飛花已經化為一道白光，失去鋒芒的沉水劍向任天擎直刺而去。

只有對比才知道對手實力的強大，姬飛花即便是面對五百多名劍宮弟子組成的天羅劍網陣，都沒有如今面對任天擎這種強大的壓力，壓力並非完全來自對方的實力，而是因為任天擎的莫測高深，姬飛花對任天擎的武功一無所知，而任天擎卻可以從她的武功路數中判斷出她的身分，足見任天擎已經佔據知己知彼之利。

高手對決，命懸一線，任天擎在這最為關鍵的時刻，目光甚至都沒有望向對手，他的雙目盯著手中那一輪宛若新月的孤月斬，如秋水般明澈的刃緣映出了雪光，映出了追風逐電的劍光，失去鋒芒的沉水劍在姬飛花的手中竟然綻放出前所未有的光芒。

沉水劍刺到中途，劍身因承受不住強大的壓力龜裂瓦解，姬飛花的劍法無跡可尋，她以內力震碎沉水劍，劍身分裂成為數百片尖銳的鋒刃，在內力的激發下，化為漫天花雨，隨同風雪向任天擎席捲而去。

任天擎從明若秋水的刃緣已經觀察到了一切細微的變化，刃緣內包容著整個周邊的微縮景象，手中孤月斬在空中劃出一道美麗的弧線，天空彷彿被他劃出了一道弧形的缺口，孤月斬似乎成為天地間的一支畫筆，隨著它的舞動，在它的尾部拖出一條雪花和劍刃碎片組成的美麗慧尾。

姬飛花的手中只剩下沉水劍的劍柄，震碎劍刃之後，內息凝集成為無形之刃，刺向任天擎的速度驟然增加。前者只是意在分散任天擎的注意力，後手才是殺招。

孤月斬和那美麗的慧尾脫離開來，劍刃如星芒般放射攻向姬飛花。

無形之刃脫離沉水劍的劍柄射向任天擎，面對反攻而至的數百片劍刃，姬飛花一掌隔空劈出，外放的劍氣已經先行來到任天擎的面前，任天擎手中的孤月斬弧形劃動，刃緣光芒變得淒迷，那是因為受到劍氣衝擊的緣故，任天擎竟然可以有形之刃，化解無形劍氣。

姬飛花的內力應該和任天擎在伯仲之間，她虛劈的一掌，將幾度來回的劍刃碎片拍落在地。

光芒倏然收斂，姬飛花將手中沉水劍的劍柄輕輕扔到了地上。

任天擎一手將孤月斬藏在身後，一手輕撫頷下鬍鬚，輕聲道：「你不是我的對手！」

姬飛花微笑道：「世事無絕對，這個世界上從不缺乏以弱勝強的先例。」她的右手在虛空中輕輕一抓，飄落的雪花突改變了方向，聚集在她的掌心，霧氣升騰，雪花瞬間融化為水，水又迅速凝結成冰，姬飛花的掌心出現了一片輕薄透明的冰。

任天擎向前跨出了一步，深踩在雪地之上，伴隨著他的這一步，積雪宛如漣漪般在地面上擴展，以他的右腳為中心，形成了一圈又一圈的同心圓。

積雪形成的漣漪尚未靜止，輕薄的冰片已經射向任天擎的頸部，其薄如紙，速度如電。在姬飛花內力的激發下，冰片的威力絕不次於鋒利的飛刀。

任天擎揮掌拍出，意圖擊碎冰片之時，那冰片卻率先碎裂化為齏粉，眼前一片迷濛，乃是姬飛花先行利用內力將之震碎，以冰霧干擾對方的視線。

姬飛花卻在任天擎出手之時，身軀飛掠而起，試圖飛躍任天擎的頭頂，衝過天橋，直奔萬仞山。

黑霧由濃轉淡，胡小天的前方現出一個洞口，洞門緊閉，上面寫著「劍心洞」三個大字，兩旁寫著「劍宮禁地，擅入者死」！

胡小天才不管上面的警告，抬腳就將鐵門踹開，一股暖風撲面而來，裡面傳來一陣放肆的笑聲：「我等著你呢，進來啊！」胡小天的手摸到了光劍的劍柄，握了握然後又放棄了動用光劍的打算，深入洞口沒幾步，就看到微弱的光線下，秦雨瞳被捆縛在一根鐵柱之上，頭髮蓬亂，望著胡小天驚喜道：「小天，救我！」

胡小天望著秦雨瞳並沒有急於走近，以秦雨瞳沉穩矜持的性情，就算是命懸一線，也不會失去鎮定，他微笑道：「你為何會被捆在上面？」

秦雨瞳美眸含淚道：「我師父將我捆在這裡，我也不知究竟發生了什麼事？」

胡小天點點頭，走向秦雨瞳，卻沒有解救她的意思，而是從她身邊走了過去。

秦雨瞳道：「救我！」

胡小天彷彿沒聽到：「你說這劍心洞裡究竟有什麼玄機？會不會還有埋伏？」

秦雨瞳道：「你先放開我再說！」

胡小天悄悄將光劍的劍柄握在手中，擰動光劍，一道藍色的光刃自劍柄之中閃現出來，胡小天反手就是一劍，向身後的秦雨瞳劈去。

秦雨瞳發出一聲尖叫，在光劍劈砍在她身上之前已經逃離了那裡，光刃擊中捆綁她的鐵柱，將鐵柱一分為二。

胡小天仰頭望去，卻見秦雨瞳宛如壁虎一樣緊貼在洞頂，面容卻又發生了改變，臉上帶著一張銀色的面具，雙目之中迸射出冷森森幽蘭色的光芒，她咬牙切齒道：「小子，你好狠的心！」

胡小天笑道：「何必裝神弄鬼，有種跟我堂堂正正地打上一場。」他揚起手中光劍，準備進擊之時，卻聽到撲啦啦一片聲響，卻是有無數黑色蝙蝠從洞內飛出，胡小天舞動手中光劍，來回揮舞，光劍過處，一股難聞的焦臭味道彌散開來。他從蝙蝠群中殺出一條血路，向劍心洞內部繼續挺進。

前方豁然開朗，出現一個寬闊的石廳，下方生滿如刀劍一般豎立的石筍，那帶著面具的女人發出一聲格格輕笑。

胡小天循著她的笑聲望去，卻見她懸空立在半空之中，在她的腳下卻是有一根纖細的蛛絲，她雙足踩在蛛絲之上，蛛絲蔓延，前方現出一個兩丈直徑的巨型蛛網，蛛網之上一名少女被蛛絲束縛在中心，不是秦雨瞳還有哪個？因為有了此前的經歷，胡小天已經不敢輕易相信眼前所見，冷冷道：「又要玩什麼花樣？」

那帶著面具的女人道：「我為何要玩花樣？難道你認不出秦雨瞳？」她頓了一下又道：「對了，她帶著面具，你當然不認得她！」

胡小天的目光隔空和被蛛網縛住的少女相遇，卻見她雖然身陷囹圄，表情依然平靜無波，如果這可以歸結於戴了面具，可是從她的眼神也看不出一絲一毫的慌亂，胡小天從熟悉的目光已經可以斷定眼前這個才是真的秦雨瞳。

秦雨瞳看到胡小天出現，美眸中泛起一絲漣漪，她輕聲道：「原來你們將我困在這裡，目的卻是要將他引過來！」

第四章

真相

眉莊主人道：「你不是想知道真相嗎？我就告訴你真相，
你娘情願自廢武功，也不願回歸師門，
可是她卻終究沒有找到屬於自己的幸福，
她不是自殺，她那樣的性情又怎會自殺？
你知不知道她是被誰殺死的？」
秦雨曈的嬌軀已經在微微顫抖。

那女子格格笑道：「我不是告訴你了，你師父又怎麼忍心傷害你？」

胡小天道：「秦雨瞳，這究竟是怎麼回事？」

秦雨瞳似乎根本沒有聽到他的問話，甚至連目光都懶得掃他一眼，仍然盯住那戴著銀色面具的女子道：「我若是沒猜錯，你就是眉莊主人！」

那女子微微一怔，陰森的眸子死盯秦雨瞳道：「我是誰跟你又有何關係？」

胡小天心中暗暗佩服秦雨瞳的聰明，她一定是明白現在的狀況，她如今即便是解釋也未必能夠取信於自己，所以乾脆不回答胡小天的問題，而是揭穿那女人的身分，從側面證明自身的無辜。

胡小天聽到眉莊主人的稱號，頓時覺得有些熟悉，仔細回想，似乎姬飛花送給自己的那本帳冊之中對這個名字有所提及，上面記載著眉莊主人乃是周睿淵的紅顏知己，周睿淵夫人的死似乎和此女有關，如果剛才任天擎的話沒有錯，那麼秦雨瞳的真實身分乃是周睿淵的女兒，如此說來眉莊主人等於是害死她母親的仇人。

即便是面對著害死母親的仇人，秦雨瞳的表情仍然不見半點激動，她輕聲道：「我何德何能，居然能夠勞動五仙教主親自出手對付我。」

胡小天聞言心中又是一驚，眉莊主人是五仙教主，五仙教主豈不就是夕顏的師父，難怪她會假扮夕顏，而且如此維妙維肖。

那女子冷笑了一聲道：「你真以為自己這麼重要？」她輕輕揮了揮手，從她的腳下，一隻碧綠透明的小蜘蛛迅速沿著蛛絲向蛛網攀爬而去，陰冷的雙目轉向胡小天道：「想她活命就交出《天人萬像圖》！」

胡小天望著那隻小蜘蛛迅速逼近秦雨瞳，心中暗忖，這毒蟲越是生得可愛，毒性往往就越是劇烈，他必須儘快解救秦雨瞳，首先要讓秦雨瞳搞清楚狀況，或許她還不知她的偽君子師父出賣她的事，胡小天道：「失敬失敬，原來是眉莊主人。」

眉莊主人冷哼一聲道：「你知道我？」

胡小天嬉皮笑臉道：「自然聽說過，眉莊主人鼎鼎大名，勾引別人丈夫，破壞他人家庭，人盡可夫，這麼有名的人物，我怎會不知道？」他故意在激怒對方。

眉莊主人識破了他的奸計，不禁格格笑了起來：「聽起來你的確瞭解我一些呢。」一雙幽蘭色的雙目居然泛起一絲嫵媚之色。

胡小天道：「任天擎也是你的老姘頭吧，你們一個在明，一個在暗，喪盡天良，做盡壞事，甚至連自己的弟子都要利用，你們這對狼心狗肺的東西，在一起實在是絕配啊！」胡小天說這番話的意義不僅要激怒眉莊主人，他還要通過這番話告訴秦雨瞳，真正出賣她設下這個圈套的罪魁禍首乃是她的師父，玄天館主任天擎。

眉莊主人點了點頭：「在你眼中或許只有秦雨瞳才算得上貞潔烈女，我就讓你看看她的本性是什麼樣子。」一隻又一隻的碧綠蜘蛛沿著蛛絲向蛛網爬去，遠遠望去那根牽連蛛網的蛛絲變得碧綠透明，小蜘蛛渲染成的碧綠以肉眼可見的速度迅速向秦雨瞳迫近。

秦雨瞳輕聲歎了口氣道：「你師父當年傳給你《造化心經》的時候，只怕不是讓你用來為非作歹的。」

眉莊主人聞言一驚，雙眸中充滿了震駭莫名的光芒：「你……你是誰？」

秦雨瞳道：「我果然沒有猜錯，原來通過任天擎果然可以找到你！」她的衣裙突然燃燒了起來。

胡小天看到眼前情景不由得大吃一驚，卻見秦雨瞳猶如一隻浴火重生的鳳凰，在她的衣裙內穿著一身深藍色的緊身武士服，火光點燃了蛛絲，她宛如流水泄地，輕易就擺脫了蛛網的束縛。

胡小天第一時間就反應了過來，揚起手中光劍照著眉莊主人一劍劈了過去，光刃的能量在瞬間被他提升到最大，內力也在一瞬間注入其中，兩相作用，一道長達兩丈的光刃向虛空中的眉莊主人席捲而去。

眉莊主人面對胡小天毀天滅地的攻勢也不敢大意，身軀化為一蓬黑煙，同時手中一團金色光芒向胡小天飛灑而去。

胡小天手中的光劍速度雖快，但仍沒有傷到眉莊主人，劈砍到的只是她留在蛛絲之上的殘影，蛛絲為光劍斬斷，蛛絲之上的碧綠色的小蜘蛛猶如流水般落在了地面之上，密密麻麻，虛空之中金光浮掠，那是眉莊夫人投擲出的血影金蝥。

胡小天以光劍驅趕著毒蟲。

秦雨瞳戴上鹿皮手套，從腰間皮囊之中取出一顆龍眼大小的彈丸，向空中彈射出去，彈丸於血影金蝥群中炸裂，冷氣寒潮向四周彌散開來，那血影金蝥遭遇急速冷凍，一個個表面結起嚴霜，紛紛掉落地面，地面上也因為溫度急劇降低，頃刻之間凝結一層白霜，將密密麻麻向他們包圍爬行的碧綠色小蜘蛛凍住。

胡小天看到眼前景象，不由得眨了眨眼睛，秦雨瞳不簡單啊！看眼前的情景，就算自己沒來，她也一定有辦法脫身，之所以沒有離開是因為她想要查清真相。

胡小天轉向秦雨瞳，一臉的疑問。

秦雨瞳淡然道：「你什麼也不要問，我什麼也不會說！」

胡小天笑了笑，從頭到腳打量了秦雨瞳一眼，低聲道：「你身材真好！」

秦雨瞳萬萬想不到這廝居然說出了這樣一句混帳話，俏臉不由得一熱，舉步向前方走去，胡小天望著秦雨瞳曲線玲瓏的背影，心中暗歎，想不到秦雨瞳穿緊身衣如此誘人，這衣服的布料非常特別，紋理猶如一顆顆細密的珍珠排列在一起，剛才他親眼看到秦雨瞳用火點燃蛛網脫困的情景，她外面的衣裙被燒了個乾乾淨淨，不然也不會暴露出這貼身護甲。

胡小天跟在秦雨瞳身後向前方走去，踩在密密麻麻的蜘蛛身上，頓時將牠們被凍僵的身體碾碎。

眉莊主人的聲音竟似從四面八方傳來，她輕聲道：「想不到連任天擎都有看走眼的時候，你既然知道《造化心經》，想必也聽說過千幻迷音，今日就讓你們好好地領教一下。」

秦雨瞳以傳音入密向胡小天道：「收斂心神，千萬不要被外界的聲音干擾。」

胡小天見她說得如此鄭重，趕緊把兩隻耳朵捂上。

秦雨瞳道：「沒用的。」

胡小天建議道：「不如咱們先退出去再說！」

秦雨瞳道：「要走你走吧，我還有一件事情需要了斷。」

胡小天不由得想起，秦雨瞳母親的事情，如果她的母親當真是因為眉莊主人而死，秦雨瞳留下來復仇自然可以理解，他低聲道：「君子報仇十年不晚，這劍心洞內地形複雜，我們還是先離開這裡再說。」

秦雨瞳抿了抿嘴唇。

胡小天道：「你真打算留下來聽什麼千幻迷音？」

秦雨瞳終於點了點頭，兩人轉身向洞外走去，四周傳來眉莊主人陰森的笑聲，她的聲音雖然不大，卻清晰傳遍每一個角落：「我現在方才明白，你之所以拜師加入玄天館，卻是為了給秦瑟那賤人報仇。」

胡小天的聽力雖然超群，可是這聲音似乎從四面八方傳來，根本無從分辨發聲的地方究竟在哪裡？更難判斷出眉莊主人藏身的地方。

秦雨瞳輕聲道：「你背叛師門，違背當初立下的誓言，不怕天譴嗎？」

「怕！自然怕，你真是和秦瑟那賤人一模一樣，她自甘墮落，不顧身分下嫁，背叛師門的是她，違背誓言的是她，所以她才會死，所以上天才不會放過她！」

「你住口！」秦雨瞳很少有地被激怒了。

眉莊主人歎了口氣道：「你不是一直都想知道真相嗎？那麼我就告訴你真相，你娘情願自廢武功，也不願回歸師門，可是她卻終究沒有找到屬於自己的幸福，她不是自殺，她那樣的性情又怎會自殺？你知不知道她是被誰殺死的？」

秦雨瞳的嬌軀已經在微微顫抖，黑暗中胡小天覺察到她情緒巨大的波動，伸出手去，握住了她的手腕，提醒她在這種時候一定要冷靜。

任天擎冷哼一聲，孤月斬脫手飛出，宛如新月凌空，孤月斬在飛行的途中刃緣的光芒迅速擴展，它的軌跡猶如長虹貫日，將姬飛花的身軀圍困其中。

姬飛花劍眉豎起，她終於出手，抽出光劍，一道綠色的劍光從劍柄之中透射而出，姬飛花單手握劍，劍柄高舉過頂，凝聚內力，一劍直劈而下，光劍擊中孤月斬高速移動的光刃，虛空之中，光芒閃爍，隨之爆發出宛如驚雷般的震響。

姬飛花身軀劇震，越過任天擎頭頂的願望頓時落空，不得不重新落回天橋之上，身軀原地旋轉了三周方才化去孤月斬發出的強大旋勁。

任天擎伸出手去，一把抓住孤月斬，來自姬飛花光劍的力量令他身軀一震，護體罡氣也因這強大的衝勁而出現了些許波動，任天擎迅速將這股外力導向自己的腳底，天橋的橋面發出崩裂之聲，一道細紋從他的腳下迅速延展開來，很快就擴展到整個橋面。

姬飛花揚起手中光劍，猛然一揮，光刃劈斬在天橋橋面之上，轟！沙塵瀰漫，橫跨東西劍閣的天橋之上，一截三丈長度的橋面斷裂崩塌，任天擎身軀一沉，他仍然立在這斷裂的橋面之上。

姬飛花再度飛升而起，她剛剛脫離橋面，就看到那斷裂的橋面從後方向自己飛來。姬飛花望著眼前飛來之石，旋動光劍，光刃脫離光劍而出，撞擊在橋面之上，將橋面撞成了無數碎片，橋面崩裂的剎那，一道耀眼奪目的弧光從後方飛掠而來，直奔姬飛花的咽喉。

姬飛花以劍柄指向弧光，在弧光接近的剎那，重新激發光劍，弧光撞擊在光劍之上，光芒大熾。然而此時虛空之中數十道光刃從四面八方向姬飛花包圍而來，任天擎手中的孤月斬因光刃的擴展而達到六尺長度。

姬飛花揮動光劍左支右擋，此時任天擎右手於虛空中做出了一個牽拉的動作，孤月斬明顯因他的牽拉彎曲出更大的弧度，伴隨著任天擎右手張開的五指，一道足有一丈長度的弧光撕裂天地，直奔姬飛花的身軀而來。

姬飛花在空中接連變幻身形，始終無法躲過那道弧光的攻擊範圍，手中光劍最終格擋在那道弧光之上，震耳欲聾的氣爆聲中，白光大盛，姬飛花的身軀宛如斷了線的紙鳶一樣於空中墜落下去，落在雪地之上，她捂住胸口，雖然竭力抑制，卻終於還是忍不住噴出了一口鮮血。

任天擎望著五丈開外的姬飛花，唇角露出一絲得意的微笑：「這柄劍無法和孤月斬抗衡。」手中的孤月斬越發明亮，邊緣隱隱泛出血光。他的目光落在姬飛花手中的光劍之上，光劍的光芒明顯黯淡了下去，沿著劍柄一滴滴殷紅色的鮮血緩緩滴落在雪地之上，星星點點有若紅梅盛開。

任天擎道：「你大概不知道，孤月斬可以吸收光劍的能量，你用光劍對敵，從一開始就選擇失誤，一個人連自己使用的兵器都不瞭解，又怎能取得勝利？」

姬飛花淡淡一笑：「連你最厲害的殺招都沒有將我殺死，你還有什麼辦法？」

任天擎道：「你已經受了重傷，現在別說是我，就算是一個普通的高手一樣可以輕易奪去你的性命。」

「是嗎？」姬飛花指了指上方。

任天擎抬頭望去，卻見漫天飛雪之中，一道雪龍直墜而下，如同天空破了個一個大洞，所有的積雪同時在他頭頂墜落，事出意外，以任天擎之能都沒有及時反應過來，被這一堆積雪掩埋其中，堆積成小山一樣的雪堆，姬飛花此時猶如一道閃電般衝了上去，抓住這千載難逢的良機，一拳擊打在雪堆之上。

任天擎的身軀還未來得及從雪堆中衝出，等他察覺到這股突襲自己的力量時已來不及了，姬飛花的拳勁透過積雪擊中了任天擎的胸膛，任天擎被姬飛花凝聚全力的一拳打得橫飛出去，胸前的肋骨斷裂了數根，孤月斬脫手飛出，飛旋著釘在了劍閣西樓的屋簷之下。

任天擎落在地上，他捂住胸口，五官因痛苦而扭曲，噗！噴出一口藍色血霧。姬飛花並未乘勝追擊，身軀螺旋升騰，搶在任天擎之前將孤月斬抓在手中，劍眉一橫，目光凜冽，傲立於劍閣西樓之上，俯瞰任天擎，只覺得任天擎的身形在眼中也變得渺小起來。

任天擎緩緩搖了搖頭，雙目中流露出驚恐的光芒：「你……你竟然領悟了天道之力……」

姬飛花望著漫天飄雪，輕聲歎了口氣道：「這世間的萬事萬物皆可為人所用，這麼簡單的道理你居然不懂？」

任天擎低聲道：「你……你到底是誰？」

眉莊主人道：「你至今恐怕都不清楚，你的師父其實是你的師伯吧？你更不知道原來秦瑟跟他是一對戀人。」

「你撒謊！」秦雨瞳已經完全失去了鎮定。

胡小天充滿同情地望著秦雨瞳，看來她的母親秦瑟也是一位了不得的人物，估計和這幫天外來客也有著千絲萬縷的聯繫，或許根本就是他們其中的一員，只不過秦瑟喜歡上了周睿淵，這種事顯然是為他們的同類所不容的。

眉莊主人接下來的話果然印證了胡小天的猜測：「師父派秦瑟接近周睿淵的目的本來是搞清大康的內部狀況，可是沒想到她竟然喜歡上了他，甚至甘心為他斷絕和我們的一切關係，更讓師父無法容忍的是，她竟然懷上了你這個孽種！」

秦雨瞳道：「你撒謊，明明是你勾引我爹，我娘才含恨自盡……」

眉莊主人輕聲歎了口氣道：「以秦瑟堅強的性情，她又豈會那麼容易認輸？你爹？呵呵，我又怎會將他放在眼裡？他以為跟我的一夕之緣，只不過是我讓他產生的幻象罷了，不過我倒是花錢請了一個下賤的歌妓，為的是證明給你娘看，這世上沒有任何男人可以靠得住！」

秦雨瞳眼圈已經紅了，她怒道：「你卑鄙！」

眉莊主人道：「其實你娘終究還是死在你爹的手裡，如果不是她喜歡上了你爹，她也不會違背門規，更不會生下你這個孽種，按照師父的意思，本來想殺的其實是你爹，可是凡事總有意外……」

兩行晶瑩的淚水順著秦雨瞳的俏臉滑下。

胡小天低聲道：「她的話若是可信，母豬都能上樹，她只是故意在迷惑你的心神，千萬別上她的當。」

眉莊主人呵呵笑了起來：「胡小天，你也是個孽種，胡不為欺上瞞下，他的野心連我們都幾乎被他騙過，更何況你娘那個蠢貨。」

胡小天聽他辱及自己的娘親不由得勃然大怒道：「賤人，你再敢胡說八道，老子必然將你大卸八塊。」

眉莊主人道：「她若不是個蠢貨，又怎會相信胡不為是她同父異母的哥哥？」

胡小天咬牙切齒，怒道：「是你害死了我娘！」

眉莊主人道：「害死她的是你爹才對，他對我陰奉陽違，表面跟我們合作，可背地裡卻有他自己的盤算，我只是給他一個小小的懲戒罷了。」

胡小天道：「賤人，衝著你的這番話，我就算將天人萬像圖毀去，也絕不會便宜你！」他從懷中掏出一團東西，其實他手中哪有什麼天人萬像圖，真正的那幅圖在簡融心的手上，胡小天這樣做只不過是想引誘眉莊主人現身。

眉莊主人格格笑道：「誰會把這麼重要的東西帶在身上？小子你騙不了我的，有件事你們還不清楚，我對什麼天人萬像圖並沒有任何的興趣，相較而言，我更在乎《造化心經》，秦雨瞳，本來我想殺你，現在我改主意了。」

胡小天以傳音入密提醒秦雨瞳道：「別理她，咱們出去再說。」他剛才也只是故意虛張聲勢，其實一刻都沒有停止尋找出路，可是他很快就發現，他和秦雨瞳兩人走了半天，又回到了剛才的地方。不但萬仞山是一座迷宮，連劍心洞也是。

胡小天揚聲道：「你不怕你的所作所為被任天擎知道嗎？」

眉莊主人歎了口氣：「怕！所以我想到了一個辦法！」她說完這句話就沉寂了下去，突然沒有了她的聲音，整個劍心洞寂靜得可怕。

胡小天和秦雨瞳對望了一眼，兩人剛才迂迴尋找了半天，仍然沒有找到出路，而今之計唯有先冷靜下，想出一個可行的辦法。

在他們的右前方忽然響起了沉重而緩慢的腳步聲，腳步聲節奏非常的遲緩，胡小天側耳傾聽，聽到木屐敲擊地面的聲音，雖然還沒有看到來人是誰，可是他能夠確定來人應該不是眉莊主人。

一個雞胸駝背的老者出現在他們的面前，他的身高在八尺左右，臉上生滿肉瘤，肉瘤將他的五官扭曲，顯得猙獰而可怕。他的雙腳踏著一雙木屐，剛才拖拖的沉重腳步聲正是他發出來的。

老者的左側腋下夾著一柄劍，那柄劍也要比尋常的鐵劍大上一倍。

眉莊主人的聲音再度響起：「他叫劍奴，原本也是一位劍道高手，可惜癡迷於劍，反而成為劍的奴隸，劍法雖高，卻只是一具徒有其表的行屍走肉。秦雨瞳，你若是不肯聽我的話，我就將你的心上人也變成這個樣子好不好？」她的語氣雖然溫柔婉轉，可是所說的話卻是極盡惡毒。秦雨瞳的心上人顯然指的是胡小天，胡小天此時卻顧不上反唇相譏，因為他看到那駝背老者一雙眼直勾勾望著自己。

眉莊主人有句話說得不錯，這老者只是徒具其表的行屍走肉。

秦雨瞳提醒胡小天道：「你不要看他。」

胡小天心中暗自苦笑，不是自己看他，而是劍奴盯住了自己，連胡小天都鬧不明白自己為何會如此吸引劍奴的注意力。

老者緩緩舉起了手中劍，向前跨出一步，鋪天蓋地的殺意已經從四面八方奔湧而來，胡小天頓時感覺呼吸一窒，他此前也曾經遭遇不少高手，剛才還和任天擎有過交鋒，可是都不及這老者給自己的壓力更為強大。

劍奴？胡小天搜腸刮肚也想不起世上居然有這號人物，他沒有說話，只是擋在了秦雨瞳的前方，胡小天的做法讓秦雨瞳心中一暖。

胡小天擰動光劍，卻發現光劍的光刃只剩下半寸長度，自己剛才明明只是出了一劍，難道那一劍就已經耗去了其中所有的能量？大敵當前由不得胡小天細想，他舉目四望尋找兵器，同時以傳音入密讓秦雨瞳後退，劍奴給他的壓迫感極其強烈，他隱約猜測到，劍奴一旦出手必然是暴風驟雨般猛烈的攻擊，他必須先確保秦雨瞳遠離戰場。

劍奴死死盯住胡小天，醜怪的面孔抽搐了一下，然後他的右手握住了劍柄，並沒有馬上發動攻擊，似乎在等待著什麼。

鏘！一聲低沉的琴聲響徹在洞中，回音不覺，劍奴無神的雙目頃刻間變得瘋狂而熾熱，他緩緩從腋下抽出了那柄大劍，雙目盯住大劍，目光中充滿了說不出的情意，彷彿眼前的不是一柄劍，而是一位美麗的情人。

秦雨瞳傾耳聽去，她在尋找著聲音的來源。

胡小天看到劍奴突然又呆立在那裡，心中暗喜，這劍奴終究失去了意識，癡癡呆呆，自己何不趁著他發呆出神的時候儘快溜走，秦雨瞳和他想到了一處，兩人躡手躡腳向後方退去，方才退了幾步，琴聲再次響起。

劍奴的目光離開了那柄劍，目光聚集在胡小天身上，沙啞著道：「拔劍！」

胡小天本以為這廝是個啞巴，卻沒想到他居然還會說話，他揚起空空的雙手：「拔個屁的劍，我就沒帶劍過來，有種你把劍扔下，咱們赤手空拳的比上一場。」

劍奴緩緩點了點頭，竟然從背後抽出一把鐵劍向胡小天投擲過去，那柄劍風車一樣旋轉，剛好插入距離胡小天腳面還有一尺的地面之上，劍身極其鋒利，輕易就刺入地面岩層半尺有餘。

胡小天也沒有料到會有這種好事，本以為接下來要上演空手奪白刃的戲碼，卻想不到這劍奴居然主動送來了一柄劍。

胡小天伸手抓住劍柄，輕輕一帶將劍從岩石中拽了出來，但見這柄劍通體如墨，入手頗為沉重，想必也非凡鐵打造。

劍奴死魚般的目光盯住了胡小天道：「讓我領教你的劍法！」

胡小天握劍在手也不多說，足尖陡然在地上一點，如大鵬鳥般向劍奴撲了上去，一劍向劍奴揮出，他這第一招只是熟悉手中的兵器，試探對方的實力，並未急於發動劍氣攻擊。

那柄笨重的大劍在劍奴的手中竟然輕盈無比，看到胡小天出劍之後，他方才啟動，出劍的速度卻後發先至，大劍閃電般和胡小天手中劍撞擊在一起，雙劍相交，發出噹的一聲巨響，黑暗中火星四處飛濺，照亮胡小天驚奇的表情，也照亮了劍奴猙獰的面孔。

胡小天自從用虛空大法吸取了緣空和尚的內力之後，就從未見過內力能夠超過自己的人，可是和劍奴的這次交手，卻震得他右臂發麻，胸口一陣熱血翻騰，不得不選擇後退方才卸去對方劍身那剛猛龐大的力量，身軀還未落地，感覺又一波潛力狂湧而來，劍奴並未急於出手，卻是剛才在一劍之中發出宛如潮水般的勁道，一波未平一波又起，真正威力巨大的卻是他的後發潛力。

胡小天落地之後，又不得不向後接連退了三步，這才將對方的力量完全化解，心中暗叫慚愧。

琴聲再次響起，劍奴的目光變得越發狂熱。

胡小天的表情變得前所未有的謹慎，他雖然不知劍奴的真正身分，可是憑藉剛才的交手就能夠斷定，劍奴的武功至少要和不悟和尚、虛凌空在一個級數之上。

胡小天猛然揚起手中劍，伴隨著他的全速一揮，一道凜冽霸道的劍氣脫離劍身，破空向劍奴襲去，正是誅天七劍中的一式。

劍奴的耳朵動了一下，他看都不看，大劍拍擊而出，聲勢如同雷霆萬鈞，準確無誤地拍擊在胡小天發出的無形劍氣之上，兩道力量發出蓬的一聲，激起一片塵土，劍奴竟用有形之劍拍散了胡小天的無形劍氣。然後他手腕微動，一道劍氣無聲無息直射胡小天的咽喉。

胡小天的身體輾轉騰挪，好不容易方才避開了對方的劍氣，他的臉上充滿了錯愕之色，因為他認出，劍奴剛才使出的劍法正是誅天七劍中的一招。誅天七劍本來是劍宮至寶，可是自從藺百濤死後，誅天七劍並沒有傳授給門下任何一位弟子，藺百濤的誅天七劍乃是得自於他的恩師劍魔東方無我。

胡小天頓時想到了這個名字，東方無我肯定是懂得誅天七劍的，可是他已經人間蒸發了整整五十年，如果東方無我活到現在的話，也應該是一位八十多歲的老人，難道眼前這個醜怪的老人竟是劍魔東方無我？

胡小天吃驚地望著劍奴，如果此人始終都隱身在劍宮之中，為何劍宮那幫人要想盡辦法追尋誅天七劍的下落？

劍奴出劍之後又停了下來，他似乎在想著什麼。

胡小天知道這種受到精神控制的人往往有個通病，他們缺乏自主行為，在應變方面要比正常人要遲鈍不少，如果劍奴乘勝追擊，自己只怕已經落敗，此時他卻發現，秦雨瞳從他的身後失蹤了。

胡小天大吃一驚，大聲道：「雨瞳！」

此時琴聲的節奏陡然變得急促起來，劍奴從短暫的沉思中再度驚醒，手中大劍縱橫開合，一道道劍氣破空向胡小天奔襲而去。

胡小天自從猜到對方可能是劍魔東方無我之後，心底不免露怯，劍奴發出凜冽劍氣的時候，胡小天轉身就逃，在眼前的局面下，避其鋒芒不失為良策。

眉莊主人蘭花般的手指在琴弦之上瘋狂舞動，可突然她停下了動作，因為秦雨瞳的身影出現在了她身後。

眉莊主人有些詫異，她並沒想到秦雨瞳可以在這麼短的時間內找到自己，銀色面具下陰森的雙目冷冷盯住秦雨瞳：「你來得剛好，省卻了我不少力氣，交出造化心經，我饒你一命。」

秦雨瞳點了點頭道：「師父說過，若是有一天你膽敢害我，那麼我就有了殺你的理由。」

「你殺我？」眉莊主人彷彿聽到了天下間最可笑的事，呵呵笑了起來，她緩緩站起身來，理了理額前的一絲亂髮，然後周身燃起綠色的火焰，整個洞穴內都被綠光所照亮。

秦雨瞳的右手湊到了櫻唇邊緣，然後她的雙頰鼓起，似乎在吹著什麼，琴聲中斷之後，一片寂靜，可是眉莊主人卻如同被踩了尾巴的貓一樣發出一聲尖叫，帶著周身的綠色火焰，重重跌倒在了地上，火焰瞬間消失，她的雙手死死捂住頭顱：「不要……不要……」

眉莊夫人慘叫道：「她……她竟然將追魂笛給了你……」

秦雨瞳面無表情道：「像你這種陰險毒辣的人，總得要留下一些克制的辦法，不然你豈不是要為所欲為？」

眉莊夫人捂著頭顱，雖然她的臉上戴著銀色面具，看不到她現在的表情，可是從她變得急促的呼吸也能夠感到她的痛苦。

秦雨瞳道：「是誰害死了我娘？」

眉莊夫人道：「是……是……他……」她的手指向秦雨瞳的身後，秦雨瞳下意識地微微轉過頭去，目光離開眉莊夫人的剎那，她突然拉動暗處的機關，一隻鐵籠從天而降，將秦雨瞳罩在其中，不等秦雨瞳再次吹奏追魂笛，眉莊夫人雙手揚起，連續投出數顆磷火彈，綠色的火焰瞬間將整個鐵籠封鎖包圍。

眉莊夫人畢竟對追魂笛心存忌憚，她發出一連串的攻擊之後馬上就逃，不敢做絲毫停留，拐過洞口，身後一道石門落下，將秦雨瞳和自己完全隔離起來。

綠色火焰圍繞鐵籠熊熊燃燒，火焰之中，一個窈窕的身影抽出匕首，將鐵籠斬出一個缺口，秦雨瞳緩緩從磷火包圍的鐵籠中走出，來到外面，她臉上被燒得斑駁陸離，極其可怖，秦雨瞳伸出手去，緩緩揭開那張被磷火燒毀的面具，沒有一朵磷火沾染在她的外甲之上，更談不到對她造成傷害。

腳底傳來劇烈而沉悶的震動，仿若整個劍心洞都為之地動山搖。秦雨瞳目光一凜，這震動應該來自於胡小天和劍奴激鬥的方位。

胡小天對地形不熟，連續兜了幾個圈子竟然被劍奴追到了一個死胡同，前方再無通路，他不得不停下腳步凝聚內力敬候劍奴的到來。

劍奴沉重的腳步越來越近，魁梧的身影方才出現在胡小天面前，胡小天蓄勢待發的一劍已經全力揮出，這一劍使出了他的最大力量，劍氣激發，所到之處，連山岩都為之損毀，胡小天所使出的正是誅天七劍中威力最大的一招毀天滅地。

劍奴想都不想竟以同樣的招式應對，兩道劍氣全都是霸道至極，於黑暗中相撞，胡小天在逆境中激發出的劍氣絕不遜色於劍奴，在兩人發出劍氣的同時，也都做出了閃避的動作，事實證明他們的閃避終究都慢了一步，伴隨著一股沉悶的氣爆，兩股劍氣正面相逢，衝撞引起的威力讓整個劍心洞為之震顫，劍氣彼此並未完全抵消，無形之刃向對方繼續斬去，胡小天感覺胸口如同被巨錘擊中，他的身體好像被一隻大手抓起狠狠摔在山岩之上。

劍奴也沒有躲過胡小天的劍氣，胸前被劍氣切了個正著，他發出一聲悶哼。可是劍氣相撞引發的地動山搖卻沒有結束的意思，他們腳下的岩層突然崩塌，兩人從高處掉落下去，和上方墜落的山石一起墜向一個黑暗未知的深淵。

姬飛花還沒有進入萬仞山的範圍，就看到前方那犬牙般林立的山峰一個個倒了下去，積雪激揚，雪霧瀰漫，鐵峰砸落在地面引發的震顫如同地震一般，姬飛花流露出惶恐的目光，不是因為害怕而是出於擔心，胡小天此時應該就在萬仞山內，她不知發生了什麼？萬仞山為何會突然山崩地裂。

不少劍宮弟子也聽到了這邊的動靜，一個個聞訊趕來，望著仍然在不斷崩塌的萬仞山，他們也是六神無主不知如何是好，這樣的天災非人力能夠挽回，萬仞山作為劍宮禁地聳立數十年，沒有人知道它如何建起，劍宮弟子本以為萬仞山會永遠傲立，卻想不到有生之年居然見證了萬仞山的倒塌。

任天擎站在劍閣的屋頂，遙望著萬仞山的方向，表情顯得錯愕無比，一道身影朝著他的方向飛速而來，他定睛望去，來人卻是眉莊主人，眉莊主人於任天擎的對面三丈處停下腳步，身軀輕飄飄落在屋頂之上，敏銳捕捉到了他胸前的血跡，有些詫異道：「你受傷了？」

任天擎沒有回答她的問題，目光投向萬仞山的方向：「你毀掉了萬仞山？」

眉莊主人點了點頭。

任天擎怒道：「你知不知道事關天人萬像圖的秘密？」

眉莊主人不屑哼了一聲道：「你的好徒弟，她手中藏有追魂笛，就算不要什麼天人萬像圖，我也不能讓她在這個世界上。」

「什麼？」任天擎的表情震駭莫名，一直以來他都以為秦雨瞳只不過是被蒙在鼓裡的一個小姑娘，是被自己利用的一顆棋子，卻想不到她身上有著那麼多不為自己所知的另一面。

眉莊主人道：「你若是捨不得她，現在找人扒開那片廢墟，或許還能找得到她的屍首。」

任天擎冷哼一聲，再不說話，轉身向遠方投去。

眉莊主人也沒有料到他說走就走，身後高叫道：「你別走啊，我還有話要對你說……」

姬飛花霍然轉過頭去，圍在她後方的數千名劍宮弟子同時感覺到一股陰寒的殺機迫來，嚇得同時向後退去，劍宮主人邱閑光大喝道：「擺陣！」也只有他才清楚自己此時心頭是何其的畏懼。

姬飛花冷冷望著邱閑光，雙目之中沒有一絲溫情和憐憫，她一字一句道：「他若是死了，今日我要你們劍宮上下所有性命全都殉葬！」

沒有人質疑姬飛花的能力，所有人的內心都為死亡的陰影所籠罩。

邱閑光手握長劍，心情黯然，想不到劍宮的基業最終要毀在自己的手裡，他剛才已經見識過姬飛花的武功，對方根本不費吹灰之力就破去了他們劍宮最為厲害的天羅劍網陣，如果當真動了殺念，恐怕劍宮滿門上下只有任他屠殺的份兒。想起自己至今仍然杳無音訊的愛子，若是他有了什麼閃失，自己在這個世界上更是生無可戀，邱閑光咬了咬牙道：「鹿死誰手還未必可知！」話說得雖然硬氣，可結果早已了然於胸。

姬飛花正準備打開殺戒之時，目光落在光劍的劍柄之上，卻看到劍柄鑲嵌的綠色晶石不斷閃爍著微弱的光芒，她心中一喜，兩柄光劍互有感應，從自己這柄劍的情況來看，另外那柄光劍定是有人在使用，那柄光劍在胡小天的手裡無疑，換句話來說，只要胡小天能夠使用光劍，就證明他的性命並無大礙，姬飛花心中頓時殺念全消，她冷冷望著邱閑光道：「這萬仞山下方是否還有機關？」

邱閑光不知姬飛花因何會有此問，猶豫了一下並沒有回答。

姬飛花以傳音入密向邱閑光道：「我今日網開一面給你一個機會，你老老實實將萬仞山的秘密說給我聽，我饒你滿門不死。」姬飛花用這種方式向邱閑光攤牌無異於給足了他面子，她也考慮到如果當眾說出這番話，邱閑光身為劍宮門主礙於顏面，無論如何都不肯當眾屈服。

邱閑光擺了擺手，示意一眾弟子向後方退去，他來到姬飛花面前，對姬飛花他實在是敬畏到了極點，心中明白整個劍宮生殺予奪的權力全都掌握在對方的手裡，如果將他觸怒，恐怕難逃劫數，他低聲道：「只是有個傳言，萬仞山下千尺潭，只是這千尺潭我們從來沒有見到過，山後有條洗劍溪，常年不凍，據說就是從千尺潭流出的活水。」

姬飛花點了點頭，足尖一點，身軀衝向萬仞山。

山崩地裂，胡小天從空中直墜而下，他本以為這次不摔個粉身碎骨也得被摔成一個半殘，可在空中墜落了一會兒，身軀竟然墜入一個冰冷徹骨的水潭之中，不等胡小天看清周圍環境，腦袋上挨了重重一記，卻是一顆墜落的山岩，拍在了他的腦袋上，胡小天感到頭皮一緊，幸虧他處在水下，潭水的浮力緩衝了那岩石的衝擊力，否則十有八九要被砸個腦漿迸裂。

胸口一陣陣劇痛，胡小天睜開雙目，看到身下某處有微光閃爍，伸手摸去，這才意識到發光的東西是光劍，頭頂仍然不斷有碎石落下，胡小天於水中左右閃避，每動一下，都牽動胸口的傷處，他裡面穿了七星海蛇皮製作的內甲，就算削鐵如泥的寶劍也無法將之突破，可是如今內甲裂開了一個尺許長度的大口，乃是被劍奴的劍氣所傷。胡小天初步判斷自己的胸骨應該沒有被斬斷，如果不是這付內甲，恐怕逃不過開膛破肚的下場。

等到落石漸漸平息，胡小天這才忍痛浮出了水面，頭頂堆滿了巨石，正是這些巨石彼此擠壓，相互承托，這才臨時形成了上方的狹窄空間，胡小天喘了幾口氣，取出光劍試探著在各個方向轉動了一下，發現指向左前方的時候，光劍上的藍色晶石閃爍頻率明顯加快，胡小天心中暗喜，或許這邊就是出路，就在他準備向前方遊動的時候，足踝卻突然一緊，身軀被一股大力拖入了水下。

第五章

一方霸主的夢想

胡小天望著面前的秦雨瞳，心中一陣溫暖，
我胡小天何德何能，有那麼多美人兒為我牽腸掛肚，
還是這兒好，老子哪兒都不去，在這裡當個一方霸主，逍遙自在，
帶著一眾美人兒過著神仙一般的日子，
那才叫逍遙快活，誰想破壞我的好事，誰就是我的敵人……

胡小天超強的目力可在水下視物，他的第一反應就是抬腳向對方踹去，想不到這一隻足踝也被對方抱住，胡小天定睛望去，拖他下水之人果然是劍奴。劍奴也比胡小天好不到哪裡去，他的胸前被胡小天的劍氣砍出一個尺許長的血口，仍然往外面不斷滲血，滿是肉瘤的面孔愈見猙獰。

胡小天擰動身軀，一拳照著劍奴的腦袋砸了過去，生死相搏來不得半點仁慈，對敵人心慈手軟就是對自己殘忍。

劍奴竟然硬挨了他一拳，只是在水中胡小天這一拳的威力也大打折扣，劍奴趁著胡小天出拳之時，一把將他抱住，兩人四肢交纏，臉部相對，胡小天如此近距離地看著劍奴醜怪的面孔，內心作嘔，這世上怎麼會有長得如此醜怪之人，兩人內力相若，在水中糾纏廝打，一時間誰也掙脫不開對方。

掙扎之中，胡小天手中的光劍竟然脫手墜落，光劍上的藍光一閃一閃，向下方緩緩墜落。

胡小天心中不由得焦急起來，那光劍是他走出困境的希望，可是劍奴的內力實在過於強橫，胡小天被他纏住手足，短時間內根本無法擺脫開來。

此時一道亮銀色的身形從水底升騰而起，一把抓住了那閃爍的光劍，然後游到了劍奴的身後，揚起手中的匕首，照著劍奴的後心插落下去，來人正是秦雨瞳，秦雨瞳手中的匕首削鐵如泥，乃是不可多得的寶刃，匕首插入了劍奴的駝背，卻沒有對他造成致命的傷害，劍奴屈起右臂，一肘狠狠搗在秦雨瞳的胸口，秦雨瞳被他打得幾乎窒息過去，身軀向水中緩緩沉去。

胡小天趁著他分神的時機終於成功扣住劍奴的脈門，啟動虛空大法，吸取劍奴的內力，劍奴身軀一震，明顯感覺到自己的內力正通過脈門源源不斷地被對方吸走，胡小天心中大喜，認為自己終於找到了徹底擊敗對方的辦法，卻想不到剛剛吸取了部分內力，就再也無以為繼，對方的內力如同突然關上了閘門。

劍奴醜怪的頭顱向後方仰起，然後重重撞擊在胡小天的面門之上，在如此近的距離下，胡小天根本避無可避，被撞得頭暈眼花，嘴巴一張，灌了一大口水進去，劍奴卻似乎全無痛覺，又仰起頭來在胡小天臉上撞了一記，胡小天連鼻血都被他撞了出來，生死關頭也顧不上多想，張開嘴巴一口狠狠咬在劍奴脖子上。

與此同時，剛才被撞開的秦雨瞳再度游來，她身穿緊身護甲，身姿窈窕，在水中游動宛如美人魚一般，這次她竟然激發了光劍，因為她的匕首插入劍奴的駝背之中，還沒有來得及抽出來。雖然光劍的光刃只剩下一寸的長度，可是比起她的那柄匕首殺傷力更大。

光劍再次插入劍奴的肩頭，秦雨瞳向下用力切去，胡小天死死抓住劍奴的雙臂，雙腿夾住他的下肢，讓劍奴無法騰出手去傷害秦雨瞳。

秦雨瞳一劍得手，芳心之中竊喜不已，可是光劍刺入劍奴的身體之後光刃迅速黯淡下來，想要利用光劍切開劍奴的身體已經沒有可能，劍奴抱著胡小天卻如同陀螺一般在水中旋轉了起來，以身體作為武器重重撞擊在秦雨瞳的身上，這下撞擊比起剛才的那記肘擊更重，秦雨瞳的嬌軀如同秋風落葉在水中翻騰著向遠方逸去。

劍奴出手之時，剛剛封閉的脈門卻再度打開，內息猶如決堤的江河一般向胡小天的經脈中奔行而去，胡小天雖牽掛秦雨瞳的安危，可是眼前也只能先想辦法從劍奴的糾纏中抽身再說，虛空大法運行到了極致，將劍奴渾厚強大的內力源源不斷地納入自己的丹田氣海。

雙方內力此消彼長，劍奴意識到自己的內力飛速流逝，竭力掙脫，兩人的處境剛好換了個位置，剛才是他對胡小天糾纏不放，這會兒卻是胡小天死死將他纏住。

劍奴始終無法掙脫開胡小天的糾纏，或許是因為惱火，臉上的一顆顆肉瘤開始漲大，足足比剛才大了一倍，這些肉瘤竟變成了半透明，隨時都有炸裂的危險。

胡小天看得心驚膽戰，果不其然，劍奴臉上的肉瘤一個個爆裂開來，胡小天趕緊閉上眼睛，只感覺臉上猶如被密集的雨點淋中，心中又是噁心又是害怕，手上一鬆，劍奴趁機掙脫開來。

胡小天向一旁游去，在水中用力搓了搓臉，確信沒有對方的體液留存，這才睜開了雙目，看到前方不遠處藍光一閃一閃，他慌忙游了過去，果然看到秦雨瞳就漂浮在那裡，手中仍然握著光劍的劍柄，他抱起秦雨瞳，迅速向上方浮去。一邊小心觀察周圍的環境，生怕劍奴從某處偷襲。

還好劍奴此時也不知去向，可能是被自己吸走了不少的內力，心中害怕逃了個不知所蹤。

胡小天抱著秦雨瞳來到岸邊，尋找了一塊平整的岩石將她放下，先將那張蒙自在的人皮面具揭下，看到面具上全都是破洞，顯然是被劍奴射出的毒液腐蝕，胡小天嚇得摸了摸自己的面孔，好像並無異樣。他準備對秦雨瞳實行心肺復甦時，卻聽到秦雨瞳發出一連串的咳嗽，居然自行坐了起來，趴在地上接連嘔出了數口冷水。

胡小天見她無恙，這才放下心來，走到秦雨瞳的面前，指了指自己的面皮道：

「你看我臉有沒有事？」

秦雨瞳舉目望去，這廝已經恢復了昔日的相貌，還是那嬉皮笑臉，冷冷道：

「有什麼好看？又不是沒有見過？」

胡小天聽她這麼說，也就是證明自己的臉沒事，當真是不幸中的萬幸，目光望向秦雨瞳，正想問她有沒有受傷，卻看到一張傾國傾城的俏臉，雖然因為受傷和冷水浸泡，臉色過於蒼白，可是她的五官卻美得無懈可擊，胡小天呆呆望著秦雨瞳的俏臉，一時間竟忘了自己身處何處。

秦雨瞳看到他的目光，方才意識到自己的面具因為沾染了磷火剛才已經被棄去，和胡小天相識這麼多年，今次才是第一次以真正的樣子來面對他，如果不是突然落入這困境，她無論如何也不會讓他見到自己的真容，咬了咬櫻唇，漠然道：「你看什麼看？又不是沒有見過！」

「好看，才看！過去的確沒有見過！」胡小天說完，竟然毫無徵兆地伸出手去，摸了摸秦雨瞳的俏臉。

秦雨瞳怒道：「你幹什麼？」這廝實在是太無禮了！

胡小天道：「沒別的意思，只是驗證一下你有沒有戴面具。」

秦雨瞳真是哭笑不得，占別人便宜都能說得如此冠冕堂皇，天下間也只有胡小天一個了，她的目光落在胡小天胸前的傷口上，看到他的傷口仍然在滲血，小聲道：「你還在流血呢。」

胡小天經她提醒方才想起自己剛才被劍奴的劍氣所傷，胸口也覺得痛了起來。秦雨瞳幫他將衣服和內甲脫下，卻見胡小天從左胸到腹部有一道長達尺許的血口，檢查過後發現這血口並未切開胡小天的胸腹，只是皮肉傷。

秦雨瞳道：「你內腑有沒有受傷？」

胡小天搖了搖頭道：「沒事，應該只是皮外傷，如果沒有這護甲，今天估計要去見閻王爺了。」

秦雨瞳咬了咬櫻唇，也不禁為他感到後怕，取出金創藥，為胡小天處理了一下傷口，胡小天嘶嘶吸著冷氣，顯然非常的疼痛。

秦雨瞳抬起剪水雙眸，關切道：「痛不痛？」

胡小天道：「本來有點痛，可看到美女就什麼都忘了。」

秦雨瞳俏臉一熱，不過也沒有說什麼，繼續低下頭去為他處理傷口。

胡小天望著面前的秦雨瞳，心中不由得一陣溫暖，我胡小天何德何能，有那麼多美人兒為我牽腸掛肚，還是這兒好，老子哪兒都不去，在這裡當個一方霸主，逍遙自在，帶著一眾美人兒過著神仙一般的日子，那才叫逍遙快活，誰想破壞我的好事，誰就是我的敵人……「哎呦！」

卻是秦雨瞳的手稍稍重了一些，秦雨瞳道：「你忍一忍，我用墨玉生肌膏幫你將傷口敷好，省得以後留下疤痕。」

胡小天點了點頭，嘴上卻道：「無所謂啊，身上有點傷疤更有男人味。」

秦雨瞳道：「我不喜歡！」說完頓時覺得失言，螓首垂得更低。

胡小天聽得清清楚楚，他低聲道：「你不喜歡的事情我就不做好不好？」

秦雨瞳俏臉發熱，正在考慮如何回答他這句話的時候，卻聽到身後傳來水聲。

胡小天伸手將秦雨瞳的香肩攬住，試圖將她護在身後，卻見一個高大的身影從潭水中走了上來，胡小天本以為是劍奴，可是走上來的這個人身材挺拔，白髮披肩，更重要的是，他的臉上根本沒有那些讓人噁心的肉瘤，不過一張方正的面孔上佈滿血痕。

秦雨瞳小聲道：「劍奴！」因為她看出，那人穿的衣服根本就是劍奴的那件。

胡小天站起身來，趁機摟住秦雨瞳的纖腰，小聲道：「別怕，有我在！」

秦雨瞳雖然心中明白這廝有趁火打劫之嫌，可是在這樣的狀況下不知為何芳心中對他產生了強烈的依賴感，居然點了點頭，小聲道：「我當然不會害怕！」

胡小天擰動了一下手中的光劍，光芒微弱的跟打火機火苗似的，心中暗歎，這玩意兒中看不中用，或許是那天姬飛花用這柄劍給另外那柄雌劍充電的時候消耗了太多的能量，還沒有來得及恢復能量就被自己拿來使用了。

那白髮男子跌跌撞撞來到岸邊，突然一頭栽倒了地上，好半天都不見動彈。

秦雨瞳道：「我過去看看。」

胡小天搖了搖頭道：「小心有詐。」他從地上撿起了一塊小石頭，然後扔了出去，石頭不偏不倚砸在白髮男子的腦門上，梆的一聲，那男子發出一聲慘呼，竟然被他這一下給砸醒了。

白髮男子手臂支撐著地面艱難坐了起來，他望著胡小天和秦雨瞳的方向，伸出手去向他們招了招手，好像是喊他們過去。

秦雨瞳道：「他好像是沒力氣了。」

胡小天心中暗忖，如果這個人當真是劍奴，剛才在水底內力已經被自己吸走了大半，估計現在也只剩下半條命了。此前在內力方面兩人也就在伯仲之間，現在此消彼長，自己比他應該強大不少。

即便是如此，胡小天也沒什麼好怕，他讓秦雨瞳在原地等待，自己走了過去，在距離那白髮男子約有一丈左右的地方停下腳步。

胡小天試探著問道：「你是劍奴？」

白髮男子桀桀怪笑起來，笑了好一會兒竟然嗚咽起來。

胡小天見他哭哭笑笑，八成是神經不正常，耐著性子在一旁等候，心中卻是全神戒備。

白髮男子發出一聲長歎道：「劍奴？練劍一生，卻為劍所累，淪為劍奴，哈哈哈，何其可笑！何其可悲！哈哈哈哈！」

胡小天忍不住打斷他道：「喂！你也老大不小的了，能不能正常點？」

白髮男子停下笑聲，一雙深邃的雙目宛如冷電般投射到胡小天臉上，胡小天只覺得內心一顫，仿若有兩把利劍向自己刺來，此人的目光真是犀利，他在心中越發斷定對方就是劍奴，只是短短時間內，為何他臉上的肉瘤完全不見了？甚至連駝背雞胸都好了？

白髮男子點了點頭道：「不錯，我是劍奴！」他的臉上充滿了悲憫之色。

胡小天聽他承認了劍奴的身分，再看他的樣子似乎神智已經清醒，低聲道：「你之前是不是失去了意識？不然以你的武功，五仙教主那個老娘們也沒那麼容易把你給控制。」

劍奴歎了口氣道：「我什麼都不記得了……」

胡小天道：「你騙得了別人卻騙不了我，你是劍魔東方無我對不對？」

白髮男子微微一怔，他有些詫異地望著胡小天，自己被人控制了數十年，就算以本來面目示人，只怕世上認識自己的人也不多，眼前這個年輕人不過二十多歲年紀，自己失蹤的時候，他肯定還未出世，他怎麼會認得自己？

胡小天道：「你不必那麼驚奇地看著我，我沒見過你，不過咱們也算得上有緣，我撿到過你的玄鐵劍，從上面學會了誅天七劍。」當年胡小天誤入桃花潭，在桃花潭水洞之中得到了劍宮始祖藺百濤的遺物，其中一樣就是玄鐵劍，而玄鐵劍卻是他的恩師劍魔東方無我送給他的。

白髮男子聽胡小天說完，這才明白對方是從劍法上認出了自己，他神情黯然道：「現在是什麼時候了？大雍朝廷是何人當皇帝？」

胡小天將如今的年月告訴了他，白髮男子聽聞之後默然無語，沉默良久方才道：「老夫已經被人控制了五十年……」

胡小天聞言心中也是一驚，五十年對有些人來說幾乎就等於是一輩子，任何人都無法承受這樣的折磨，更不用說有劍魔之稱，憑藉誅天七劍雄霸天下的東方無我，從另外一個層面來說，能夠控制他的人又是如何強大和可怕。

胡小天小心翼翼地問道：「是五仙教主控制了你？」

東方無我不屑道：「就憑她也配？」他緩緩閉上雙目，陷入痛苦的回憶之中：「當年百濤被大雍所不容，後來又被出賣，我在百濤創立劍宮之時就已經隱居，百濤出事之後，劍宮弟子輾轉找到了我，我聽聞百濤遇到了麻煩，於是就在一個風雨交加的夜晚潛入了大雍皇室，當時還是敬德皇當政，我讓他說出百濤的下落，一劍劈去了半間御書房，我給他七天的時間，如果他七天內不能將百濤給我找回來，我就要了他的性命。」

胡小天點了點頭，他能夠理解東方無我的心情，藺百濤是東方無我的愛徒，東方無我不僅將他看成自己的衣缽傳人，還將他視為自己的兒子一般。

東方無我的目光落在胡小天手中的光劍之上，低聲道：「我準備離開大雍皇宮之時，一人攔住了我的去路，他的手中拿著一個光禿禿的劍柄。」

胡小天將光劍的劍柄送到他的眼前，低聲道：「可是這一把？」

東方無我皺了皺眉頭，仔細觀察了一下光劍，然後又搖了搖頭道：「那柄劍鑲嵌的應該是綠色的寶石，發出的也是綠色的光芒。」

胡小天心中暗忖，東方無我所說的那柄劍就是給敬德皇陪葬的那一柄。若是論到武功，談到單打獨鬥的劍法，這世上還有誰能夠和東方無我相抗衡？除非是那幫天外來客，按照鬼醫符刓的說法，大雍皇室和那些天外來客有著不為人知的密切聯繫，他們擁有共同利益，出面保護敬德皇也是理所當然的事。

東方無我道：「論劍法他不是我的對手，可是……」他長歎了一口氣，再度閉上眼睛，努力回想著五十年前那場大戰的情景，他緩緩搖了搖頭道：「五十年了，其間發生的事，我完全不記得了。武功之道永無止境，人外有人天外有天！」

胡小天輕聲重複道：「人外有人天外有天！」的確如此，只是東方無我到現在都不知道他敗給的是一幫外星人。

胡小天道：「你剛才險些殺了我！」

東方無我慘然笑道：「我不記得，只是在你吸取我內力的時候，我方才漸漸清醒過來，我此前到底是個什麼樣子？」

胡小天好心奉勸他道：「你還是不知道的好。」

東方無我道：「我命不久矣，你只管說來，讓我死個明白。」

胡小天不知他因何會這樣說，可是看到東方無我的樣子好像比剛才還要精神一些，似乎通過這段時間的調整恢復了些許的元氣。他也沒必要隱瞞，於是將剛才如何來到萬仞山劍心洞，如何被眉莊主人陷害，又如何遇到了東方無我的事情說了一遍，對東方無我剛才的外形也實事求是地描繪了一通。

東方無我聽完苦笑道：「老夫被他們弄成了一個癩蛤蟆？」

胡小天回想起他剛才的樣子，可不是一隻癩蛤蟆嗎？東方無我的這個形容倒是貼切。

身後秦雨瞳道：「那種毒叫念珠裂形，乃是五仙教最厲害的殺招之一，不過很少有人能夠在中了念珠烈形後還能活命的，也就是您武功蓋世方能撐上五十年。」

東方無我歎了口氣道：「武功蓋世？這世上有誰敢說自己武功蓋世天下無敵？」經此挫折，他已經心灰意冷。

秦雨瞳道：「前輩應該是被千幻心魔所控制，後來控制你的人離去，接替他的人擔心無法控制住您，所以才用毒來控制你的身體，壓制您體內的反抗力。只是……」她有些話並未說出口，看了看胡小天欲言又止。

東方無我道：「這位姑娘看來對用毒之道有些瞭解。」

胡小天心中暗暗想到，何止是有些瞭解，別看自己認識秦雨瞳這麼多年，可是這妮子始終在自己的面前隱藏實力，如此年輕卻如此深藏不露。從剛才她和眉莊主人的對話中不難知道，她的母親秦瑟必然和那幫天外來客有著極其密切的關係，十有八九就是其中之一，看來秦雨瞳也應該擁天外來客的血統，她忍辱負重，投身玄天館門下，真正的目的卻是要找出殺害她母親的真凶。

秦雨瞳道：「如果我沒看錯，前輩已經毒氣攻心了。」

東方無我道：「我心已死，攻心又能奈我何？」

雖然東方無我的狀況不妙，可胡小天仍然不敢掉以輕心，不著痕跡地擋在秦雨瞳和東方無我之間，這是為了防止東方無我猝然發難。

東方無我看穿了胡小天的心思，他唇角露出一絲笑意道：「小子，你很關心這丫頭？擔心我對她不利？」

胡小天被他道破心機，臉皮上有些掛不住，嘿嘿笑了一聲道：「前輩這樣的身分斷然不會跟我們這些後輩一般見識。」這樣說話等於事先把東方無我的後路給封死，只要劍魔頭腦清醒，他老人家就會自重身分。

東方無我道：「我的內力被你吸走了大半，就算想找你的麻煩，只怕也不是你的對手了。」

胡小天不由得尷尬起來，乾咳了一聲道：「生死關頭，實非得已，剛才前輩差點把我給弄死。」

東方無我道：「你會虛空大法？」

事到如今，胡小天也沒有隱瞞的必要，點了點頭道：「會一點點。」

東方無我道：「常人若是吸了那麼多的內力，必然經脈爆裂而死，看來你果然是個特別的傢伙。」他說話的時候，胸膛被胡小天劍氣劈開的傷口不斷流出血來。

剛才東方無我魔性大發，失去理智，胡小天當然對他毫不手軟，可現在看到東方無我的意識已經清醒，他反倒覺得有些過意不去，主動道：「前輩，不如您歇歇再說，我為您處理一下傷口。」主動示好，緩和關係，現在大家都被困在地洞中，胡小天也不想再和東方無我拚個你死我活。

東方無我搖了搖頭，拒絕了胡小天的好意：「老夫是個將死之人，你又何須在我的身上浪費力氣。」他的目光投向胡小天身後的秦雨瞳。

秦雨瞳點了點頭道：「前輩的內力已經不足以克制念珠裂形，時間應該不多了。」她雖然隔著一段距離，已經看透東方無我目前的狀況。

胡小天聞言心中不由得生出些許的歉疚，畢竟是自己吸走了東方無我的內力，如果不是東方無我在短時間內損耗了那麼多的內力，也不至於無法控制毒性，從而導致毒氣攻心。

東方無我道：「小子，你是不是有些內疚啊？」

胡小天點了點頭。

東方無我道：「當時那種情況下，你不殺我，我就殺你，其實我應該謝謝你，如果不是你幫我趕走了心魔，我只怕到死都不會恢復神智。」他經歷這番挫折，早已將生死看淡。

胡小天道：「如果不是我吸走了您的內力……」

東方無我打斷他的話道：「換成是你，你會不會願意像一個癩蛤蟆一樣的活著，而且這隻癩蛤蟆連自己是誰都不知道！」他的目光中充滿了悲愴之色，他的前半生何其風光，卻想不到後半生的五十年竟然淪為他人控制的工具。

東方無我道：「小子，我死前有一個請求，你可不可以將你學到的誅天七劍在我面前施展一遍？」

胡小天點了點頭，他忍著身體的傷痛，撿了根樹枝，來到空曠的地方，當著東方無我的面，將誅天七劍從頭到尾使了一遍。

東方無我坐在那裡靜靜望著胡小天的動作，等胡小天將劍法演練完畢，他方才點了點頭道：「不壞，不壞，旁觀者清，只有在旁邊觀看，才知道這套劍法原來走了那麼多的歧路。」

胡小天回到東方無我身邊，恭敬道：「前輩可願指點一二。」他知道今天是個不可多得的機會，東方無我乃是天下第一用劍高手，自己雖然掌握了誅天七劍，可是直到現在都無法達到隨心所欲的境界。誅天七劍乃是東方無我一手創出，他應該有解決的辦法。

東方無我怪眼一翻道：「憑什麼？」

胡小天內心一怔，人家這話問得沒錯，他們非親非故，自己還吸了他的內力，弄得他毒氣攻心，眼看就要死了，東方無我不報復自己就算不錯了，還談什麼指點？不過胡小天心中雖然這麼想，嘴上卻振振有辭：「難道您老還看不出這一切都是冥冥註定？我在桃花潭水洞中找到了您愛徒的遺物，陰差陽錯地學會了誅天七劍，又在這個暗無天日的地洞裡面遇到了您老人家。無論您承認與否，我勉強也算得上您的徒孫。」

秦雨瞳聽到這裡俏臉都有些發燒，替胡小天臊得慌，這廝真是什麼話都敢說，簡直是厚顏無恥，連祖師爺都認上了。

東方無我道：「徒孫？你這麼喜歡當孫子？不如我收你當徒弟吧！」

胡小天以為自己聽錯。

東方無我道：「我上輩子只收了百濤一個徒弟，原因是跟他投緣，這輩子再收一個，湊成一雙。」

胡小天又不是傻子，這種好事打著燈籠也遇不到，他撲通一聲就給東方無我跪下了：「師父在上，請受徒兒一拜。」

東方無我道：「我收你並非沒有私心，你當了我的徒弟就要為我做一件事，我死後，你將我的骨骸和百濤埋在一起。」

胡小天點了點頭，這對他來說並非難事，而且能夠做到這件事的也只有他，除了他之外，並沒有其他人知道藺百濤具體的埋骨之處。

胡小天道：「您老人家長命百歲，必然能夠逢凶化吉。」

東方無我道：「你不要說好聽的，老夫對自己的事情明白得很。這是第一件事，第二件事，你幫我蕩平梵音寺，殺掉那幫惡僧為百濤報仇。」東方無我知道藺百濤死在梵音寺僧人的手中還是聽胡小天所說，胡小天暗罵自己多嘴，如果不說，劍魔自然不會提出這樣的條件。不過他和崗巴拉也是大仇，就算沒有東方無我的囑託，自己跟崗巴拉見面也必然要拚個你死我活，他點了點頭道：「為師兄報仇自然是理所應當。」他抬起頭道：「師父還有沒有第三個條件？」

東方無我搖了搖頭：「你當為師是個貪得無厭之人嗎？」

胡小天本以為他會提出讓自己幫忙殺掉五仙教主眉莊主人，真要是如此，那可不好辦。還好東方無我沒有提出這樣的條件。

東方無我向秦雨瞳道：「這位姑娘可不可以給我們師徒二人一個單獨說話的機會？」

秦雨瞳點了點頭，轉身向遠方走去。

胡小天卻道：「你不要走得太遠，不要離開我的視線範圍。」他是擔心秦雨瞳出事，既然他們三人都能夠逃過這次劫難，或許眉莊主人就在附近，胡小天可不想秦雨瞳出什麼差錯。

東方無我低聲道：「你擔心她？她未必需要你擔心。」

胡小天心中微微一怔，剛才他以為東方無我要點撥自己劍法，所以讓秦雨瞳迴避，現在方才明白，原來東方無我是故意支開秦雨瞳。

東方無我道：「就算老夫化成灰都認得，為大雍皇室阻擊老夫的人就穿著和她一樣的內甲。」

胡小天道：「她才二十五歲。」心中暗忖，秦雨瞳究竟師承何人？或許當年阻擊劍魔東方無我的就是她的師父。

東方無我冷哼了一聲道：「老夫自然知道不會是她，可必然跟她有著極其密切的關係，算了，你的事情，老夫也懶得去管。」他有些疲憊地喘了口氣，歇了一會兒方道：「天下武功，萬變不離其宗，說穿了無非是攻守二字，武功招式並非是越多越好，也不是越新奇越好。一個擁有絕對實力的人，不會在乎武功招式，一招之內就能決定輸贏，老夫到三十歲的時候方才想明白了這個道理，於是將我縱橫江湖所向披靡的劍法，化繁為簡，經過十年不斷改進，最終將劍法簡化成了七招。」

胡小天道：「就是誅天七劍？」

東方無我點了點頭：「在很多人看來，七招劍法已經足夠簡單，可是我還是覺得過於繁複，我當初將這七劍傳給百濤的時候，就決定退隱江湖，悉心練劍，可是沒想到不久後百濤又出了事情。」他的表情充滿了感傷。

胡小天能夠理解他的傷感，據說東方無我性情怪癖，這一生中只收了藺百濤一個徒弟，也沒聽說過他還有其他親人。

東方無我道：「也就是在我出事的那天晚上，我方才明白了劍道的真諦，你可知道劍道的境界嗎？」

胡小天道：「最初是手中有劍，心中有劍，然後是手中無劍，心中有劍，最高境界才是手中無劍，心中也無劍。」

東方無我為之驚豔，愕然道：「我苦研一生方才悟到的境界，想不到你竟然輕易就想到了。」

胡小天心中暗笑，自己可不是輕易想到的，過去武俠小說中看得多了，只是說起來容易，做起來難，所謂的最高境界，手中無劍，心中也無劍，豈不是等於被動挨打？他老老實實道：「徒兒只是聽人說過，可自己也不明白其中真正的道理。」

東方無我道：「手中無劍，心中也無劍，其實就是不戰而屈人之兵，別人看到你就已經喪失了鬥志，那麼你根本不用出手。」

胡小天道：「我這輩子是達不到這個境界了。」

東方無我道：「我也達不到，所以我將七劍濃縮成了一劍，能夠不出手就擊敗對手，那麼誰還會動手？能夠只出一劍就將敵人擊敗，何必要去用其他的六劍。」

胡小天似有所悟，對啊！明明能一招解決問題的為何要花費那麼多的功夫，東方無我說得的確很有道理。

東方無我道：「誅天七劍雖然威力很大，可是換成一個無法達到劍氣外放之人，即便是學會了誅天七劍，也發揮不出應有的威力，我這一招也是一樣，我用這一招可以立於不敗之地，那是因為我的內力強大，換成別人，使用這一招，估計還是無法解決戰鬥，分出輸贏。」

胡小天點了點頭道：「橘生江南為桔，江北為枳，同樣的劍法不同的人使出來自然威力大不相同。」

東方無我道：「所以我想出的這一招對其他人都沒用，也只有對你才有用。」

胡小天隱約猜到他的這一招必然對內力損耗甚巨。

東方無我道：「這一招就叫破天一劍吧，你仔細聽好了……」

秦雨瞳在遠處足足等了一個時辰，方才看到胡小天慢慢向自己走了回來，她輕聲道：「談完了？」

胡小天點了點頭，然後道：「師父去世了。」

秦雨瞳向劍魔東方無我的方向望去，卻見東方無我躺在地上宛如睡去一樣，一動不動。

胡小天的臉上並沒有任何傷感的表情，他低聲道：「他讓我將他的屍體燒了帶走。」說完方才意識到自己甚至連師父這麼簡單的願望都滿足不了，他的手上並無點火的工具。

秦雨瞳道：「用磷火彈可以將他的屍體焚化。」

胡小天轉向秦雨瞳，她這麼說，應該是擁有這樣東西。想起她和五仙教主眉莊夫人錯綜複雜的恩怨，秦雨瞳應該還有許多不為人知的秘密，可是胡小天也沒有追問的打算，即便是戀人也要為彼此保留一定的空間，更何況他們兩人目前連戀人也算不上。

秦雨瞳來到東方無我身邊，確信他已經與世長辭，徵求胡小天的同意之後，用磷火彈點燃了東方無我的遺體，一團綠色的光芒瞬間將東方無我的遺體包圍，沒過多久，東方無我魁梧的身軀就化成了一堆灰燼。

秦雨瞳遞給胡小天一個革囊，將東方無我的骨灰收納其中。看到胡小天臉上失落的表情，秦雨瞳輕聲勸道：「人各有命，東方前輩心中已經沒有了生存下去的欲望，就此離去對他來說也未嘗不是一個圓滿的結果。」

胡小天點了點頭，繼續收拾東方無我的骨灰，卻發現骨灰之中散落著一顆綠色透明的晶石，心中不由得大奇，東方無我居然還留下了舍利子。他伸手想要將那顆晶石撿起，秦雨瞳驚呼道：「且慢！」

胡小天停了下來，滿臉詫異地望著秦雨瞳。

秦雨瞳戴上一雙銀色的手套，小心翼翼從地上撿起那顆晶石，托在掌心之上，胡小天舉目望去，只見那顆綠色晶石宛如貓眼一般，雖然在黑暗中，仍然變幻莫測有若活物。胡小天只覺得猶如一隻眼睛在盯著自己看，感覺此物極其古怪，正想仔細看個究竟，秦雨瞳卻已經將晶石握在掌心之中，小聲道：「千幻魔眼。」

胡小天道：「千幻魔眼是什麼東西？」

秦雨瞳道：「此物應該是種在東方前輩的顱腦之中，它可以控制心神。」

胡小天倒吸了一口冷氣，想想不由得有些後怕，那東西好像有生命一樣，看到秦雨瞳戴著手套方才敢抓起它，自己剛才如果直接用手觸摸，這東西該不會鑽進自己的身體裡面，把自己弄成一具行屍走肉？他小心翼翼地問道：「這東西該不會有生命力吧？」

秦雨瞳沒有回答他的問題，指了指胡小天腰間懸掛的光劍。

胡小天低頭望去，卻見光劍劍柄之上藍光閃爍得越發急促了，他馬上想到了姬飛花，應該是姬飛花已經來到了附近。他取下光劍，利用光劍發出的信號，尋找姬飛花可能所在的位置。

秦雨瞳雖然不知道他手中究竟是什麼寶物，可看到那光劍上閃爍不停的光芒會根據方位改變閃爍的節奏，心中也猜到胡小天找到了脫身之法。

胡小天手中劍柄上晶石光芒閃爍不停，他判斷出另外一柄光劍可能在的位置，在地洞中摸索前行，就在光線閃爍越來越急的時候，前方一塊巨石攔住了去路。胡小天不敢再妄動光劍，能否走出這黑漆漆的地洞，全靠著光劍上晶石的指印，必須保留足夠的能量。他讓秦雨瞳向後閃開了一些，準備一拳重擊在那巨石之上，可是看到巨石上方層層疊疊，相互支撐，又唯恐這一拳打下去引發岩石崩塌，萬一發生那種情況，他和秦雨瞳只怕要被活活埋在這裡了。

秦雨瞳看出胡小天在擔心什麼，她小聲道：「你擔心引發山崩？不如咱們另選道路。」

胡小天搖了搖頭，他看了看劍柄道：「前方就是通路。」從光劍晶石頻率極快的閃爍來看，他距離姬飛花應該很近了，或許通過這塊巨石就能看到出口。

秦雨瞳道：「除非能在岩石上挖出一個洞。」

胡小天道：「只可惜這把劍能量幾乎耗盡，不然或許還有希望。」

秦雨瞳道：「凡事不可強求，還是找找，或許能有其他的通路。」

兩人在周圍找了一圈，徒勞無功，只能又回到那岩石旁邊，胡小天抱著試試看的想法擰動了光劍，光刃依然如打火機火苗一樣，這樣的光刃別說是在岩石上挖出一條通道，只怕連一個小坑都很難。

「我看看！」秦雨瞳伸出手去，胡小天將光劍遞給了她。

秦雨瞳握劍在手，卻想不到她腰間革囊中竟綠光大盛，兩人都被嚇了一跳。

秦雨瞳嚇得差點沒把光劍掉在地上，慌忙將光劍還給了胡小天，革囊的綠光又黯淡了下去，她馬上意識到這光芒來自於千幻魔眼，她將千幻魔眼從革囊中取出，卻見千幻魔眼周圍綠光大盛。

綠光猶如縷縷煙霧一般向空中飄逸，竟然環繞在胡小天手中的光劍之上。

秦雨瞳雖然認得千幻魔眼，可是她並不清楚這東西為何會發生這樣的變化，胡小天卻是靈機一動，難不成這玩意兒能給光劍補充能量，他向秦雨曈道：「不如將兩樣東西湊在一起看看。」

秦雨曈將千幻魔眼放在了地上，胡小天將光劍的劍柄湊了過去，距離還有一尺的時候，一股無形的吸引力將千幻魔眼吸到了劍柄尾端，兩者卻沒有完全貼附在一起，而是還剩下一指左右的空隙，千幻魔眼沿著劍柄縱軸迅速旋轉起來，頃刻間整個劍柄溢彩流光，猶如透明一般。

綠光如同薄霧輕紗將劍柄完全包繞其中，隨著時間的推進綠光越來越盛，漸漸變得白亮刺眼。

秦雨曈提醒胡小天道：「別看，這千幻魔眼非常的古怪，會迷惑人的意志。」

胡小天笑道：「我不看，我看你！你比千幻魔眼好看多了。」

秦雨曈俏臉一熱，這種時候他居然還顧得上調戲人家。

胡小天又道：「不過你好像比它還要迷惑我呢。」

秦雨曈自有應付胡小天的辦法，裝作沒聽到。

綠光由弱轉強，再由強轉弱，最終重新歸於黯淡，胡小天和秦雨曈兩人同時來到光劍劍柄前，看到那顆千幻魔眼光芒黯淡，已經失去了剛才的鮮活靈動，秦雨曈將千幻魔眼收好，胡小天擰動光劍劍柄，卻見一道三尺長度的光刃從劍柄之上透出，胡小天大喜過望，正所謂山窮水盡疑無路，柳暗花明又一村，這顆千幻魔眼居然能夠給光劍補充能量，看來凡事皆有利弊，無論是人或事都有著兩面性。

胡小天再度回到那塊巨石前方，揚起光劍，刺入巨石之中。

這塊巨石厚度並不太大，一劍就已經將巨石戳透，胡小天存心賣弄光劍的威力，在巨石上轉了一個圈兒，劃出一個足有三尺直徑的大洞。

秦雨瞳還是頭一次見到如此威力的武器，比起胡小天的光劍，她那柄削鐵如泥的匕首簡直太小兒科了。

兩人先後從洞中鑽了出去，來到對面，胡小天收起光刃，劍柄上晶石光芒閃爍越發頻繁，又向前走了幾步，腳下已經踩到了水流。胡小天俯身望去，看到水流向右前方。

他向秦雨瞳道：「循著水流應該可以找到出口。」

秦雨瞳點了點頭，美眸落在胡小天手中的光劍劍柄之上，小聲道：「看來距離外面已經越來越近了。」

姬飛花靜靜站在小溪旁，周圍山川河谷已經被飛雪染白，劍柄之上光芒閃爍的越來越頻繁，姬飛花的目光望著那條小溪，溪水之上飄蕩著嫋嫋的水汽，霧氣瀰漫之中，終於看到兩個身影從溪水中一前一後走了出來，走在前方的一人身材健美魁梧，後方那人身姿婀娜，身上鱗光閃爍，猶如美人魚一般，卻是穿著貼身護甲。

胡小天幾乎在同時看到了姬飛花的身影，兩人目光對視，胡小天露出會心的笑容，姬飛花唇角露出淡淡的笑意，她並未說話，也未上前與胡小天相見，而是轉身飄然而去。

秦雨瞳只是看到了一個朦朧的身影，並未看清那人究竟是誰，她抬起頭捕捉到胡小天臉上尚未消褪的笑意，小聲道：「什麼人？」

「朋友！」胡小天的回答言簡意賅。

秦雨瞳道：「為何突然走了？」

胡小天向秦雨瞳深深凝視了一眼，然後道：「或許是害怕你尷尬！」

秦雨瞳這才意識到自己只是穿著一件緊身內甲，身體曲線玲瓏畢現，這樣的裝扮的確不適合出現在人前，想想自己的樣子都被胡小天看去，不由得羞澀起來，小聲嗔道：「看什麼看？有什麼好看？」

胡小天道：「好看！」本想調笑幾句，卻聽到遠處似乎傳來人聲，這裡畢竟仍然是劍宮的範圍，在目前的狀況下，他並不想多惹麻煩。和秦雨瞳一起躲入雪松林中，果不其然，沒過多久就看到數十名劍宮弟子從他們剛才所在的位置走了過去，不過那些劍宮弟子並未停留，也沒有在附近搜索，其中有不少人背著行囊，看樣子竟是要離開劍宮一去不返。

第六章

天道之力

薛道銘的小眼睛中光芒乍現，
雖然對姬飛花名聲如雷貫耳，可是和姬飛花交集並不多。
對方的這句話不提今日的主題，而是談到了姬飛花，
看來事情十有八九有了變數。
馬青雲接下來的一句話讓薛道銘不寒而慄。
「他掌握了天道之力！」

邱閑光黯然望著東西劍閣之間中斷的天橋，感歎剛才那場戰鬥激烈的同時，也不由得感到心灰意冷，他一直以重振劍宮為己任，雖然誅天七劍這樣的絕世劍法失傳，劍宮在大雍武林之中始終保持著超然的地位，甚至可以說，劍宮對朝廷的影響力比藺百濤當年還要大。

邱閑光過去一直認為劍宮對大雍朝廷非常重要，可是新近發生的幾件事卻連續推翻了他固有的想法，兒子的被劫和今日的大戰，開始讓他清醒的認識到，自己無非是別人利用的工具罷了。

一名劍宮弟子來到他的身後，小心翼翼稟報道：「啟稟門主，大都督來了！」

邱閑光有些詫異，李沉舟在這個時候來了，難道他聽到了什麼消息？轉念一想，劍宮弟子數千，這其中必然安插了李沉舟的眼線，以李沉舟的精明應該不會放過監視自己一舉一動的機會。

李沉舟並非獨自前來，和他一起過來的還有金鱗衛統領石寬，進入劍宮遠遠就看到橫亙於東西劍閣之間的天橋已經崩塌損毀，情況比起他們想像中更加嚴重。

劍宮弟子雖然很多，可其中真正瞭解內情的並沒有幾個，李沉舟徑直來到邱閑光的面前，英俊的面孔上不見絲毫笑意，雖然他並不瞭解事情的全部，可是有一點他能夠斷定，邱閑光一定背著自己做了一些事，正是這些事導致了劍宮今日之劫。

從李沉舟淡漠的表情上看不出他此刻是喜是怒，身為大雍大都督，他早已修煉成了泰山崩於前而面不改色的心態，他舉目遠眺，馬上就發現了那片倒塌的萬仞山，內心中震駭不已，究竟是什麼人能夠給劍宮造成如此大的損失？邱閑光到底招惹了怎樣的敵人？

金鱗衛統領石寬冷冷道：「邱門主，到底發生了什麼事情？」

邱閑光道：「有人冒充玄天館蒙自在，前來我這裡要人。」

李沉舟眉峰一動，他聽說過玄天館蒙自在的名字，只是不知玄天館和劍宮之間有何瓜葛。

邱閑光道：「玄天館任天擎對我有救命之恩，他答應幫我救出慕白……」說到這裡他停頓了一下，目光有意無意地向李沉舟看了一眼。

李沉舟馬上明白了他的意思，邱閑光是在責怪自己，怪他在邱慕白失蹤之後並未鼎力相助，李沉舟心中暗歎，的確是自己忽略了，這段時間一直忙於平定朝堂內亂，穩定大雍局勢，還有尉遲沖的事情，每件事都無比的重要，他又哪有時間兼顧劍宮的這種小事。

可對他來說是小事，對邱閑光而言卻是天大的事情。李沉舟不肯傾力相幫，他唯有自己想辦法。

石寬提醒邱閑光道：「任天擎乃是康人，他豈會盡力幫你？」

一直沒有說話的李沉舟卻道：「他究竟是如何取信於你，又是什麼人將這裡搞成了這番模樣？」

邱閑光歎了口氣道：「他拿出了慕白的信物，說知道慕白的下落，所以他提出設計將胡小天引到劍宮，只要我配合他聯手將胡小天除去，那麼他就會保證慕白的安全。」

石寬怒道：「康人何其狡詐，你為何如此糊塗？竟然相信他的話？遇到這種事情為何不第一時間稟報都督？」

周圍還有不少劍宮弟子，石寬對邱閑光大聲呵斥，嚴加指責，根本沒有顧及到邱閑光的顏面，邱閑光雖然一直竭力忍耐，此時也不禁忍不住了，冷冷道：「劍宮的事情，我們劍宮自己會解決，就不牢統領大人費心了！」

石寬沒想到他居然敢頂撞自己，怒道：「你……」

李沉舟在此時打斷了他，輕聲歎了口氣道：「邱門主說得不錯，這原本就是劍宮自己的事情，江湖之事朝廷並不適合介入，可是……」他話鋒一轉又道：「我一直都將邱門主當成朋友，作為朋友，劍宮的事情我們卻不能袖手旁觀。」他緩步來到邱閑光的面前，低聲道：「劍宮為大雍立下無數大功，劍宮今日之劫等若是對大雍不敬，劍宮的一切損失都包在我的身上，我馬上奏請皇上，儘快修復劍宮，一切費用不用門主費心，至於少門主之事，我們一定會追查到底，力求在最短的時間內將少門主平平安安地帶回來。」

邱閑光也不是真心想跟他們作對，畢竟劍宮根植於大雍的土地上，得罪朝廷的人，以後必將寸步難行，聽到李沉舟表明了態度，這番話等於是公開讓步，邱閑光心中的不平之氣也消了一些，他低聲道：「多謝大都督。」

李沉舟道：「到底發生了什麼事情？」

邱閑光這才將今日之事從頭到尾說了一遍，李沉舟越聽面色越是凝重，他憑直覺意識到，事情或許沒有邱閑光所說的那麼簡單。

薛道銘已經離開了紅山會館，無論今日之事成敗與否，他都做好了離開的準備，他的內心並不踏實，胡小天也沒那麼容易對付，如果不是迫不得已，他也不會選擇和胡小天為敵。

落雪紛飛，薛道銘披著棕色貂裘，帶著皮帽已經出現在雍都北徑山的秋豔山莊內，他腆著肚子，在雪地中艱難挪動著步子，跨入秋豔山莊的大門，發現馬青雲已經在那裡恭候著自己。

薛道銘的唇角露出一絲詭異莫測的笑意，他沒有說話，和馬青雲一起走入波橘樓，兩人一前一後拾階而上，薛道銘每走一步，木質樓梯都被他踩得吱吱嘎嘎，整座小樓都晃晃悠悠，似乎隨時都要倒塌一樣。

波橘樓的頂端卻是一個平整的天台，除了一座風雨亭，其他的地方都積滿了厚厚的雪。

來到風雨亭內，薛道銘一雙小眼睛帶著些許的敬畏小心打量著對面的馬青雲。

馬青雲輕聲歎了口氣道：「原來姬飛花還活著！」

薛道銘的小眼睛中光芒乍現，他雖然對姬飛花的名聲如雷貫耳，可是他這一生和姬飛花的交集並不多。對方的這句話不提今日的主題，而是談到了姬飛花，看來事情十有八九有了變數。

馬青雲接下來的一句話讓薛道銘不寒而慄。

「他掌握了天道之力！」

雍都平嚴巷，一個普普通通的院落內，積雪已經開始清掃，掃地的是一位身姿窈窕的女郎，布衣荊釵，寒風將她的俏臉吹得通紅，她眉目如畫，清麗動人，連周圍明媚的雪光在她的面前都顯得黯淡了下去，這女郎正是簡融心，胡小天前往劍宮之前，將她安置在這裡，又派夏長明暗中守護。

說來奇怪，那晚之後，她的內心開始變得平和了許多，也許胡小天的那番胡說八道起到了一定的作用，簡融心的芳心深處開始萌生對未來的希望，人在冷靜之後方才能看清自己，簡融心發現自己竟開始對胡小天產生了異樣的情愫，這種情感甚至昔日對自己的丈夫都沒有產生過。

每當想起胡小天她就會不由自主的臉紅心跳，會感到胸口發熱，甚至會不由自主地夾緊一雙秀腿，她因為自己這樣的反應而感到羞愧，她隱隱猜到是什麼緣故，她和胡小天雖然相識的時間不久，可是他們之間的關係早已跨出了關鍵的一步，無論她接受與否，胡小天都已經成為了她的男人。

如果我當真有了他的骨肉怎麼辦？簡融心很快就被自己突然產生的這個想法羞得俏臉通紅，她抬起頭看到天空中紅豔豔的太陽，感覺心底的悲傷似乎淡化了許多，這世界在她的眼中重新變得美麗可愛起來。

柴扉輕叩，卻是有人到了，簡融心單從敲門的聲音就已經知道是誰來了。趴在門縫中看了看外面，看到熟悉的身影，她馬上打開了院門。

胡小天走了進來，姬飛花走後，他和秦雨瞳悄然離開了劍宮，秦雨瞳並未選擇與他同行，而是在離開劍宮之後選擇分手，也並沒有向胡小天說明她的去處。

經過劍宮之戰，胡小天明白了一件事，無論秦雨瞳還是姬飛花都不需要自己去擔心，她們都有照顧好自己的能力，讓他真正放心不下的還是簡融心。

簡融心特地向胡小天身後看了看，她知道胡小天去救秦雨瞳，小聲問道：「為何沒見秦姑娘？」

胡小天道：「她沒事。」

簡融心掩上房門，和胡小天一起來到房內，胡小天的臉色有些蒼白，拿起桌上的茶壺倒了杯茶，飲盡之後方才道：「你準備一下，我讓長明先送你離開。」

簡融心搖了搖頭道：「我不走。」

胡小天詫異道：「因何不走？」

簡融心咬了咬櫻唇，終於下定決心道：「我還有事情沒有做。」

胡小天笑了起來：「任何事也不必急於一時，不如你說給我聽聽，或許我能夠幫你。」

簡融心搖了搖頭道：「不需要你幫我，我自己的事情自己解決。」

胡小天伸出手去，一把將簡融心的柔荑握住，簡融心想要逃的時候已經晚了。簡融心雖然心中對胡小天的行為並不討厭，可仍然覺得十分不妥，雖然她和李沉舟恩斷義絕，可她在身分上仍然是李沉舟的夫人，她不能和胡小天再錯上加錯。用力掙脫了一下道：「胡公子還請自重！」

胡小天道：「融心，難道你還不接受我？」

簡融心抿了抿嘴唇沒有說話。

胡小天拿捏出一臉痛苦道：「你這樣我好心痛！」

簡融心雖然跟他接觸的時間不長，卻知道他擅長玩花樣，輕聲道：「你我萍水相逢，你幾度救我，這番恩情融心永世不忘。」沒敢說回報的事情，其實都以身相報了，你胡小天還想怎樣。

胡小天卻捂著胸口一臉痛苦。

簡融心看到他表情不對，關切道：「你怎麼了？」

胡小天歎了口氣道：「我在劍宮遇到一位高手，生死相搏，險些命喪他手，迫不得已，我用虛空大法吸了他的內力。」

簡融心對武功的瞭解也只限於防身術這種皮毛，聽到這些覺得天方夜譚，小聲道：「還有吸取別人內力之說？」

胡小天道：「可這種功夫對身體的損害也是極大，我給你打個比方，就像是一個人突然吃了太多的東西，消化不良……哎呦，痛死我了……」

簡融心道：「哪裡痛？」

胡小天指了指自己心口，簡融心含羞解開他的衣襟，卻發現他胸前尺許長的傷痕，不由得緊張起來，眼圈也紅了，晶瑩的淚光在美眸中閃動：「是不是很痛？」

胡小天點了點頭道：「融心，我只怕要被異種真氣撐破丹田，經脈爆裂而死，你走吧，別管我。」

簡融心咬了咬櫻唇，就快流出淚來了：「那怎麼辦？不如我去請秦姑娘。」她起身想要去找秦雨瞳，卻被胡小天一把抓住。

胡小天道：「還是別麻煩她了……」

簡融心道：「秦姑娘醫術高明，她一定有辦法救你。」

胡小天道：「就算她來了也沒什麼辦法，其實也不是沒辦法救我，只是……」他歎了口氣道：「還是不說了。」

簡融心道：「要說，你快說，只要我能夠做得到，我一定為你去做。」關心則亂，她連自己心中的話都說了出來。

胡小天心中暗笑，可表面上仍一臉痛苦：「你過來，我只說給你一人聽……」

簡融心湊近他的身邊，將耳朵貼在他的唇邊，胡小天低聲耳語，簡融心聽完俏臉羞得通紅，一把就將這廝推到了一邊：「你無恥下流！」卻想不到這一把就將胡小天推得四仰八叉地倒在了地上，簡融心看他的樣子也不像偽裝，猶豫了一下又回到他身邊將他扶了起來。

胡小天慘然笑道：「我本不想說，是你非得逼著我說，融心，我很心痛，沒想到我在你心中竟然是這個樣子，我胡小天對天發誓，我所說的全都是真話，如果我故意編造謊言，騙你的話，讓我不……」簡融心伸出手去掩住他的嘴唇，美眸之中流露出錯綜複雜的表情，她移開纖手，忽然主動湊近，櫻唇吻上了胡小天的嘴唇。

胡小天假惺惺道：「融心，你走吧……不必為我……唔……唔……啊……」

胡小天披頭散髮地從床上坐起，此時的感覺怎地一個爽字得了！簡融心背朝他，面對著牆角躺在那裡，一動不動，羞得緊閉雙目，這無恥下流的傢伙，一定騙了自己，裝死博同情，利用自己的善良和單純，可是明明知道被他騙色成功，可心中非但沒有一點憂傷，反而還充滿了喜悅，簡融心簡直是無地自容了，難道自己骨子裡就是一個這樣的人？她又下意識地夾緊了一雙秀腿。

胡小天從身後抱住了她，柔聲道：「融心，謝謝你，給了我第二次生命。」

簡融心難為情地閉上了美眸，只覺得渾身酥軟，攢了好半天的勁兒方才吐出一個字：「滾開！」

胡小天非但沒滾開，反而更加貼緊了她，低聲道：「我沒騙你，這是一門高深武功的，叫做射日真經！」

簡融心猛然轉過身去，照著他的肩頭狠狠就咬了下去，鬼才會相信他。

胡小天翻身將她壓在身下：「融心，看來你還不理解這門功夫的奧妙，不如我從頭再教你一遍！」

胡小天發現張愛玲的話還是很有些道理的，征服女人原來果然可以通過某些特定的途徑來進行，原來通往心靈最短的距離果然是那裡。

簡融心小心幫他包紮好肩頭的傷口，這傷口是她一口造成，有些歉疚道：「痛不痛？」

胡小天微笑搖了搖頭，目光向她身下看了一眼：「你痛不痛？」

簡融心的俏臉又紅了起來，揚起手來狠狠在他的腦門上來了個暴栗，才女也不是沒有一點脾氣的。

胡小天整理好衣服，來到坐在妝台前對著銅鏡整理妝容的簡融心身後，雙手輕輕扶在她的香肩之上：「融心，剛才跟你說的事情，你考慮得怎麼樣了？」

簡融心一邊梳理著長髮，一邊從銅鏡中觀察著胡小天的表情：「什麼事情？」

胡小天道：「讓長明先送你去東梁郡。」

簡融心搖了搖頭，毅然決然道：「我不走。」

胡小天道：「聽話！」

簡融心搖了搖頭，她梳好頭髮，站起身來，俏臉之上依然緋紅未退，不過在胡小天面前已不再是過去那樣抬不起頭來的感覺，她輕聲道：「其實我在這世上還有一個哥哥。」

胡小天聞言一怔，豈不是意味著自己又多出來一個大舅子。

劍宮主人邱閑光獨自站在萬仞山的廢墟前方，眼前的景象讓他不勝唏噓，事情發生之後，短短的一日之間，劍宮弟子竟有一千多人自行離開，這其中有對劍宮失望的，更多的是擔心強敵再度來襲，害怕受到牽連，甚至連兩位長老都不知所蹤。

雖然李沉舟第一時間來到劍宮表示慰問，可是邱閑光能夠感覺到他背後對自己的不滿。

踩著腳下成為一片廢墟的萬仞山，望著遠處彼此中斷的東西劍閣，邱閑光忽然意識到其實劍宮早就完了，從藺百濤離去的那一刻劍宮就已經不復存在了。剩下的只是一個空殼罷了，這些年來自己苦苦維繫這個空殼，到頭來無非證實了一件事，自己乃至整個劍宮都只是被人利用的工具，沒有人會在乎自己，更沒有人在乎他兒子的死活。

一道身影無聲無息出現在他的身後，若非夕陽將他的身影拉長，陰影籠罩住了邱閑光，邱閑光根本不會覺察到，他驚詫地向身後望去，看到了姬飛花。內心瞬間被恐懼所佔據。

他歎了口氣道：「你是來殺我的？」

姬飛花平靜望著邱閑光道：「要殺你早就殺了，沒必要再專門回來一趟。」

聽到對方並不是為了殺自己，邱閑光內心一鬆，雖然他最近過得很不好，可是沒有人希望死去，更何況他還有心思未了，他的獨生子邱慕白仍然生死未卜。

姬飛花道：「你兒子在黑胡人的手中。」

聽到兒子的消息，邱閑光眉峰一動，雖然他並不瞭解對方，可是他卻相信姬飛花不會欺騙自己。

姬飛花道：「一切都是燕王薛勝景所策劃，他勾結黑胡人，意圖除掉尉遲冲，在他的計畫中，剪除李沉舟身邊的勢力也是重要一環，所以他才出手對付你，劍宮和黑胡世代為仇，想讓黑胡人對付你，根本不用動員。」

邱閑光道：「你知道他的下落？」

姬飛花點了點頭，將早已寫好的地址遞給了邱閑光：「我雖然不知你跟玄天館任天擎的關係，可是我卻知道他和燕王過從甚密，屬於同一陣營，今日之事，你被他利用了。」

邱閑光瞪大了雙眼，滿臉錯愕之色。

姬飛花道：「憑你的實力對付不了那些黑胡高手，你應該知道要怎麼做。」

邱閑光展開那封信飛快地看了一眼，他沉聲道：「焉知你不是在利用我？」

姬飛花呵呵笑道：「高看自己了，你兒子的性命如今就攥在你自己的手裡，是死是活全由你自己決斷。」她說完這句話轉身離去，瞬間就已經從邱閑光的視野中消失。

李沉舟望著邱閑光，劍眉皺起：「你從何處得來的消息？」

邱閑光道：「辛苦調查得來，黑胡國師崗巴拉連同幾位黑胡高手全都隱藏在狗頭山中，種種跡象表明，慕白就是被他們所擒。」

李沉舟道：「你決定今晚展開行動？」

邱閑光重重點了點頭道：「無論為了慕白還是為了劍宮，或是為了大雍的利益，我都要剷除這幫胡人！」

李沉舟緩緩站起身來，踱了幾步，望著窗外的晚霞，心中猶豫不決，邱閑光一改此前隱瞞情報的作為，將黑胡國師的蹤跡上報給自己，他的轉變實在太過突然，這其中會不會有詐？

邱閑光道：「敢問大都督，上官雲冲身在何處？」

李沉舟的背影靜止在那裡，他和邱閑光的裂痕就產生於此，其實就連他也被上官雲冲利用，從尉遲冲遇刺開始，事情的發展就漸漸偏離了他的掌控。

李沉舟歎了口氣道：「我也不知道，此人背信棄義，表面上效忠於我，可是陽奉陰違，實際上卻和黑胡人暗通款曲。」

邱閑光道：「還請大都督助我一臂之力。」

李沉舟低聲道：「你是讓我出兵？」

邱閑光道：「為了保證慕白的安全，此事不宜興師動眾。」

李沉舟轉向邱閑光點了點頭道：「我明白了！」

胡小天借著夜色的掩護來到狗頭山桃花潭，這裡正是他當年斬殺紫電巨蟒，發現水洞的地方，今日胡小天背負劍魔東方無我的遺骨又重新回到了這裡。

胡小天順利進入水洞之中，進入洞內首先看到的就是一條長長的白骨，乃是當年他斬殺的紫電巨蟒，他殺死紫電巨蟒後，連皮都扒了下來，幾年過去，紫電巨蟒的血肉已經腐化成泥，只剩下累累白骨。

洞內的氣味並不好聞，胡小天來到深處，將劍魔東方無我的骨灰取出，在地上挖了一個坑，將骨灰埋下，堆了一個小土堆算是東方無我的墳塚，胡小天宰墳塚前跪下，磕了三個頭道：「師父，您交代我的兩件事，第一件事我已經做成了，以後您和我師兄就在這裡長相作伴吧，這條紫電巨蟒就當是我給你們的祭品。」

胡小天埋葬了東方無我，又沿著原路回到桃花潭，慢慢浮出水面，此時已經是月上中天，光華滿地，將整個桃花潭周圍映照得亮如白晝。

胡小天剛從水面露出頭，就看到岸邊有一個頎長的身影站在那裡，卻是姬飛花似笑非笑地望著自己。

胡小天笑道：「姬大哥，你怎麼找到我的？」

姬飛花微微一笑，揚起手中的光劍劍柄，綠色的光芒不停閃爍。

胡小天心中暗歎，這玩意兒跟GPS定位似的，以後自己在姬飛花面前定然是無所遁形了，他濕淋淋從水潭中爬了上去，因為裡面穿著特製水靠，冰冷的潭水無法沾濕他的身體。

姬飛花將他掛在樹上的衣服遞了過去，胡小天一邊穿衣服一邊道：「劍宮那邊情況如何了？」是他讓姬飛花將邱慕白的消息透露給邱閑光。

姬飛花道：「李沉舟親自出動了，除了他之外還有不少高手。」

胡小天呵呵笑道：「看來今晚有好戲看了。」

姬飛花白了他一眼道：「李沉舟也不是什麼簡單人物，你當他會那麼容易被利用？」

胡小天道：「李沉舟雖然精明，可是他的好奇心也很重，上官雲冲利用了他，邱閑光也因為兒子的事情對他生出背離之心，這次他若是再不出手，等於將邱閑光從身邊推走，劍宮對他應該還有利用的價值吧。」

姬飛花道：「你的初衷可不是為了幫劍宮吧？」

胡小天點了點頭道：「薛勝景這隻老狐狸和黑胡勾結，又利用秦雨瞳設計害我，我豈能讓他得意。」

姬飛花不禁笑道：「可並沒有確實的證據能夠表明薛勝景和這裡的黑胡高手有勾結。」

胡小天輕聲道：「寧肯錯殺一千，不可放過一個。」

姬飛花明眸一亮，這話甚得她心，可是她並不知道胡小天這句話是拾人牙慧，而且胡小天今晚的目的極其明確，就算這幫黑胡人和薛勝景沒有關係，可那個黑胡國師崗巴拉來自於梵音寺，胡小天曾經答應過師父東方無我，這第二個條件就是他幫忙剷除梵音寺，幹掉崗巴拉就等於重創梵音寺。

李沉舟一行已經來到狗頭山東麓的廢墟外，這裡曾經是一片莊園，屬於黑胡商人札納所有，後來因為和胡小天爭奪寶駿奇錄，為了掩飾蹤跡，切斷線索，黑胡人將這裡焚毀。

李沉舟等人雖然知道這裡和黑胡人的一些關聯，可是都以為這片廢墟無人居住，想不到卻成為黑胡人囚禁邱慕白的地方。

金鱗衛統領石寬道：「這裡不像有人在的樣子。」說話的時候目光盯著劍宮主人邱閑光。

邱閑光此時內心中也不禁有些忐忑，他只是從姬飛花那裡得到消息就貿然而來，自己並未經過實地調查。

李沉舟轉過身去，身邊一名周身包裹嚴實，只有一雙眼睛暴露在外的黑衣人點了點頭，那黑衣人肩頭的鷹隼震動了一下翅膀，宛如一道疾電投向廢墟上空。

李沉舟的目光追逐著鷹隼，低聲道：「只要他們在這裡，就算掘地三尺，我們也要將他們挖出來！」

暗夜之中，一支羽箭追風逐電般向空中射去，瞄準的正是那隻鷹隼，鷹隼閃避不及，被羽箭射了個正中，哀鳴一聲從空中倒栽蔥墜落下去。

對方雖然成功射殺了鷹隼，可是也暴露了他藏身的位置，李沉舟等人正在關注那隻鷹隼，第一時間就發現了空中的變化。蒙面的黑衣人宛如一道閃電般向鷹隼墜落的方向衝去，與之同時啟動的還有金鱗衛石寬。

邱閑光也不甘落後，率領二十名劍宮高手向出事地點衝去。

李沉舟皺了皺眉，原本還想觀察一下情況再說，沒想到這些人如此沉不住氣。

白雪皚皚的廢墟之中出現了一道黑色身影，如同一縷青煙般徑直迎向驅馭鷹隼的蒙面人，正是黑屍，兩人狹路相逢，頓時激鬥起來。

石寬本想前往增援，可是前方雪地之中蓬地炸裂開來，一道白色身影向他飛撲而來，十指尖尖，閃爍著青光向他劈面抓來。

石寬怒吼一聲，雙拳迎擊而出，身為金鱗衛之首，武功自然非同凡響，剛一出拳，兩道狂飆已經將對方籠罩。

襲擊石寬的卻是白屍，她出手的速度雖快，可石寬卻是後發先至，從對方的拳風已經判斷出石寬乃是走剛猛一路，若是用爪硬碰硬和對方的鐵拳對上，吃虧的必然是自己。

蒙面馭獸者和黑屍之間武功懸殊，僅僅一個照面，黑屍的利爪就探入他的胸膛，一把將他胸膛的肌肉撕裂，從中拽出一顆熱騰騰的心臟。

劍光一閃，邱閑光揮劍向黑屍斬去。

鏘！黑屍竟然徒手擋住劍鋒，他發出一聲古怪的號角，旋即身體向廢墟中逃去，白屍聽到他的叫聲，也是轉身就逃。

邱閑光怒道：「哪裡逃！」指揮手下分散包抄。

廢墟之上展開激鬥之時，胡小天和姬飛花兩人也來到廢墟附近，兩人悠然自得地坐在高高的樹杈之上，遠眺廢墟那邊戰鬥的情景，胡小天道：「不對，怎麼黑胡那邊只有兩個人出來？」

姬飛花淡然道：「或許是故意誘敵深入。」她說話的時候，黑屍白屍已經開始逃走。

邱閑光、石寬等人窮追不捨，在一片斷壁殘垣處失去了兩人的下落，此時李沉舟連同其他武士也隨後趕了過來，但見一堵牆壁的角落露出一個黑魆魆的洞口，石寬指著那洞口道：「他們逃到裡面去了。」

邱閑光道：「追！」他關心兒子的安危，別說是個地洞，就算是龍潭虎穴也要進去查個究竟。

李沉舟低聲道：「提防有詐！」

石寬道：「不如先派人下去查探一下情況。」他的目光投向邱閑光，今晚他們都是前來幫忙，所以下去查探這件事當然要由劍宮方面來做。

邱閑光點了點頭，他派兩名手下先去地洞下看看。

那兩人剛剛進入地洞，就傳來慘叫之聲，顯然已經遭了毒手。

眾人面面相覷，誰也不肯再下去，邱閑光看到無人肯去，心下一橫，正準備說自己下去一探究竟的時候，石寬道：「周圍有不少的雪松，不如我們砍斷松枝，在洞口點火放煙，將他們熏出來就是。」

邱閑光聞言慌忙搖了搖頭道：「不可……」他是擔心自己的兒子，生怕煙非但不能熏出敵人，反倒將兒子活活熏死了。

李沉舟表情凝重，他伸手阻止想要進入地洞一探究竟的邱閑光道：「情況好像有些不對。」

眾人的目光齊齊望向他，李沉舟道：「有沒有覺得，他們是故意將我們引到這裡。」他向石寬道：「石統領，你帶領部下去周圍搜索，看看有無異常的狀況。」

「是！」

李沉舟又向邱閑光道：「邱門主，我能夠體諒你的心思，但凡事不可操之過急，你老老實實告訴我，關於慕白的藏身之處究竟是誰告訴你的？」

邱閑光猶豫不決，他來到這裡之後也覺得事情變得非常詭異，難道這裡根本沒有什麼黑胡人，又或是兒子根本就不在這裡，他設了一個圈套讓自己鑽。

李沉舟看到邱閑光的樣子不禁心頭火起，怒道：「邱門主，你不怕將我們全都拖入敵人的圈套之中。」

胡小天將李沉舟的這番話聽得清清楚楚，聽到圈套兩個字他不由得心中一驚，在他原本的計畫之中是要將邱閑光等人引到這裡，讓他們跟黑胡人拚個兩敗俱傷，可是從目前看到的情況好像黑胡人早有準備，難道黑胡人提前收到了消息？自己這邊應該不會有人洩密，邱閑光也不可能，那麼出問題的只可能是李沉舟一方。

姬飛花以傳音入密道：「形勢有些不對頭。」

就在此時突然看到那洞口之中冒出黑色的波浪，遠遠望去如同黑色噴泉一般，胡小天定睛望去，哪裡是什麼噴泉，根本就是成千上萬隻老鼠。

胡小天也從未見過這樣的景象，不由得瞠目結舌。

李沉舟等人無一不是武功高手，可是看到如潮水般湧來的老鼠也是為之色變，李沉舟第一時間反應了過來，他轉身就逃，石寬反應也不慢，緊跟著李沉舟的腳步向遠方逃去。

其他的那些高手武士可就沒有那麼幸運，一名劍宮弟子方才揮劍斬殺了幾隻老鼠，數以千計的老鼠瞬間就將他淹沒，慘呼聲不斷傳來，現場讓人毛骨悚然。

胡小天和姬飛花兩人雖然距離較遠，可是看到那潮水般湧出的老鼠也有些心底發毛，不用問，黑胡陣營之中必然有一位強大的馭獸師，正是他指揮鼠類大軍對這群夜探廢墟的高手展開一場瘋狂圍剿。

李沉舟幾乎能夠斷定對方早已對他們的到來有所準備，從一開始就射殺鷹隼，將他們一邊的馭獸師果斷斬殺，其實他也明白，就算自己將馭獸師留下，也未必能夠應付來眼前萬鼠蜂擁的場面。

一幫高手被老鼠追得抱頭鼠竄，這場面也是無比的諷刺。

胡小天倒吸了一口冷氣道：「這裡究竟藏了多少老鼠？」

姬飛花遠眺著廢墟處，老鼠仍然在沒完沒了的湧出，劍眉顰起道：「想不到黑胡也擁有那麼高明的馭獸師。」

胡小天後悔不迭道：「早知道讓長明一起過來了。」

姬飛花微笑道：「別忘了咱們今晚過來的用意。」他們來這裡是抱著坐山觀虎鬥的念頭，只是沒想到局面居然是一邊倒，李沉舟一方根本沒有來得及展現實力，就被對方的老鼠大軍追趕得落荒而逃。

李沉舟等人一路逃到山下，總算擺脫了老鼠大軍，看到那支老鼠大軍浩浩蕩蕩向雍都的方向繼續進發，與此同時，卻看到一道黑煙從廢墟的方向螺旋升騰，很快在夜空中集結成雲，乃是無可計數的蝙蝠，牠們震動翅膀遮住月光，很快就越過他們的頭頂，向雍都城的方向飛去。

李沉舟望著空中的蝙蝠，地上的老鼠，忽然倒吸了一口冷氣，暗叫不妙，從眼前的情況來看，這麼大的陣仗應該不僅僅是為他們幾個準備的，他擔心雍都生變，向石寬道：「走，咱們即刻返回皇城。」

胡小天低聲道：「還記得咱們在天香國去洗劍山莊的事嗎？」

姬飛花點了點頭，當時她和胡小天相約去洗劍山莊營救虛凌空，可是因為中途生變，他們決定選擇分頭行動，胡小天和夏長明去洗劍山莊救虛凌空，姬飛花則去了快活林。也就是那次胡小天和獸魔閻虎嘯狹路相逢。

上次的洗劍山莊之行，胡小天雖然沒有找到虛凌空，卻陰差陽錯地救出了丐幫傳功長老，上官雲冲的授業恩師喬方正，那次的事情可以推斷出，閻虎嘯和上官父子之間是有勾結的。

目睹眼前的老鼠大陣，胡小天第一個想到的就是閻虎嘯。

姬飛花忽然道：「你看！」

胡小天舉目望去，卻見一黑一白兩道身影正朝著他們的方向而來，正是黑白雙屍，他們兩人看到老鼠大軍將李沉舟等人驅走，這才離開，卻想不到今天前來的不僅僅是李沉舟那一方人馬，胡小天和姬飛花還藏在附近。

姬飛花望著胡小天顯然在徵求他的意見。

胡小天道：「交給我了！」他抽出背後大劍藏鋒，這柄劍乃是宗唐過去為他打造，光劍雖然威力巨大，可是並不適合輕易動用。

黑白雙屍正在雪地上全速狂奔，猶如一黑一白兩道疾電，冷不防一人從空中俯衝而下，人還未落地，手中大劍已經橫向揮舞，無形劍氣劈砍在雪地之上，蓬！積雪被劍氣從地面激揚而起，在黑白雙屍的前方形成一堵雪牆，將他們的去路封住。

兩人及時停下腳步，雪霧散去，胡小天魁梧挺拔的身影出現在他們的前方，他單手握劍，劍鋒四十五度角斜指地面，身軀向相反方向微側三十度，不得不承認這廝擺造型的功夫不錯，看起來的確是英俊瀟灑玉樹臨風。

黑白雙屍的臉上木然無情，連眼珠子都不會動一下，難怪說不是一家人不進一家門，白屍呼嘯一聲，率先衝了上去。

胡小天劈手就是一劍，正是誅天七劍中的一劍，丹田氣海龐大的內息湧動，迅速透過經脈傳達到劍身，又脫離劍身激發出去，劍氣外放，無形劍氣有質無形，撕裂空氣，倏然來到白屍的面前。

白屍從氣流的湧動已經察覺到這一劍之威，身軀倏然向側方移動，原地只留下一道殘影，劍氣劈中殘影，如果在晚上瞬息的時間，白屍必然面臨被劈成兩半的結局，再看她剛才站立的雪地上，已經多出了一道長達三丈的壕溝，雪層完全被劈開，下方凍土清晰可見。

白屍這邊剛退，黑屍已經猶如一道黑煙般向胡小天衝來，白屍躲過胡小天的那一劍，第一時間配合黑屍封住胡小天可能的退路。

胡小天根本沒想過退，剛才的誅天七劍只是小試牛刀，面對敵人，務必要用最簡單直接，最有效率的招式將他們擊敗，在這樣的關鍵時刻，他竟然沒有用劍，而是將藏鋒反插在身後的劍鞘內，身軀向兩人衝了過去。

姬飛花有些擔憂地睜大了雙眸，以她的見識都未見到過這究竟是怎樣的招式。

黑白雙屍看到胡小天赤手空拳主動送死，兩人都是大喜過望，揮動手爪，試圖抓住胡小天的身體將他撕成碎片，然而當他們的距離無限接近的時候，兩人的臉色卻突然改變了，因為他們的面前陡然出現了一道凜冽的劍氣。

胡小天並未出劍，哪來的劍氣？

劍魔東方無我曾經問胡小天關於練劍的境界，胡小天回答了三個，手中有劍心中有劍，手中無劍心中有劍，手中無劍，心中也無劍。

東方無我最後收他為徒，教給了他一招劍法，劍魔東方無我練劍一輩子，把自己練成了劍奴，他告訴胡小天的是，劍未必要拿在手上，都說人劍合一，真正的人劍合一應該是不分彼此，人就是劍，劍就是人，以胡小天的內力境界，何必追求劍氣外放，通過劍來傳達無形之氣，畢竟是麻煩許多，如果將自己作為一把劍，那麼也是一樣可以發出劍氣的。

這件事困擾了胡小天許久，到最後終於明白，其實就是把自己練成一個劍人！面對敵人時，別把自己當人，要把自己變成一把無堅不摧，無往不利的鋒利之劍。

所以破天一劍的功夫沒有強大的內力作為基礎是根本練不成的，沒有強大的內力作為後盾，衝上去等於送死。東方無我教給胡小天的其實只是劍意，只是讓他將自身內息收放自如的方法，何時隱藏殺氣，何時殺氣外露，而且更重要的是，胡小天爆發出的劍氣要比通過兵器爆發出的劍氣更加直接，更有威力。

只有設身處地的面對破天一劍的時候，才能夠感覺到這讓人恐懼窒息的威力。

黑白雙屍感覺他們之間如同突然插入了一把劍，而且這把劍包繞的強大劍氣驟然向外周擴展膨脹。兩人根本來不及反應，身軀就被無形劍氣斬斷。

姬飛花一直在關注戰局，即便是這樣，她都沒有看清楚，胡小天用了何種方法將黑白雙屍給攔腰斬斷，而且是乾脆俐落的雙殺。

雪地上只剩下黑白雙屍的屍體，這下他們夫婦兩人算得上是名符其實的雙屍，胡小天看到黑屍的上半身還在不停蠕動，抬起腳來將黑屍的上半身踢到了遠處。

姬飛花飄然落在他的身後，向來寵辱不驚的姬飛花，此時也不禁發出一聲驚歎：「你這是以身御劍，劍身合一！」

胡小天笑瞇瞇點了點頭：「厲害吧？」

姬飛花又向地面上的屍體看了一眼，輕聲歎道：「想不到，這麼短的時間內，你居然修煉成了一個劍人！」

這一夜對雍都的百姓來說如同噩夢，平日裡見人就躲的老鼠突然在雍都肆虐起來，有不少百姓還被老鼠咬傷，同時還有蝙蝠瘋狂襲擊路人和牲畜，這種情況在天亮的時候終於漸漸平息，可是事情卻並未因為老鼠和蝙蝠停止攻擊而就此停止。

疾病開始在雍都蔓延，一個上午的時間，雍都各大醫館已經人滿為患。

胡小天和姬飛花分手之後回到雍都，看到街道冷清周圍路人都是用棉布掩住口鼻，一個個行色匆匆。

回到平嚴巷，秦雨瞳、夏長明都在簡融心臨時藏身的院落之中。看到幾人無恙，方才放下心來，他並沒有顧得上說起昨晚的所見，首先提起城內的亂象，低聲道：「我聽說昨晚雍都發生了大事。」

夏長明點了點頭道：「可不是嘛，昨晚有不少百姓被老鼠蝙蝠咬傷，據說已經死了上百人。」

秦雨瞳道：「我剛才過來的時候，聽說雍都大小醫館都已經人滿為患，就連被封的神農社門口也有不少人等著求醫。」她重新戴上了面具，刻意將絕世姿容掩飾了起來。

簡融心道：「眼看就是新年了，怎麼會鬧出這種事情，遭罪的總是老百姓。」

胡小天道：「國之將亡，妖孽輩出！」

夏長明道：「應該不是妖孽，我昨晚留意到這些異動，應該是馭獸師所為。」

胡小天點了點頭，這才將自己昨晚前往狗頭山所見到的事情說了一遍，提到李沉舟的時候，他悄悄觀察了一下簡融心的表情，簡融心雖然表情略有變化，可是再不像昔日那般劇烈，看來李沉舟在她心中的地位已經越來越輕，胡小天心中暗喜，自己還需努力，通過捷徑讓簡融心的這顆芳心徹底歸附於自己。

夏長明聽完之後不由得感歎道：「這馭獸師真是不簡單。」

胡小天道：「同時驅馭鳥獸，天下間能辦到的只怕不多。」

夏長明道：「又或者不是一個人所為，可能是幾個人配合分工完成。」

秦雨瞳道：「他們驅馭這些毒蟲目的究竟何在？」

胡小天道：「我昨晚還以為，黑胡馭獸師驅馭老鼠蝙蝠只是為了趕走李沉舟那些人，現在看來，他們的目的應該不僅於此。」他停頓了一下，環視眾人道：「你們有沒有發現這裡面可能蘊含著一個巨大的陰謀？」

三人都望著他，目光中都充滿著期待，不過其中崇拜成分最大的就是簡融心。

胡小天低聲道：「我有種預感，生病的人會越來越多，疾病會在雍都迅速傳播開來，甚至會波及到整個大雍。」他向夏長明道：「長明，你準備一下，咱們要儘快離開。」

夏長明點了點頭。

簡融心想說什麼，可是看到胡小天的目光，她又將話咽了回去，胡小天已經答應幫她找到哥哥，冷靜下來之後，簡融心也明白凡事不可操之過急，看到胡小天一臉嚴峻的樣子，看來此事非同小可。

秦雨瞳向胡小天道：「我有些話想單獨問你。」

胡小天點了點頭，簡融心道：「我去收拾！」

夏長明也藉口去準備離開，留給他們兩人一個單獨說話的空間。

秦雨瞳睿智的雙眸盯住胡小天道：「你是不是發現了什麼？」

胡小天微微一笑道：「以你的醫術應該不需要問我。」

秦雨瞳皺了皺眉頭，顯然對他的回答感到並不滿意。

胡小天道：「我懷疑黑胡人通過這些老鼠和蝙蝠在雍都傳播鼠疫，而且從目前的情形來看，十有八九有些人已經染上了。」

秦雨瞳歎了口氣道：「看來應該是這樣了，不過大雍方面好像對此並沒有引起足夠的重視，有人傳言說是鼠疫，還因此被抓了起來，他們好像在刻意壓制消息。」美眸之中蒙上一層深深的憂鬱。

胡小天道：「如果真是鼠疫，那麼局勢只怕很快會變得無法控制，留在這裡會有很大的風險。」他首先想到的還是周圍人的安全。

秦雨瞳咬了咬櫻唇，心頭萌生出些許的失望：「你要走？」旋即又想到，他肯定是要走的，雍都發生鼠疫對胡小天來說應該是一件好事，削弱大雍的國力，他可以趁機發展壯大起來。

胡小天還沒有來得及回答她，就見夏長明匆匆走了進來，他並不是有意打擾他們兩個，抱拳道：「啟稟公子，丐幫出事了，因為昨晚鬧鼠災，不少丐幫弟子捉拿老鼠大快朵頤，昨晚已經死了十五人，情況仍然在惡化之中。」

胡小天歎了口氣，這幫叫花子向來嘴饞，這些常人談之色變的老鼠蛇蟲，在他們眼中就成了無上美味，其實老鼠並非不能吃，可這種沾染疾病的老鼠卻是避之唯恐不及。

胡小天道：「鼠疫很少發生於冬季，我雖知道一些預防和治療的方法，卻不知能不能夠起到作用。長明你馬上帶簡姑娘離開雍都，對了還有尉遲聘婷和柳玉城，確保他們幾個的安全，進入東梁郡境內先去沙洲馬場找個僻靜的地方安頓下來。」

夏長明道：「長明聽令，等我將簡姑娘他們安全送達地方即刻返回。」

胡小天卻搖了搖頭道：「你還需去東梁郡一趟，面見霍將軍和軍師，讓他們馬上嚴控邊界，不得讓任何大雍百姓擅入，各大關卡港口也需仔細盤查，此事非同小可，如果疫情控制不住，很快就會波及到我們。」

夏長明此時方才意識到事情的緊迫性，他鄭重領命。

第七章

鼠疫

董天將沉默了下去，如果當真雍都發生了鼠疫，
那麼雍都乃至整個大雍都將面臨被孤立的危險。
李沉舟不是傻子，他不可能輕率宣佈這件事，
如果這件事爆出，對他的權力將會是一個莫大的威脅。

簡融心得知這就要離開雍都，心中自然不想，畢竟在這個世界上除了胡小天之外，她再也沒有什麼可信之人，可剛剛和胡小天心心相印，卻又要面臨分離的局面，不過簡融心得悉雍都惡劣的情況之後，她也不想分散胡小天的注意力，沒有提出任何反對。

胡小天走入房內的時候，看到簡融心已經收拾好了行囊，他柔聲道：「融心，若非形勢緊迫，我不會讓你先行離開。」

簡融心微微一笑，輕聲道：「什麼都不用說，我明白的。」她將一個包好的錦囊遞給了胡小天。

胡小天道：「什麼？」

「裡面裝著我爹留給我的東西，對我而言這些已經是世上最重要的東西了，你幫我保管。」

胡小天心中一陣感動，抿了抿嘴唇，抓住簡融心的柔荑，低聲道：「對我來說，最重要的那個是你才對。」

簡融心俏臉微微一紅，小聲道：「答應我一件事。」

胡小天點了點頭。

「百姓都是無辜的，如果這場鼠疫是人為所至，你可不可以盡力幫他們？」簡融心美眸閃爍著晶瑩的光芒，她出身於書香門第，父親又是大雍首屈一指的大儒，見識自然非凡，知道胡小天也是極具野心和抱負的政治家，正因為此，大雍這場突如其來的災難在胡小天看來或許是個不可多得的機會。按照正常思維，這種時候如果不落井下石就已經很不錯了，更不用說出手相助。

胡小天微笑道：「我之所以選擇留下，就是為了幫助這些百姓，我的醫術雖然算不上高明，可畢竟能夠盡綿薄之力。」

簡融心芳心一陣欣慰，她不由得想到換成李沉舟絕不會這樣做，兩者相比胡小天的人格光輝頓時凸顯了出來。簡融心咬了咬櫻唇，小聲道：「謝謝你。」

胡小天笑道：「有什麼好謝，咱倆這關係說這種話是不是有點見外了。」

簡融心紅著俏臉道：「我跟你什麼關係？」

胡小天牽住她的手，深情道：「你是我的愛人，還是我的妻子。」

簡融心羞得垂下頭去，侷促地望著自己的足尖道：「我還以為你不肯呢。」

胡小天道：「我這人雖然沒什麼見識，可是大愛無疆我還是懂得的。」

大愛無疆這四個字深深震撼了簡融心，她抬起頭來，星眸閃爍，充滿崇拜地望著胡小天，一個擁有寬廣胸懷的男人更容易獲得異性的青睞，任何時候都是如此。

簡融心柔聲道：「你要小心。」

胡小天點了點頭，附在簡融心耳邊道：「別這樣看著我，太勾人，我忍不住又想那……啥……」

簡融心揚起粉拳在他胸膛上捶了兩下，然後主動勾住了他的脖子，奉上香吻。

胡小天也沒有料到矜持的簡融心竟然會如此主動，自然不會放過這個機會，上下其手，摸得簡融心嬌噓喘喘，好不容易方才抓住他可惡的大手道：「秦姑娘還在外面，我……也該走了……」

胡小天將她用力擁入懷中，簡融心含羞小聲道：「以後有的是機會。」

胡小天心頭大悅，單從簡融心的這句話就知道她已經從過去的悲傷中漸漸走了出來，看來還真是要謝謝張愛玲，謝謝你教會我如何儘快征服女人心。

簡融心掙脫開胡小天的懷抱，又從包裹中取出一封信遞給胡小天道：「如果有機會，你幫我將這封信送給李沉舟。」

胡小天心頭不覺又是一涼，剛剛才覺得勝利，這會兒功夫就給自己兜頭澆了一頭冷水，這封信該不是代表餘情未了吧。

簡融心似乎猜到了他的心思，小聲道：「裡面是我跟他正式解除婚姻的文書，以後我和他再無丁點的瓜葛。」哀莫大於心死，女人一旦心死，做事要比多數男人更加果斷絕情。

胡小天滿面喜色，這對他來說可是天大的好事。

簡融心瞪了他一眼道：「你這人，總是一肚子壞水。」

胡小天笑道：「所以要你幫我將壞水不停地擠出來啊。」

簡融心俏臉緋紅，羞不自勝，拿起包裹快步逃出門去，真不知道自己中了什麼邪，居然會忍受他的胡說八道，而且心中非但不反感還說不出的喜歡，自己何時變成了這個樣子。

胡小天走出門外的時候，簡融心已經走了，和秦雨瞳洞悉一切的美眸相遇，這廝臉上的無賴笑容頓時收斂，乾咳了一聲道：「你看我的眼神很不正常！」

秦雨瞳道：「自己心虛何必把責任推給別人，說說看，你留下來的真正目的是什麼？」

胡小天歎了口氣道：「以陰謀家的眼光去看人，會覺得周圍每個人都懷有陰謀，其實我這個人單純善良，之所以留下，是因為……大愛無疆！」這貨發現剛才這四個字對簡才女擁有強大的震撼力，秦雨瞳也是才女，才女說不定都喜歡這個調調，一招鮮吃遍天，好用的招數不妨多用幾次。

讓他失望的是，秦雨瞳對這四個字居然表現得毫無反應。看來每個女人的興奮點都不一樣，必須因材施教，因地制宜。

秦雨瞳道：「說得那麼高尚，都不像你了！」

「呃……我何時卑鄙過？」

秦雨瞳道：「如果大雍因此而衰落，對你未嘗不是一件好事。」

胡小天道：「我總覺得你是一個與眾不同，擁有遠見卓識的才女，可這句話有點不像你說的。」

秦雨瞳道：「我就是一個普普通通的女子，無非學過一些醫術，留下來只是想通過自己的醫術多救幾個人，並無太多其他的想法。」

胡小天道：「知不知道我為何放心你留下？」

秦雨瞳眨了眨美眸，不知他這話是什麼意思。

胡小天試探著問道：「有沒有聽說過天命者？」

秦雨瞳搖了搖頭：「聽起來好像很玄！」

胡小天道：「我雖然沒見過你的母親，可是我相信她一定是位非同凡響的人物，你對她的瞭解應該遠遠超過我。」他掏出了自己的那柄光劍：「難道你看著這些東西的時候，一丁點都不好奇？當年你潛入玄天館拜在任天擎門下的真正目的又是什麼？你對任天擎到底瞭解多少？」

秦雨瞳幽然歎了口氣道：「你這人好奇心還真是很重，好像忘了我們留在這裡的初衷了吧？」

胡小天知道她在迴避自己的問題，微微一笑，也不再追問。

秦雨瞳道：「說說你對疫情的看法，還有你準備拿出的應對方案。」

胡小天點點頭，他雖然並非傳染學專家，可是最基本的應對措施和治療方案還是懂得的，管理傳染源，切斷傳播途徑，保護易感者這三大舉措，可以最大限度地防止疫情的迅速擴散。就算他們有方法治療病人，可是他們畢竟人手有限，也未必能夠獲得足夠藥物。而想要從根本上控制住疫情，單靠他們的力量是絕不可能的。

秦雨瞳也明白這一點，聽完胡小天的應對方案之後，她輕聲歎了口氣道：「方案雖好，可這裡畢竟是大雍，不是你的勢力範圍。」意思再明白不過，胡小天的方案必須要動員全城的力量來執行，在東梁郡只要胡小天一聲令下肯定毫無問題，但是這裡並非他說了算。

胡小天道：「所以，到了攤牌的時候。」

秦雨瞳秀眉微顰：「怎麼？你想公開自己的身分？你不怕李沉舟他們對你群起而攻之？」

胡小天道：「此一時彼一時，天下間沒有永遠的敵人，只有共同的利益，大雍的疫情若是控制不住，只怕我的領地也要受到波及。」

秦雨瞳道：「你準備從何處入手？」雍都目前的實際權力掌控在李沉舟的手裡乃是人所共知的事實，即便是大雍君主薛道銘在大事上也沒有決定權。

胡小天沒有說話。

秦雨瞳道：「莫非你想跟李沉舟見面？」

胡小天呵呵笑道：「我去見李沉舟也未嘗不可，以李沉舟的頭腦和眼界自然分得出這件事的利弊，採納我的方案應該沒有任何懸念。」

秦雨曈道：「只怕未必吧！」她芳心中暗想，若是李沉舟知道簡融心被你給拐走了，只怕要將你碎屍萬段。

胡小天道：「只是我才不會送那麼一大份人情給他，若是他聽從我的建議出手解決了疫情，豈不是給了他一個樹立威信收攏人心的機會。」

秦雨曈這才明白胡小天真正想見的是什麼人，如無意外，他想見的那個人應該是薛道銘，薛道銘雖然只是一個傀儡，未必能夠決定這件大事，但是在這種時候站出來，對薛道銘樹立威信是有幫助的，如能成功，胡小天既挽救了雍都百姓，又暗地裡扶植薛道銘，薛道銘或許會因為這件事而實力增強。

秦雨曈道：「你想去找誰？」

胡小天道：「董天將！」

董天將乃是大雍赫赫有名的猛將，以他的能力原本應該征戰沙場，為國效力，他也曾經主動請纓前往北疆追隨尉遲冲抗擊黑胡，可是他的請求卻被駁回，理由是他的大哥二哥已經駐守邵遠，朝廷體恤董家，必須要為董家留一個男丁在家中盡孝，其實卻是李沉舟忌憚董天將的武力，將他留在京城方便監視。

今時不同往日，董天將的兩個哥哥在邵遠完全被李沉舟的勢力所包圍，只要董家膽敢異動，李沉舟必然會向他們下手。董家投鼠忌器，自從新皇薛道銘登基之後，一直低調謹慎，和這位皇帝保持著相當的距離。

董天將每日也是呼朋喚友飲酒作樂，雖然心中空有大志，可也只能借酒澆愁，麻痹他人的同時也在麻痹自己。

昔日車水馬龍的西風樓，如今門前冷落，居然找不到一個客人。董天將縱馬來到西風樓前，他也聽說了雍都昨晚發生鼠患的事情，已經有人開始傳言鬧起了鼠疫，可是上頭又開始闢謠，也將散佈謠言的人抓了幾個。董天將素來膽大，加上他身體強健，從小都沒有得過什麼疾病，依然故我，還是習慣性地出門飲酒，當他外出之後，方才意識到情況比他預想中要嚴峻的多。

街道之上死去的老鼠、蝙蝠不少，因為是嚴冬，所以這些動物的屍體不容易腐化，也沒有腐爛的味道。

董天將皺了皺眉頭，看到西風樓也是大門緊閉，大中午的居然閉門謝客了，他翻身下馬，卻聽到一陣哭聲，從西風樓一旁的巷子裡，一群人走了出來，卻是西風樓的老闆昨晚被老鼠咬死了。

董天將準備過去看個究竟時，卻聽身後一人道：「如果我是你就不會過去。」

董天將轉身看了一眼，卻見那人一身灰色武士服，臉上蒙著一塊黑布，如果換成過去肯定讓人生疑，可是今天大街上不少人都像他這副裝扮，也就見怪不怪了。

董天將道：「你知道發生了什麼？」

那人道：「董將軍真是貴人多忘事，不記得我了。」

董天將打量了他一下，心中暗忖，你蒙著面孔，我哪裡能夠認出你，他心情不好，也懶得跟那人多說話，準備上馬離去。

卻聽那人又道：「紅山會館一戰，生死與共，那份友情我至今記憶猶新呢。」

董天將虎軀一震，雙目瞪得滾圓，知道那天晚上事情的除了他以外只有三個人，霍勝男是個女人，宗唐要見自己只需光明正大地過來，何必遮住面孔，剩下的也只有胡小天了，他也聽說胡小天最近在雍都出現的消息，只是耳聽為虛眼見為實，想不到胡小天果然來了，還找上了自己。

董天將謹慎地看了看四周，還好周圍無人關注他們這邊，董天將低聲道：「你好大的膽子，竟然敢在這裡公開現身？」

胡小天笑著取下蒙面的黑布，黑布之下也經過改頭換面，就算這副樣子董天將也認不出自己。

董天將心想這廝真是畫蛇添足，明明經過易容，又為何欲蓋彌彰地裹上黑布？生怕別人注意不到他嗎？

胡小天道：「董兄，咱們借步話說。」

董天將知道這裡人來人往也非說話之地，低聲道：「找家酒館坐下說。」

胡小天道：「董兄看來消息並不靈光，整個雍都多半的酒館都已經關門了。」

董天將皺了皺眉頭。

胡小天道：「能否去府上說話？」

見董天將絕不是胡小天的最終目的，他要通過董天將見到大雍皇上薛道銘。跟著董天將來到吏部尚書府，進入董天將獨居的院落內，胡小天取下臉上的黑布，此時已恢復了他本來容貌，笑著抱拳道：「貿然拜會董兄，失禮之處還望海涵。」

董天將道：「你找我，恐怕不是專程過來敘舊的吧？」他做事喜歡直截了當，說話也是直奔主題。

胡小天笑道：「自然不是，我這次前來乃是為了雍都鼠患的事情。」

董天將道：「我沒聽錯吧，你何時開始關注大雍的事了？」

胡小天道：「董兄難道不覺得這次的鼠患有些不同尋常？」

董天將道：「事情已經查明，乃是黑胡人奸細所為，有馭獸師驅馭老鼠攻擊百姓，故意在雍都城內造成恐慌，我這麼說，胡公子可否滿意？」

胡小天搖了搖頭道：「事情沒那麼簡單吧！」

董天將望著胡小天道：「照你看，真正的原因是什麼？」他對胡小天還是充滿戒心，畢竟雙方立場不同，在他看來大雍若是出了事，胡小天只怕高興都來不及。

胡小天道：「我的醫術，董兄多少也應該有所耳聞吧？」

董天將當然聽說過，胡小天曾經在大雍為蔣太后割過雙眼皮，還為先皇薛勝康治過急症，相比較而言，前者廣為人知，後面那件事只有皇族內部知道。他淡然笑道：「我並沒有質疑胡公子醫術的意思。」

胡小天向他湊近了一些，低聲道：「百餘年前西川發生的鼠疫你可聽說過？」

董天將點了點頭，一百多年前，西川曾經發生鼠疫，在那場鼠疫之中，西川死了一百多萬人，屍橫遍野，慘況空前，後來大康皇帝果斷下令將疫區全部封鎖，對疫區內所有的生靈一律射殺，付出極大的代價方才控制住那次鼠疫，而他的行為也搞得百姓怨聲載道，說起來大雍的崛起也和那場鼠疫有關，正是大康皇帝的精力被西川疫區牽制，所以才給了薛九讓自立的機會。而西川經過那場鼠疫之後，也用了近五十年方才恢復了昔日的繁榮安定。

董天將低聲道：「難道你認為發生在雍都城內的乃是一場鼠疫？」

胡小天道：「從目前的情況來看，十有八九就是鼠疫。」

董天將內心一驚，可他馬上又搖了搖頭道：「不會，朝廷已經闢謠。」

「哪個朝廷？」

董天將的表情頓時變得尷尬起來。

胡小天道：「這種事情一旦暴露出來，必將造成城內慌亂，甚至會導致全境混亂，後果怎樣，董兄應該想得到吧？」

董天將沉默了下去，如果當真雍都發生了鼠疫，那麼雍都乃至整個大雍都將面臨被孤立的危險。李沉舟不是傻子，他不可能輕率宣佈這件事，如果這件事爆出，對他的權力將會是一個莫大威脅。

胡小天道：「這世上萬事萬物都相生相剋，就算是鼠疫也沒什麼好怕，只要處置得當，一樣可以將之控制住。」

董天將望著胡小天將信將疑，雖然胡小天釋放出足夠的善意，可是董天將仍然無法相信，其實換成任何人都不可能輕易相信。董天將懷疑胡小天的目的，在胡小天的角度上，幫助大雍明顯不符合他的利益，他心中巴不得大雍敗亡才好。

董天將道：「你是說你有辦法？」

胡小天道：「其實我本想找的人是李沉舟。」

董天將呵呵笑道：「那你因何又找上了我？」

胡小天道：「任何事都有兩面性，只要處理得當，壞事可以變成好事，可如果處理不當，好事也能夠變成壞事。大雍現在的局勢，你只怕還不如我這個外人清楚，我若是將這個人情送給了李沉舟，這件收攏人心的好事就落在了他身上，董兄難道希望看到這一幕發生？」

董天將沒有回答。

胡小天道：「這件事對董兄來說是個機會啊！」

董天將道：「你因何會幫我？」

胡小天微笑道：「不是幫你，而是幫你的表弟。」董天將的表弟就是大雍如今的皇帝薛道銘。

董天將道：「好像還是講不通呢。」

胡小天道：「如果李沉舟完全掌控了大雍政權，等他穩住局勢之後，第一個想要對付的就是我，如果大雍內部有那麼一個人還能夠跟他抗衡，我相對來說就安全了許多。」

這個理由對董天將來說就可信了許多，他緩緩點了點頭道：「所以你決定將這個人情送給皇上。」

胡小天微笑道：「送不送是我的事情，可接不接受卻要看你們的意思。」

董天將表情複雜，他也不敢輕下決定，此事必須要請示父親之後才可以做出決定，他正準備如實相告的時候，卻聽外面傳來聲音：「少爺，大事不好了。」

董天將霍然起身，進來的卻是董家的家人董安，董安氣喘吁吁來到董天將面前，驚慌失措地將事情告訴給他，卻是皇上昨晚也被老鼠咬了，如今高燒不退，董天將的父親吏部尚書董炳泰收到消息，已經入宮探病去了，董家為了這件事亂成了一鍋粥。

董天將聞言也是一驚，他讓董安先走，抓住胡小天的手臂急切道：「你跟我說實話，有沒有辦法可以治好鼠疫？」

胡小天道：「我雖然不能，可是我有位朋友應該可以。」

董天將道：「只要你幫我治好皇上，萬事好商量。」

李沉舟在靖國公府內來回踱步，雙手負在身後，愁眉不展，就在昨晚他從狗頭山逃離險境之時還沒有料到事情竟會發展到如此惡劣的地步，僅僅在一夜之間，雍都就落入如此凶險的局面之中。

此時長公主薛靈君到了，她摘下臉上的面紗，也是滿面惶恐，一進門就道：「沉舟，你知不知道皇上出事了？」

李沉舟來到薛靈君面前，低聲道：「你怎麼來了？」

薛靈君抓住他的手臂道：「昨晚雍都鬧起了鼠患，無數百姓在睡夢中被咬傷，被老鼠蝙蝠咬死的也有一百多人，聽說今天又有不少人病倒，各大醫館人滿為患，現在連皇上也病倒了，沉舟，你告訴我……究竟是不是鼠疫？」她的聲音都顫抖了起來，在她看來，鼠疫比洪水猛獸還要可怕得多。

李沉舟毅然決然道：「謠言，我已經派人將散佈謠言的人抓起來了，昨晚的鼠患和蝙蝠傷人根本是黑胡馭獸師所為，他們的目的就是要在雍都製造混亂，靈君，你不用害怕，越是這種時候越是要保持冷靜，千萬不可自亂陣腳。」

薛靈君道：「沉舟，聽你這麼說我就放心了，我這就去皇宮探望皇上。」她作勢要走，卻被李沉舟一把抓住了手臂。

李沉舟低聲道：「你不能去！」

薛靈君緩緩轉過身來，美眸望定李沉舟道：「我因何不能去？身為皇上的姑母，他身患急病，我若是不去，豈不是要落人口舌？」

李沉舟抿了抿嘴唇，臉上的表情顯得異常複雜。

薛靈君緩緩搖了搖頭道：「你不必騙我，是不是鼠疫？如果不是鼠疫，你因何要阻止我去皇宮探病？」

李沉舟長歎了一聲道：「靈君，我也不知道，可是從目前的狀況來看，無法排除鼠疫的可能。」

薛靈君聞言，俏臉頓時變得毫無血色，櫻唇顫抖道：「怎會如此？怎會如此？上天因何要這樣對待大雍？」

李沉舟道：「目前還無法確定，我已派人去排查，相信很快就會有結果。」

薛靈君黯然在椅子上坐下，她腦子裡突然閃現出報應這兩個字，難道一切都是報應？自從她和李沉舟聯手篡權以來，不幸的事情就接踵而來，鼠疫，當年幾乎將西川整個毀掉，若非百年前的那場西川鼠疫，她的先祖或許就不會有立國的機會，而成就大雍偉業的鼠疫，如今又要毀掉大雍嗎？

李沉舟看到她意志消沉，來到她身邊，雙手輕輕落在她肩上，安慰她道：「你不用擔心，一切尚無定論，就算事情到了最壞一步，也不是沒有解決的辦法。」

薛靈君反問道：「如何解決？難道要效仿昔日大康的做法，將雍都百姓殺絕，一把火將雍都全都焚毀嗎？」

李沉舟的手下意識地握緊了她的肩頭，用力抿了抿嘴唇道：「事情未必會惡化到如此地步，這件事乃是黑胡馭獸師所為，我不相信他們擁有傳播鼠疫的能力。」

薛靈君道：「如果真是鼠疫怎麼辦？道銘死了，還有誰敢坐在那張龍椅之上？」

大雍明遠宮，一片愁雲慘澹的景象，宮內帷幔低垂，帷幔外面一幫宮人束手而立，在這壓抑的氣氛下沒有人敢輕易開口說話，只是從他們忐忑的表情就能夠推測出他們此時心情的惶恐。

大雍太醫徐百川緩步從帷幔後愁眉不展地走了出來，擺了擺手道：「你們都不必站在這裡了。」

一名太監走過來道：「董大人來了。」

徐百川點了點頭，低聲道：「皇上正要見他呢。」

吏部尚書董炳泰得到通報後，從外面走了進來，他和徐百川交遞了一個只可意會不可言傳的眼色，然後低聲道：「徐太醫，皇上的情況怎麼樣？」

徐百川歎了口氣，目光掃到幾名仍未離去的宮人。董炳泰冷冷道：「你們在這裡做什麼？還不趕緊退下去。」

那幾名宮人慌慌張張走了，沒等他們離開，徐百川就道：「只怕是鼠疫了……」他在這個時候說，等於讓幾名宮人全都聽到了。

董炳泰跟著歎了口氣道：「我去看看皇上。」

徐百川道：「董大人還是做足防護措施的好。」

所謂防護措施，也不過是在臉上罩了一層布，護住鼻孔和嘴巴。

徐百川走入帷幔後，看到薛道銘臉色潮紅，躺在床上，頭上放著冰袋，周身依然大汗淋漓，看來病情嚴重，不過薛道銘的神智還算清楚，看到徐百川進來，他虛弱無力道：「你們全都退下……朕……朕有話要跟……跟舅父說……」

負責伺候他的兩名太監心中求之不得，剛才徐百川的那番話他們也都聽到了，說皇上得了鼠疫，鼠疫的傳染之烈他們都是知道的，一個個聞之色變，這樣貼身伺候皇上，萬一被感染了，豈不是死路一條。現在聽到放他們離去，一個個如釋重負，慌忙退出去了。

董炳泰看了看周圍，又從帷幔的縫隙向外面看了看，確信所有人都退出了宮室，這才重新回到薛道銘的身邊，低聲道：「皇上！」

薛道銘將頭上的冰袋一把抓下，低聲道：「快要把朕悶死了。」

董炳泰唇角露出一絲意味深長的笑意：「皇上覺得悶，可有人卻要急死了。」

薛道銘冷笑道：「他們才不會關心朕的死活，朕若是死了，他們自然可以找到別人取代我的位置。」

董炳泰搖了搖頭，低聲道：「奸賊狼子野心，謀朝篡位，禍亂朝綱，陷害忠良，搞得天怒人怨，大雍的這場劫難就是因他而起。」

薛道銘歎了口氣，雖然他也希望李沉舟陷入麻煩之中，可是現在遇到問題的是大雍，他才是大雍的帝王，他也不想大雍的狀況惡化下去：「舅父，外面當真是鼠疫？」

董炳泰壓低聲音道：「目前尚無定論，只是昨晚鬧了鼠患，咬死了不少人，今天因為咬傷而前往醫館看病的人已經人滿為患。」

薛道銘面露惶恐之色：「如果當真是鼠疫，那該如何？」

董炳泰道：「是福是禍都已經降臨大雍，陛下應該做的就是利用這次的機會，讓局勢向自己有利的方向發展。」

薛道銘點了點頭道：「可是朕應該從何處入手呢？」

董炳泰正要說話，卻聽到外面傳來通報之聲，原來是太醫徐百川去而復返。徐百川乃是董炳泰的心腹，也是目前薛道銘值得信任的人，今次薛道銘染上鼠疫的假像就是他們幾人聯手製造，目的就是要擾亂李沉舟的佈局。

徐百川來到宮內，董炳泰迎了出去，他明白若無要緊的事情徐百川不會打擾他們之間的密談。

徐百川臉上的表情頗為凝重，低聲道：「三公子來了，他還帶來了兩位郎中，說是請來的神醫，要為皇上診病。」

董炳泰臉色一變，怒道：「胡鬧！」他舉步走出了宮門。

來到外面果然看到董天將，董炳泰冷冷望著兒子：「你來幹什麼？」

董天將上前一揖到地，尊敬道：「爹，孩兒聽聞皇上生了急症，所以特地請了兩位神醫前來為皇上診病。」

董炳泰道：「這裡已經有了徐太醫，有他給皇上治病，用不著什麼其他的神醫了。」目光向董天將身後的兩人看了一眼，表情極其不悅。

董天將低聲道：「爹，咱們一旁說話。」

父子兩人來到僻靜之處，董天將低聲將事情簡單地說了一遍，董炳泰聽完方才知道這小子打的是什麼主意，不過兒子是認為皇上得了鼠疫，在這種狀況下，他帶來的這兩人居然還敢入宮，證明這兩人的膽色不小。董天將已經將胡小天的身分透露給了董炳泰，董炳泰也因兒子的大膽捏了一把冷汗，胡小天是什麼人？他和大雍是敵非友，大雍若是亂了，對他只有好處，他又豈肯當真為皇上出力。

可轉念一想，胡小天也不知道真實的狀況，他冒著被感染鼠疫的風險而來，必有所圖，既然如此，索性讓他進去看看，倒要看看他們這兩人究竟有什麼本事。

董炳泰打定了主意，假惺惺去請示皇上，其結果自然是允許兩位神醫進去，不過他並沒有讓兒子入內，有些事還是儘量瞞著這小子的好。

這兩位神醫正是胡小天和秦雨瞳所扮，胡小天雖然擅長外科，可是在傳染病和內科學方面並不是他的專長，而且在治療鼠疫方面，他也沒有足夠的把握，問過秦雨瞳，秦雨瞳信心滿滿，於是他將秦雨瞳也請了過來。

兩人來到薛道銘身邊，胡小天做足了防護措施，口罩手套全都戴上了，雖然他百毒不侵，可凡事總有例外，萬一被感染上了可不得了，至於秦雨瞳，她本身擁有天外來客的血統，估計鼠疫對她不起作用，不過他還是奉勸秦雨瞳做足預防措施。

徐百川也來到一旁，他對自己的醫術還是頗有信心的，皇上服下他的草藥之後，表現出的症狀和鼠疫極其類似，除非是神農社柳長生那級數的杏林高手，普通的醫生是不可能察覺其中破綻的。

秦雨瞳為薛道銘檢查了一下，很快回到胡小天的身邊，以傳音入密向胡小天道：「他根本就沒病，我不會看錯。」

胡小天聞言心中一怔，旋即就明白薛道銘這樣做的用意，看來薛道銘也不簡單啊，在這種時候無異於是在火上澆油，是想將李沉舟燒個焦頭爛額啊。

胡小天微微一笑，他向徐百川道：「勞煩徐太醫帶我師弟去開藥方。」

徐百川愣了一下，這明顯是要支開自己，他向董炳泰望去，董炳泰使了個眼色，徐百川明白他的意思，向秦雨瞳道：「請！」

明遠宮內只剩下胡小天、薛道銘、董炳泰三人。

董炳泰已知道了他的身分，故意問道：「照神醫看，皇上究竟得了什麼病？」

胡小天微笑道：「心病啊！」

薛道銘內心一沉，難道自己裝病的事情已經被此人看破，沒理由啊，徐百川明明說過絕不會露餡，怎麼這麼容易就被人給看穿了？

胡小天當著薛道銘的面，緩緩揭開臉上的人皮面具，露出面具下的真容。

薛道銘看清眼前人竟然是胡小天，不由得倒吸了一口冷氣：「你……居然是你，好大的膽子！」他對胡小天一直仇恨深種，看到他居然敢在皇宮現身，產生的第一個念頭就是要將胡小天拖出去砍了。

胡小天笑道：「大雍皇宮也不是龍潭虎穴，你我認識這麼久也算不上有什麼深仇大恨，聽聞皇上染了鼠疫，我冒著被傳染的危險，前來給皇上治病，多少也算對你有些感情的，皇上難道還想恩將仇報，將我拖出去砍了不成？」

他的這番話正說中了薛道銘的心思，薛道銘咳嗽了一聲，心中想到，自己和胡小天之間的仇怨充其量也就是私仇，自己的眼界不可如此之小，此人冒著風險進入皇宮絕不是為了給自己治病那麼簡單，在他沒有見到自己之前，必然是以為自己已經染上了鼠疫，他說得不錯，究竟是什麼驅動他冒著這麼大的風險來給自己治病？

薛道銘從床上坐了起來，冷冷望著胡小天道：「你來見朕究竟是何用意？」

胡小天道：「最主要是來給皇上治病，若然皇上當真感染了鼠疫，那麼天下間能夠治好皇上的恐怕不多。」

薛道銘陰惻惻道：「你不怕死嗎？」

胡小天道：「皇上會殺死一個對你有利的人嗎？」

薛道銘打量著眼前信心滿滿的胡小天道：「你對我究竟有何用處？」

胡小天道：「你無需考慮我的動機，我只說我能帶給你的好處，皇上的病看來是不需要我來治了，可是外面的真實狀況你可知道？」

薛道銘沒有說話。

胡小天繼續道：「或許皇上以為在床上一躺，可騙過天下人，可給李沉舟製造一些麻煩，可讓大雍朝堂陷入混亂，然而……」他向董炳泰掃了一眼道：「在我看來這種損人不利己的事情卻無任何的意義！」

薛道銘怒道：「你說什麼？你知不知道在跟誰說話？只要朕一聲令下，馬上就讓你人頭落地！」

胡小天的臉上不見絲毫慌亂，微笑道：「大雍皇帝端得是威風霸氣，可是你就算殺了我，你能保住祖宗的江山嗎？」

「放肆！」

胡小天的表情古井不波：「若是我和李沉舟都站在你的面前，二選其一，可以任由你除掉一個，你更想殺的是誰？」

這對薛道銘而言幾乎不成為問題，在他心底深處最恨的那個人就是李沉舟，最想殺的那個人就是李沉舟，和他相比，胡小天反倒沒那麼可恨了。

胡小天道：「旁觀者清，當局者迷並不是毫無道理的，皇上面對的敵人其實並不只是李沉舟一個，此次的雍都鼠患並非天災而是人禍，乃是黑胡馭獸師所為，燕王薛勝景勾結黑胡策劃了這場災禍，皇上應該知道他的目的。」

薛道銘此時已經漸漸冷靜了下去，胡小天的話讓他深省。

胡小天又道：「今日李沉舟抓了不少的人，這其中多半都是傳言雍都發生鼠疫，他這樣做的動機也是為了避免雍都發生動亂，可是據我證實，雍都的確已經發生了鼠疫，你應該聽說過當年西川鼠疫的事情吧？」

薛道銘道：「你怎敢斷定就是鼠疫？」

胡小天道：「沒必要解釋，皇上如果一定要證據，那麼時間可以證明一切，用不了幾天，整個雍都就會陷入極度恐慌之中，紙包不住火，就算李沉舟採取各種極端措施也不可能將事態控制得住。其實他已經知道發生了鼠疫，如若不然，為何他和長公主到現在都不入宮探望皇上？」

薛道銘道：「你說了這麼多，你究竟有何目的？」

胡小天道：「李沉舟若是掌控了大雍的權力，那麼他第一個對付的或許就是我，就我來看，我並不希望大雍這麼快就落入他的手中，皇上和他若是鬥上一段時間，對我來說倒是有些好處。」

薛道銘咬牙切齒道：「你想坐收漁人之利？」

胡小天道：「恕我直言，現在的情況，卻是強弱分明，皇上在他的面前似乎並無還手之力，更不用談什麼勢均力敵。」

薛道銘因胡小天的話面孔發燒，內心恨得癢癢，可又不得不承認他所說的全都是事實。

一旁董炳泰道：「你入宮只是說這番風涼話的嗎？」

胡小天呵呵笑道：「塞翁失馬安知非福，在一定的條件下利弊可以轉化，李沉舟正在一籌莫展之際，我聽說，他已經開始全城戒嚴，勒令任何百姓不得輕易出門，通往各大醫館的道路也已經被他封鎖。」

董炳泰道：「如果當真是鼠疫，除了這樣做好像也沒有其他的辦法。」

胡小天道：「西川當年的做法是，發現鼠疫患者馬上將之殺死焚毀，所住房屋，所飼養的家畜一律殺死深埋。雍都乃大雍王城，如果李沉舟最終採取西川的辦法，那麼皇上現在所在的宮室恐怕也難以倖免。」

薛道銘聽到這裡不寒而慄，自己只是裝病，如果被認定就是患了鼠疫，那麼到最後整個皇宮恐怕都難以倖免。

胡小天道：「沒有人不怕死，李沉舟也是一樣，他採取的一切措施全都是因為他缺少治療鼠疫的辦法，如果這時候有一個人站出來，為百姓謀福祉，為大雍解除燃眉之急，那麼這個人的威信和聲譽會不會在短時間內如日中天，這個人會不會獲得百姓的支持？」

薛道銘和董炳泰悄悄對望了一眼，兩人都明白了胡小天今次前來的真正用意，這廝的動機絕不單純，可是任何人都不能否認他的提議擁有著極大的誘惑力。只是鼠疫根本無藥可醫，難道他當真有醫治的辦法？

胡小天道：「我不但有醫治鼠疫的辦法，我還有預防的辦法，只要服下特製的湯藥，就不怕被鼠疫患者傳染。」

薛道銘瞪大了雙眼，流露出將信將疑的目光。

胡小天道：「人生能有幾回搏，皇上有沒有膽子走出這座皇城，親自解除百姓的疾苦？」

薛道銘內心一陣忐忑，胡小天的提議讓人心動，可又是極其冒險的行為，如果自己走入民間，親自引領這次對抗疫情的行動，若是能夠取得成功，自己必將俘獲雍都乃至整個大雍的民心，可是如果敗了呢？如果自己萬一不幸真的感染了鼠疫，那麼自己的未來，祖宗的江山豈不是全都毀於一旦，再也沒有擊敗李沉舟的機會？

董炳泰慮事周詳，薛道銘想到的事情他也全都想到了，慌忙道：「皇上還請三思！」他並不相信胡小天，這樣的一個野心家怎麼可能為他們效力？

胡小天微笑道：「尚書大人說得不錯，皇上必須要三思而後行，不過留給皇上的時間也不多了。在下先行告辭，我的住處董將軍知道，在下隨時恭候大駕！」他說完抱了抱拳，轉身飄然而去。

薛道銘呆呆望著胡小天的背影，直到宮門在胡小天的背後關閉，他方才道：「他是想利用朕啊！」

董炳泰道：「其心可誅！」

薛道銘道：「他巴不得朕和李沉舟打起來才好。」

董炳泰道：「皇上目光如炬，明辨真偽，看來微臣多慮了。」

薛道銘又道：「可是他有句話卻沒有說錯，朕不是李沉舟的對手，更不用說跟他抗衡，只是他的一個傀儡罷了。」

董炳泰道：「皇上不是說他在利用您？」

薛道銘的臉上浮現出一絲苦笑：「若是有一天，沒有人肯利用朕，就意味著朕已經失去了所有的價值。李沉舟利用我，想我當他的傀儡，一旦他完全掌控了大雍的權力，首先剷除的那個必然是我，胡小天想要利用我，他是希望我和李沉舟抗衡，只有大雍內鬥才能無暇顧及他的事情。」

董炳泰靜靜站立一旁，心中卻已經明白薛道銘的意思。

薛道銘低聲道：「兩害相權取其輕，至少目前來看，李沉舟才是朕最大的敵人，胡小天想要利用我，而我何嘗不能利用他？」

董炳泰歎了口氣道：「一頭猛虎，一頭餓狼，無論選擇跟誰合作，都要小心為上。」

薛道銘道：「朕只是躺在皇宮裡裝病，至多能讓李沉舟緊張一下，對大雍的局勢又能起到多大的作用？」

董炳泰提醒他道：「陛下不要忘了，外面是確確實實發生了鼠疫。」

薛道銘道：「想有所得必須要有所付出，朕若是連走出宮門的膽色都沒有，也就不配當薛氏的子孫，更沒有面目坐在王位之上。」

胡小天懶洋洋坐在躺椅上逍遙自在地搖晃著，爐火正熊，將他的面孔映照得通紅。房門輕動，秦雨瞳帶著一股寒風走入室內，轉身關上房門，冷冷望著胡小天：「你倒是逍遙自在！」

胡小天道：「我在等待，等你到了我這樣的年紀就會明白，等待其實是這世上最痛苦最難熬的事情。」說話的時候，拿起他的紫砂壺，舒舒服服地抿了口熱茶，從他的臉上絕對找不到一絲一毫的痛苦和難熬，只有愜意和享受。

秦雨瞳道：「丐幫的情況已經穩定了，李沉舟增強了巡查力度，全城幾乎所有的醫館都被他隔離了起來，現在任何人不得輕易上街，城內百姓大都閉戶不出。」

胡小天道：「目前來說也只有這個辦法。」對傳染病的常規應對方法無非就是控制傳染源，切斷傳播途徑，保護易感者。李沉舟目前的應對措施也算得當，不過相對極端了一些，可是李沉舟目前並沒有有效應對鼠疫的方法。

秦雨瞳道：「死亡人數應該在不斷上升。」她雖有治療的辦法，但是單靠她自己的力量是絕對不行的，必須要獲得大雍朝廷的支持，其關鍵就在薛道銘的身上。

胡小天道：「薛道銘若是不敢走出宮門，那麼他就不配和李沉舟對抗。」

外面響起了腳步聲，胡小天坐起身來，微笑道：「董天將來了！」

李沉舟有些不能相信自己的耳朵：「什麼？你說什麼？」

金鱗衛統領石寬道：「皇上的病已經好了，剛才他帶著太醫院的太醫走出了皇城，親自去慰問百姓，還下令開放所有醫館，動員雍都所有的郎中，在城內設立救治百姓的臨時醫館。」

李沉舟霍然站起身來：「他的病？」

石寬道：「皇上的病已經完全好了，據說是徐百川治好了他，而且徐百川將藥方分發給各大醫館，正在按方抓藥救治病人。」

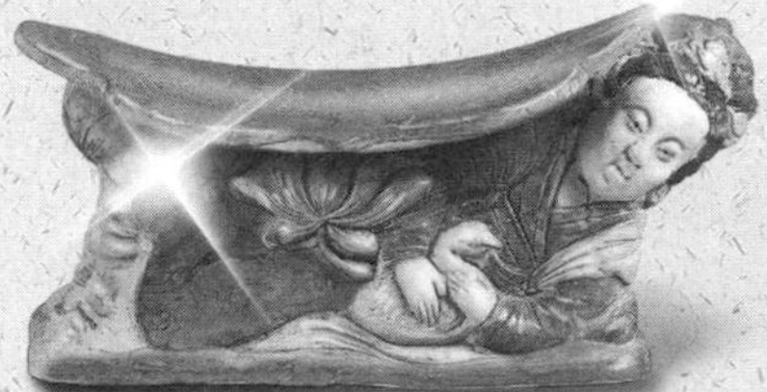

第八章

伊人遠去

胡小天望著姬飛花飄然離去的身影，心中悵然若失，
伊人已經遠去，如此突然，正如她的出現，
雖然他很想挽留姬飛花，可是又知道自己根本留不住她，
有些話他想說卻不敢說，他從未想過自己也有如此糾結的時候。

胡小天送給薛道銘的這個人情很大，薛道銘自從登基之後，始終都處於被脅迫的境地，而現在薛道銘終於可以堂堂正正走出宮門，做一些他想做卻一直都沒敢做的事情。

必須要承認，薛道銘還是很有膽色的，他不但敢走出宮門，而且親自前往染病的大臣家中逐一探望慰問，帶著太醫親自為他們診病治療。不僅如此，他還深入民間，親自慰問百姓，身為一國之君，竟然可以如此體諒百姓疾苦，在多半人眼中他的行為都是難能可貴的。

薛道銘的行為最初在李沉舟看來是嘩眾取寵，自尋死路，可事情的發展卻並不像李沉舟預想中那樣，雍都的情況正在好轉，疫情正在迅速得到控制。李沉舟開始感覺到這件事並不簡單，他甚至懷疑這次並非鼠疫，只是黑胡人製造的一場恐慌。

讓李沉舟最為頭疼的是，在短短的時間內，薛道銘竟然獲得了前所未有的擁戴，他的仁義之舉，已經成功俘獲了人心，不但是普通百姓，連朝中不少大臣也悄然改弦易轍在內心中悄悄站在了新君的一邊。

其實朝中大臣多半對李沉舟敢怒而不敢言，對大雍皇室抱有一份虧欠。此次薛道銘出面，救治了不少人，人心都是肉長的，這就令許多臣子羞愧不已，尤其是被他救治的那幫臣子，經過此事之後，對薛道銘感激在心，甚至願意為他犧牲性命。

長公主薛靈君獨自坐在燈下飲酒，這兩日雍都發生了太多的事情，先是老鼠和蝙蝠成群結隊地發動攻擊，然後又鬧起了鼠疫，藉著卻又有人出來鬪謠，薛靈君都感覺到有些接應不暇了，她聽從李沉舟的建議，這兩日都沒有出門，甚至連皇宮都沒敢去，雖然皇上出宮探訪的消息一次又一次傳來，可薛靈君仍然不敢輕舉妄動，她在等待著李沉舟的消息。

然而李沉舟卻始終沒有過來，薛靈君猜想到李沉舟這兩日應該並不好過，他的光芒已完全被新君薛道銘掩蓋，對於此次的疫情李沉舟採取了嚴控的對策，而薛道銘卻採取了讓人出乎意料的辦法，他竟然膽敢深入疫區，親臨第一線去慰問百姓。

薛靈君手中的酒杯就要湊到唇邊，前方的燭火卻閃爍了一下滅了。

薛靈君頓時緊張了起來，她驚慌失措道：「來人！」

一個熟悉的聲音道：「你叫破喉嚨都沒用，他們都暈倒了。」

火光乍現，燭火又被人點燃，借著燭光，薛靈君看到了室內的不速之客。

胡小天靜靜望著燭火，似乎完全忽略了她的存在。

薛靈君咬了咬櫻唇，她早就預感到會有這一天，可當這一天到來的時候，她仍然不免有些害怕。

胡小天道：「君姐最近過得可好？」口中喊著君姐，可是語氣卻沒有一絲一毫的親切。

薛靈君幽然歎了口氣道：「不好，很不好！這些日子，人家無時無刻不在牽掛著你的消息，不知道你究竟是回去了，還是仍然身在雍都，人家對你的心思，難道你現在仍然不明白嗎？」薄怒輕嗔，依然嫵媚動人，可是在胡小天眼中看到的卻是搔首弄姿，讓他感覺到厭惡。

胡小天輕聲道：「柳長生是我敬重的人，柳玉城是我的朋友，我本來以為咱們還是朋友。」

薛靈君俏臉之上流露出慚愧的表情：「我知道，我對不起你，可是我也是身不由己，被逼無奈。」

胡小天來到她的對面坐了下去，平靜地望著她，沒有仇恨沒有殺氣，可這樣平淡如水的目光卻讓薛靈君感覺到如同看到了她的心裡，她竟然不敢和胡小天正面對望，雙眸垂落了下去，小聲道：「你這樣看著人家作甚？又不是沒有見過？」

胡小天將一封信輕輕推到了她的面前。

薛靈君道：「什麼？給我的？」

胡小天微笑道：「勞煩你幫我將這封信送給李沉舟！」

薛靈君撅起櫻唇，一副吃醋的樣子：「你居然給他寫信？」

胡小天搖了搖頭道：「寫信的人是簡融心！」

薛靈君聞言不覺一怔，從胡小天的話中可以推斷出簡融心應該跟他在一起，雖然已經猜到了，可她仍然還是問了出來：「你跟她在一起？」

胡小天指了指那封信道：「這裡面是融心跟李沉舟斷絕婚姻的文書，從此以後他們再無任何瓜葛。」

薛靈君敏銳地捕捉到，胡小天稱呼簡融心的時候用上了融心的字眼，以這廝的智慧必然是有意為之，他應該是在故意暗示自己什麼，薛靈君拿起了那封信：「寧拆十座廟，不毀一門親，你這樣做事是不是有失厚道。」

胡小天微笑道：「你順便幫我告訴李沉舟，簡融心是我的女人，以後誰膽敢傷害她一根頭髮，就是與我為敵！」他這番話雖然是微笑著說出，卻斬釘截鐵，充滿了威勢。

薛靈君內心感覺如同被針刺了一下，胡小天是要通過這種方式打擊李沉舟嗎？或者他想打擊的人不止是李沉舟一個。她冷冷道：「你為何不自己去找他，親自將這封信交給他？」

胡小天道：「我擔心萬一控制不住情緒，會失手殺了他。」

薛靈君發現僅僅是幾天未見，胡小天整個人卻似乎又發生了脫胎換骨的變化，比起過去，他更加的霸道和果決，更加的充滿信心。即便是處於對立的兩面，薛靈君仍然沒有掩飾對胡小天的欣賞，一雙美眸灼灼生光，灼熱而嫵媚，嬌滴滴道：「這世上有很多事說起來容易，可做起來卻很難。」

胡小天點了點頭道：「不錯，正如你利用我去殺掉簡融心，我雖然一度想過去做，可是真正見到她的時候我卻仍然無法下手。」

薛靈君歎了口氣道：「因為她美麗，你這個人吶總是太好色，我從一開始就知道選你是個錯誤。」

胡小天微笑道：「因為她善良，你知不知道，我遇到她的時候，她穿著單薄的衣衫獨自一人孤零零從靖國公府走了出來。」

薛靈君冷冷道：「她的事情我不感興趣。」

胡小天道：「當晚發生了很多事情，你從頭到尾經歷了一切，心中自然應該明白。」

薛靈君道：「你和我二皇兄聯手做了不少事，柳長生父子的事情也是他讓你過來找我的。」

胡小天道：「你那麼聰明，什麼都明白，只是我不明白，蔣太后這一輩子為何活得如此失敗，她的兒女竟然如此恨她？」

薛靈君沒有說話，這其中的痛苦沒有人會知道，她也永遠不會對任何人說。

胡小天道：「薛勝景逃走的時候，將蔣太后背後的一塊皮膚揭走，這件事你只怕不知道吧？」

薛靈君將信將疑地望著胡小天。

從她茫然的眼神能夠做出推斷，她對這件事應該一無所知。胡小天道：「薛勝景有太多的秘密，大雍的事情我無意過問，只是念在你我朋友一場，我提醒你一句，就算集合你們所有的力量都未必是薛勝景的對手。」

薛靈君呵呵笑了起來，在她看來胡小天根本是危言聳聽。她向前探了探身子，充滿魅惑的雙眼盯住胡小天的眼睛：「成者為王敗者為寇，我二皇兄再厲害都掩蓋不了他是個失敗者的事實。」

胡小天起身道：「我走了，這封信勞煩你幫我交給李沉舟，還有薛勝景不除，大雍永無寧日。」

薛靈君咬了咬嘴唇，終於還是問道：「你跟簡融心究竟是什麼關係？」

胡小天微笑道：「簡大學士臨終之前將女兒許配給了我，就那麼簡單！」

薛靈君愕然道：「怎麼可能？一女豈可許配兩家？」

李沉舟看完了薛靈君交給自己的那封信，從頭到尾，一字不落地看完，然後平靜將這封信放下。

薛靈君本以為他會大發雷霆，可是李沉舟卻表現出讓她出乎意料的冷靜，小聲道：「信裡寫的什麼？」

李沉舟道：「如果我是你，我就不會問！」他將信湊在燭火上緩緩點燃，然後慢吞吞道：「胡小天還說了什麼？」

「他說我們所有人加起來都未必是我二皇兄的對手。」

李沉舟道：「還有呢？」

薛靈君搖了搖頭，她實在不忍心再刺激李沉舟，簡融心和胡小天的關係如果真的如他所講，那麼李沉舟絕對無法承受那樣的侮辱。

李沉舟道：「這次的疫情應該是薛勝景一手策劃而起。」

「可是道銘因何能夠化解這次危機？」

李沉舟冷冷道：「解鈴還須繫鈴人。」

薛靈君充滿驚詫道：「你是說我二皇兄出手幫助了道銘？」

李沉舟緩緩點了點頭道：「他心機深沉，利用這件事增強皇上的威信，幫助他收買人心。」

薛靈君道：「只是他因何要這樣做？」

李沉舟道：「他不是真心要幫皇上，而是要給我製造障礙，此消彼長，增強皇上的力量就是削弱我們的力量，他要讓皇上有能力跟我抗衡，要讓我們跟皇上拚個兩敗俱傷，也只有這樣，他才能坐收漁人之利！」

除夕之夜，雍都大街小巷仍然很少見到行人，鼠疫的陰影短時間內很難從人們心頭褪去，到處都鳴響著鞭炮聲，事實上今年放炮的要比往年要多出不少，老百姓都寄希望於新年到來能夠一掃過去，借著鞭炮將這恐怖的鼠疫驅走。

胡小天靜靜佇立在雍都大佛寺前，換成往年大佛寺的門前必然人潮湧動，半個雍都城的百姓都會來到這裡聽新年的第一聲鐘響，爭搶第一炷香，可如今大佛寺門前冷落，山門雖然大開，可是無人前來。

胡小天緩步走向山門，來到門前，轉身望去，卻見姬飛花不知何時出現在自己的身後，胡小天不禁笑了起來：「很守時啊！」他來到這裡，卻是姬飛花邀請他過來上香的緣故。

姬飛花淡淡一笑，來到他的身邊，輕聲道：「想不到大佛寺會這麼清淨。」

胡小天道：「這場疫情鬧得人心惶惶，老百姓短時間內是不敢隨便出門的。」

姬飛花對這件事似乎並沒有太多的興趣，舉步向大佛寺內走去。

寺院值守的僧人也沒有想到今晚居然會有香客前來，有些詫異地看了他們一眼，緊接著又垂下頭去，咿咿呀呀地念起經來。

新年的鐘聲在此時敲響，胡小天和姬飛花兩人來到大雄寶殿前上香，胡小天本想將上第一炷香的機會讓給姬飛花，卻想不到她並沒有上香的意思，輕聲道：「我從不信仙佛之說，約你來這裡，只是會面罷了。」

胡小天雖也不信，可畢竟圖個吉祥，他恭敬上了香，又捐了一千兩的香火錢。出了大佛寺，姬飛花道：「你許了什麼願？」

胡小天唇角露出一絲笑意：「不能說，說了就不靈了。」

姬飛花呵呵笑了起來：「你不說我也知道，無非是祈禱自己成就大業，早日一統江山，成為萬乘之尊。」

胡小天道：「姬大哥就快成為我肚子裡的蛔蟲了。」其實可不是許這樣的願望，望著姬飛花道：「這兩日去了哪裡？我一直都在擔心你呢。」

姬飛花道：「我有什麼好擔心的？我在狗頭山附近搜索了一下，並未發現黑胡人的蹤跡，看來他們已經撤了。」說到這裡她又笑了起來：「大雍派了一支軍隊過去，將那片廢墟燒了個遍，即便是有人藏在地洞裡，恐怕也要變成烤豬了。」

胡小天點點頭道：「倒是有必要將那裡清掃一遍，畢竟是疫情傳播的源頭。」

姬飛花道：「你何時回去？」

胡小天道：「初三吧，長明明天應該到了。」夏長明護送簡融心等人返回東梁郡，雪雕和飛梟跟他一併飛回。

姬飛花道：「我也該走了！」

胡小天望著姬飛花，聽說分手在即，心中忽然生出一縷難捨之情，他鼓足勇氣道：「不如你跟我一起回去。」

姬飛花道：「我有我的事情！」

「什麼事情？」

姬飛花沒有說話，抬起頭來靜靜望向夜空。

胡小天道：「是不是跟那頭骨有關？」

姬飛花輕聲道：「你是個與眾不同的人，這一系列的事難道你不覺得奇怪？」

胡小天道：「當然奇怪！」

姬飛花道：「你相不相信，在這個世界上還有神的存在？」

胡小天搖了搖頭，卻緊跟著又點了點頭。

「你信？」

「女神我信！」

姬飛花敏銳地察覺到他話裡有話，正準備應答時，忽然看到夜空之中劃過一道絢麗的軌跡：「流星！」

胡小天循聲望去，果然看到一顆流星劃破黑天鵝絨般的夜空，再看姬飛花，卻見她閉上雙目，雙手合攏虔誠祈禱著什麼。

胡小天並不相信對著流星許願能夠實現，可是每個人都有自己的信仰，姬飛花也不例外，他欣賞姬飛花，可是在心底深處同時對她又是敬畏的，連他自己也說不清究竟是因為什麼緣故。

「你許了什麼願？」

姬飛花微微一笑，冷峻的面孔之上流露出少有的媚色，胡小天內心一陣狂跳。

姬飛花道：「說了就不靈了。」

胡小天道：「你準備去哪裡啊？」

姬飛花明澈深邃的眼眸掃了胡小天一眼：「有沒有覺得你很婆婆媽媽啊！」

胡小天笑了起來：「你表現得這麼男子氣概，我在你面前當然要婆媽一點。」

姬飛花表現得非常坦白：「搞清頭骨的秘密，除了胡不為手中的那個，另外還有一個。」

「我陪你去！」胡小天衝口而出。

姬飛花道：「不需要！」

胡小天道：「可是我不放心你一個人！」他對姬飛花的關心溢於言表。

姬飛花淡淡笑了笑：「習慣了！」她早已習慣了一個人，習慣這種孤獨，和胡小天在一起的時候，雖然感受到前所未有的溫暖和踏實，可是她又有些莫名的害怕，這種感覺讓她忍不住想要逃避。

胡小天道：「你要回大康？」

姬飛花搖了搖頭：「不是現在。」她輕聲道：「我們還會見面！」

胡小天望著姬飛花飄然離去的身影，心中悵然若失，伊人已經遠去，如此突然，正如她的出現，雖然他很想挽留姬飛花，可是又知道自己根本留不住她，有些話他想說卻不敢說，他從未想過自己也有如此糾結的時候。

新年的第一天，大街上仍然空曠無人，不過各大醫館卻是一派人潮湧動的熱鬧景象，大雍皇帝薛道銘下旨，所有病人全都可以無償接受醫治，各大醫館不得以任何理由推諉或拒收病人，一切費用由朝廷負擔，他分派朝臣前往各大醫館進行監督，確保有序進行的同時，也嚴防拒不執行的狀況發生。

對神農社來說，今天是極其重要的一天，早在兩天前，神農社就收到了赦免令，原本因為柳長生父子受到牽連的神農社弟子也都被放了出來，在樊玲兒的主持下，所有師兄弟又聚集到了神農社，今天是神農社重新開張的日子，就連神志不清的樊明宇臉上也掛著憨憨的笑容。

秦雨瞳指揮眾人熬藥，樊玲兒和安翟帶領的十多名丐幫弟子幫忙分發湯藥。

胡小天走入神農社的時候正看到這忙碌的場面，清晨的霞光籠罩著秦雨瞳的嬌軀，她的一雙明眸專注望著湯鍋的情況，不時指揮幫手向鍋中加入藥草。

胡小天來到她的身邊，靜靜望著她，沒過多久秦雨瞳就覺察到了他的存在，轉過頭去輕聲道：「你若是閑著沒有事做，就去幫忙發藥。」

胡小天笑道：「新春快樂，恭喜發財！」他遞給秦雨瞳一個紅包。

樊玲兒樂呵呵跑了過來：「發紅包啊！」

胡小天笑道：「自然有你一份！」他遞給了樊玲兒一個紅包。

「秦姐姐，我來盯著，你們說話去吧。」樊玲兒接過紅包笑道。

秦雨瞳忙了幾個日夜的確有些疲憊了，她點了點頭，走向一旁找了個方凳坐下，感覺胡小天的一雙大手落在自己的肩頭，秦雨瞳的嬌軀下意識地挺直了，馬上又感覺到胡小天輕柔的按摩，不得不承認他的手法還真是不錯。

胡小天道：「你已經兩天兩夜沒有休息了，用不著那麼拚，身體是自己的，累壞了我會心疼。」

秦雨瞳道：「有時候我時常在想，你整天說著這些虛偽的話，自己累不累？」

胡小天道：「你整天帶著面具生活累不累？」

秦雨瞳沒有回答他。

胡小天道：「你不累我就不累，可是我對你沒說過虛偽的話。」

秦雨瞳道：「無論怎樣這次你都做了一件好事，雖然你的動機並不單純。」

胡小天望著前方排著長隊領藥，一個個千恩萬謝的百姓，他輕聲道：「你總是把我當成一個野心家，其實我來到這個世界的初衷並沒有太大的野心，我只是想好好活著。」

「你活得很好。」

胡小天搖了搖頭道：「危險無處不在。」他低下頭去附在秦雨瞳的耳邊低聲道：「有件事我一直都很奇怪，你的母親到底是個怎樣的人？」

秦雨瞳美眸泛起一絲漣漪，她沉默了一會兒方才道：「一個癡呆了十六年的傻子，為什麼會在一夜之間變成了文武雙全的才子？你可不可以幫我解釋一下？」

胡小天呵呵笑了起來，笑得非常得意：「你總算肯承認我是個才子了。」他又壓低了聲音：「其實我根本就不是胡小天。」

秦雨瞳並沒有流露出任何的驚奇：「我早就想到了。」

胡小天道：「你相不相信，一個人死後他的意識不滅，可以借用另外的一個軀體重生？」

秦雨瞳道：「你是說道家的奪舍？我只是聽說過，可並不相信。」

胡小天道：「連我自己都不相信，我過去曾經是個醫生，生活在你想都無法想像得到的高科技文明世界，兢兢業業，治病救人，最後我活活累死了。」

秦雨瞳道：「你在給我編故事嗎？」

胡小天並沒有辯白，而是繼續道：「我清醒過來的時候，發現自己居然到了古代，而且出現在一個自己印象中從未有過的世界，我成了胡小天，大康戶部尚書胡不為的兒子。接下來發生的事情，你大概都知道了。」

秦雨瞳轉過身去，美眸靜靜盯住胡小天的眼睛，似乎要看透他的內心。

胡小天道：「這件事我曾經告訴過別人，可是沒人肯相信我。」

秦雨瞳道：「我也不信！」

胡小天道：「眉莊主人和任天擎為何要害死你的母親？」

秦雨瞳美眸轉冷：「我的家事無需你來過問！」

胡小天道：「你不是不想回答，也不是迴避，因為連你自己都搞不清背後的真相，不如讓我來告訴你，你想不想聽？」

秦雨瞳沒有說話，可是她的目光卻軟化了下來，這意味著一種屈服。胡小天說得不錯，她雖然知道了許多事情，可是還有太多的迷惑無法解釋。

胡小天道：「如果你想聽，必須要答應我一個條件，以後可不可以摘下你的面具？」

秦雨瞳秀眉顰起，這廝果然是稟性難移，從不放過提出條件的機會。

胡小天自己又主動退了一步：「那就咱們單獨在一起的時候，你別再戴面具好不好？」

秦雨瞳道：「我們不會再有單獨待在一起的機會。」

胡小天忍不住笑了起來，然後道：「我就當你已經答應了，我曾經在大康皇宮中發現了一幅壁畫，畫上記載了一件過去發生的事情。」這廝故意用低沉的語氣訴說，為他的這番講述增添了不少神秘的氣氛。

秦雨瞳開始還抱著懷疑的態度，可越聽心情越是凝重。

胡小天說到關鍵處，卻突然停下，笑了笑道：「不說了，我還有事得走了。」

秦雨瞳道：「話只說了一半，何不說完再走？」

胡小天一臉壞笑道：「在我的印象中，好像還是你第一次這樣挽留我呢。」

秦雨瞳瞪了他一眼道：「你究竟想怎樣？」

此時安翟朝他們走了過來，縱然秦雨瞳恨不能想胡小天將他知道的事情一股腦全都告訴自己，可也不好在人前追問，小聲道：「你不許走，我有重要事情要跟你說。」

胡小天笑了笑，來到安翟面前。

安翟向他抱拳道：「多謝胡公子相助，這次如果不是您幫忙，我們丐幫的兄弟還不知要有多少人白白送死。」

胡小天道：「你我兄弟肝膽相照，又何須如此客氣。」他拍了拍安翟的肩膀道：「要謝也應該謝秦姑娘，我可沒本事治好你的兄弟。」

安翟向秦雨瞳遠遠看了一眼，訕訕笑道：「秦姑娘性情有些古怪，還是胡公子代我謝她吧。」

胡小天搭著安翟的肩膀來到一旁，低聲道：「我就要走了，安兄有什麼打算？」

安翟道：「穆長老此次過來，就是要率領我們將上官天火父子的勢力清除出去。」

胡小天點了點頭，聽他話裡的意思，一時半會兒這些人是不會離開的。他叮囑道：「安兒切記，一定不可輕舉妄動，上官天火父子背後的勢力非常龐大，我不想薛長老他們的悲劇再度發生。」

安翟道：「君子報仇十年不晚，薛長老他們的悲劇也讓我們痛定思痛，當務之急並不是要不計代價找到他們，而是解決江北分舵的事情。」他笑了笑道：「塞翁失馬安知非福，今次的這場疫情江北分舵也受到了很大波及，胡公子和秦姑娘幫了我們一個大忙，經過這次的事情，幫中兄弟人心思歸，相信很快就能夠回到過去的樣子了。」

胡小天聽說解決江北分舵的事情有望，也頗為欣慰。

兩人聊了一會兒，他回到秦雨瞳身邊，秦雨瞳正在指導樊玲兒用藥的細節，胡小天耐心在一旁等了一會兒。等到秦雨瞳交代完畢，來到他身邊，胡小天道：「我也沒什麼事，只是走前跟你說一聲。」

秦雨瞳道：「我送你！」

胡小天道：「你走得開？」

秦雨瞳道：「玲兒已經掌握了，這裡有沒有我在都是一樣。」

兩人一前一後出了神農社，秦雨瞳回頭看了看神農社的匾額。

胡小天道：「柳先生泉下有知，若是知道神農社能夠得以重新開張，也必然可以含笑九泉了。」

秦雨曈道：「這多虧了你，如果不是你說動了薛道銘，神農社也沒有重見天日的機會。」

胡小天搖了搖頭道：「我可不敢居功，如果不是你出手化解了這場疫情，恐怕現在的雍都已經是哀鴻遍野了。」

秦雨曈道：「朝堂之爭，百姓何其無辜，自古以來你爭我奪，諸強逐鹿，到最後倒楣的都是百姓。」

胡小天道：「你心地真好。」

秦雨曈道：「你剛才是不是故意告訴我那些事情？」

胡小天反問道：「你相信嗎？」

秦雨曈沒有馬上回答他，而是小聲道：「咱們找個僻靜的地方單獨說。」

胡小天道：「我答應了董天將，今天中午去他府上飲酒，不如你跟我一起過去，咱們邊走邊說。」

秦雨曈猶豫了一下，終於還是點了點頭。

胡小天乘著馬車而來，讓等候自己的馬車過來，和秦雨曈一起上了馬車，車夫驅馭馬車向吏部尚書董炳泰的府邸而去。

秦雨曈轉過臉去，居然將面具摘了下來，胡小天這才想起剛才提出的要求，讓她在和自己單獨相處的時候不許再戴面具的事情來，想不到秦雨曈果然信守承諾，一雙眼睛盯住了秦雨瞳傾國傾城的容顏，低聲道：「我只怕中午吃不下飯了。」

秦雨瞳瞪了他一眼道：「我的樣子嚇到你了？」

胡小天呵呵笑道：「秀色可餐，看到你這麼美，我哪還有心情吃飯。」

秦雨瞳對他的誇讚充耳不聞，輕聲道：「我從一本書上讀到過一些東西，而且上面記載的一些事和我的認知存在很大不同。」

胡小天低聲道：「造化心經？」

秦雨瞳道：「那本書裡面記載了不少的用藥用毒的方法，五仙教之所以能夠發展到如今的實力，可以說全都靠了這本書。」

胡小天道：「眉莊主人跟你是什麼關係？」不等秦雨瞳回答，他就道：「如果我沒猜錯，眉莊夫人跟你母親還有你師父任天擎全都是同門。」

秦雨瞳默默點了點頭。

胡小天道：「有沒有覺得眉莊夫人、任天擎這些人的實力超出了想像？」

秦雨瞳道：「他們都已經是頂級的高手。」

「我師父的事又如何解釋？他武功蓋世，劍法無雙，最後居然還會被人操縱，恐怕不僅僅是武功才能解釋的，那顆千幻魔眼還有我的那柄光劍又怎麼解釋？」

秦雨瞳秀眉顰起，咬了咬櫻唇道：「那些東西或許根本不屬於這個世界。」

胡小天道：「有些人本來也不屬於這個世界。」他靜靜望著秦雨瞳，秦雨瞳頓時明白了他的意思，他在說他們兩個。

胡小天道：「其實我們所看到的星星是一個個的世界，雖然它們看起來觸手可及，可是距離我們卻無比遙遠，以這個世界目前的狀況，我們根本無法前往那些世界，可是那些世界的人，他們所擁有的科技卻遠超這裡，只要他們願意，他們可以隨時來到這個世界。」

秦雨瞳小聲道：「你剛才所說的那個故事，就是那些藍色的巨人來到了這個世界？」

「不是故事，是事實，我親眼見到過那兩顆頭骨。」胡小天向秦雨瞳靠近了一些，秦雨瞳並未躲開，他低聲道：「那些天外來客當時有兩人被大康俘獲並殺死，而其他人卻逃走了，他們沒有辦法回去，只能嘗試著適應這個世界，努力在這裡活下去，他們也會有後代。」胡小天說到這裡，突然停下，目光望著秦雨瞳。

秦雨瞳被他看得有些不自然了：「你盯著我幹什麼？」

胡小天道：「我懷疑任天擎、洪北漠、眉莊主人還有你母親，都是他們的後代。」

秦雨瞳小聲道：「胡說！」這聲反駁卻是有氣無力，胡小天說她母親是天外來客的後代，豈不是就等於說她是天外來客的後代？她扭過臉去，掀開車簾，看了看外面，好一會兒方才放下車簾，重新回過頭來，輕聲道：「賊喊捉賊，說不定你才是天外來客的後代。」

胡小天笑了起來：「我都把我的來歷跟你說了一遍，信不信由你。」

秦雨瞳道：「你不覺得自己的這個故事實在太過荒唐了嗎？」

胡小天把光劍的手柄拿了出來：「那你給我一個合理的解釋？」

秦雨瞳望著光劍也無話可說了，她咬了咬櫻唇道：「假如你的假設全都是真的，你打算怎麼辦？」

胡小天道：「如果那群人想要佔領這個世界，為這個世界帶來死亡和戰火，你會選擇站在哪一邊？」

秦雨瞳沒做任何的考慮，就答道：「這裡才是我的家園！」

秦雨瞳雖然因胡小天的話而懷疑自己的出身，可是她家園的觀念並沒有任何的動搖，任何人想要毀滅她的家園都是她所不能接受的。

胡小天道：「天下列強都盯著中原霸主的位子，都想要吞併他國，一統天下，卻沒有意識到真正的危機是什麼，如果洪北漠修好了那艘飛船，那麼不久、以後就會有無可計數的天外來客源源而來，等待這個世界的是什麼？」他停頓了一下又道：「是毀滅！」

秦雨瞳不寒而慄，胡小天手中光劍的威力她曾親眼見識過，如果有那麼一支軍隊，人手一支光劍，那麼在這個世界上將會是所向披靡的。

胡小天望著秦雨瞳道：「你會幫我嗎？」

秦雨瞳緩緩點了點頭，柔荑卻被胡小天的大手趁機握住，胡小天明明是故意佔便宜，還做出一副感動的樣子：「謝謝！」

還好馬車已經來到尚書府前，秦雨瞳輕輕掙脫了他的手，小聲道：「你去吧，我就在車裡等你。」

胡小天愕然道：「你不去？你不餓？」

秦雨瞳道：「你跟我說了那麼多匪夷所思的事情，我需要時間清理一下頭緒，搞清楚你到底有沒有騙我。」

胡小天道：「被騙並不痛苦，被心愛的男人騙一輩子其實是一種幸福。」

秦雨瞳愕然望著胡小天，她實在是無法理解，一個人怎麼可以厚顏無恥到這種地步？可她又不能否認這廝的話好像還有那麼一點點的道理。

董天將準備了好酒好菜，將胡小天待為上賓，今天他的這場宴請絕非是鴻門宴，而是真心實意地對胡小天答謝，兩人落座之後，他直截了當道：「皇上讓我替他問候胡公子。」

胡小天笑了起來，董天將說的應該是真話，自己送給薛道銘的這個人情不可謂不大，現在雍都百姓基本上都念著皇上的好處，自從薛道銘登基以來，他的威望還從沒有那麼高過。

李沉舟最近明顯低調了許多，他對民心的理解比多數人都要深刻，雖然他很不想看到這一幕的發生，然而當一切既成事實，他也無法改變，他並不相信薛道銘擁有這樣的能力，悄然開始調查薛道銘的幕後，對李沉舟而言，這些在背後支持薛道銘的力量才真正值得重視。

董家上下也早就料到李沉舟必然會有後招，所以理智選擇和宮裡保持距離，董炳泰在從皇宮探病回來之後就病了，至今仍然臥病在床，傳言是受到了傳染。

董天將道：「上次一別，不覺數年，胡公子果然人中俊傑，短短幾年之內已經雄霸庸江下游，據雲澤之險，擁多城之利，而今紅木川也在公子的手中，扼住西川南進之咽喉，真是讓人佩服佩服！」

胡小天笑道：「沒什麼，只是運氣好一些罷了。」

董天將道：「以胡公子如今的實力已可與中原列強一較短長。」他話裡有話。

胡小天端起酒杯跟董天將碰了碰，一口將杯中酒飲盡道：「我若是當真有那麼大的野心，又怎會再度向大康俯首稱臣。」

董天將微笑道：「大丈夫能伸能屈，從不以一時得失論成敗。」

胡小天笑道：「天下合久必分，分久必合，非是大勢使然，而是人心使然，天下間安於現狀者甚少，貪得無厭者甚多，若是每個人都珍惜和平安於現狀，那麼天下又哪來的紛爭？人性本惡，凡事皆首先考慮的是自身利益，正因為此才會產生心中不平，因不平又產生惡念。上位者貪圖享樂，驕奢淫逸。下位者心中不平，揭竿而起，古往今來，歷代紛爭無不源於此。」

董天將歎了口氣，胡小天所說的這些的確很有道理。

胡小天道：「帝王之家，為了皇權，父子相殘，兄弟鬩牆，這樣的事情何時停止過？倘若我們將中原當成一個家庭，列國當成他的兒女，豈不是和皇室爭權奪利的狀況差不許多？」

董天將點了點頭道：「這些事我也看到，也思量過，可是心中卻不如胡公子想得明白，聽君一言，豁然開朗。」

胡小天笑道：「每個人的選擇不同，董兄忠君愛國，選擇侍奉君主，我也想忠君愛國，無奈國不容我，朝廷對我百般猜忌，與其坐以待斃，不如奮起抗爭，其實我今日的境遇也是逼於無奈，尷尬得很，尷尬得很呢。」

兩人都笑了起來，董天將道：「胡公子不知有多少人羨慕你呢。」

胡小天道：「只看賊吃肉未見賊挨打，這世上的人多半只看到別人的表面風光，背後的苦楚又有誰知道？」

董天將又敬了胡小天一杯，鄭重道：「這次多虧了胡公子相助，為雍都免除了一場大劫。」

胡小天道：「我從未將任何一個國家當成是我的對手，其實我的領地和大雍一衣帶水，唇亡齒寒，若是鼠疫不能在初期儘早遏制住，一旦病情肆虐，再想控制就會極其艱難。」

董天將道：「胡公子的眼界和胸懷真是讓在下自歎弗如。」

胡小天道：「明日我也要離開了。」

董天將有些詫異道：「這麼快就走？」

胡小天道：「事情辦完了自然也該走了，雍都雖好，可畢竟不是我的家。」

董天將笑道：「胡公子看來家中一定有人牽掛。」他故意道：「上次紅山會館一別，不知霍將軍去了哪裡？」上次潛入鴻雁樓搜集完顏赤雄的罪證已經成為他們之間共有的秘密，也正是那件事才將他們緊密聯繫在了一起。其實霍勝男在東梁郡已經成為眾所周知的事實，董天將根本是明知故問了。

胡小天道：「她在東梁郡，如今已經成為了我的妻子。」

董天將喔了一聲，他並沒有想到胡小天如此乾脆俐落地承認，微笑道：「如此說來還要恭喜胡大人了，胡大人不但得到了一位賢內助，還得到了一位文武雙全的女將。」

胡小天道：「多謝了。」

董天將感歎道：「大雍自從先皇逝後，內亂不停，國家不寧，奸佞橫行，殘害忠良，真是讓人感慨萬千。」

胡小天道：「還好大雍有你這樣的忠臣良將，臨別之際，小弟有句話想要提醒董兄。」

董天將點了點頭道：「胡公子請說。」

胡小天道：「其實你們目前最大的敵人是薛勝景，李沉舟雖然野心勃勃，可是他畢竟還有許多顧忌，薛勝景這個人卻是不擇手段，這次的疫情和他有關。」

董天將道：「多謝胡公子提醒，此事我必然會奏請皇上調查清楚。」

胡小天道：「以董家和皇室的關係，皇上必然會聽從你的建議，只是……」他欲言又止。

董天將道：「胡公子只管說，不必有任何顧忌。」

胡小天笑道：「也沒什麼事情，在下還有事情，就此告辭，以後董兄若是遇到什麼難處，需要我幫忙的話，只管來興州找我。」

董天將聞言一怔，胡小天明明在東梁郡，為何要讓自己去興州找他？聽他的語氣好像自己會遇到什麼大事似的。他本想問個究竟，胡小天已經起身告辭。

大年初一的天氣非常晴朗，可是大街小巷卻透著清冷，這不僅僅和氣溫低有關，大街上很少見到行人，這樣的新年讓人感到落寞和淒涼。

秦雨瞳坐在車內裹著胡小天的貂裘居然已經睡去了，她太累了，兩天兩夜不眠不休，就算是鐵打的漢子也熬不住。

胡小天來到車內愛憐地望著秦雨瞳，示意車夫放緩車速，驅車離去。

車輛剛一啟動，秦雨瞳就敏感地醒來，看到出現在自己身邊的胡小天，不好意思地笑了笑：「我居然睡著了！」

胡小天道：「嗯，睡得很香，鼾聲很大，你居然還有磨牙的毛病。」

秦雨瞳紅著俏臉啐道：「瞎說！」

胡小天呵呵笑道：「餓了吧，我請你吃飯。」

秦雨瞳道：「大年初一哪有店家開業？更何況是這種人心惶惶的時候，不如咱們回去，我下廚做給你吃。」

胡小天道：「你好好休息，還是我做給你吃。」

兩人回到臨時的住處，胡小天讓秦雨瞳去休息，自己親自下廚，廚房裡備了不少的食材，還是簡融心留下的，胡小天利用現有的食材大顯身手。

秦雨瞳醒來的時候，來到客廳，看到桌上已經擺了滿滿一桌子菜，她幾乎不能相信自己的眼睛。

胡小天圍著圍裙走了進來，手中端著剛剛煎好的牛排。笑道：「我正要去叫你，沒想到你居然就醒了。」

秦雨瞳道：「飯菜的香味太誘人，看起來不錯。」她的確是餓了。

胡小天很紳士地為秦雨瞳將椅子拉開，請她坐下。

秦雨瞳頗有點受寵若驚：「無事獻殷勤，該不是又有什麼目的？」

第九章

公主的錦盒

胡小天打開錦盒一看，那枚能夠預知陰晴的碧玉貔貅，
此物乃是燕王薛勝景送給自己，後來又被他轉贈給了七七，
說起來也算得上他們的定情之物，
七七將此物送還給他是不是意味著
從此以後跟他在感情上一刀兩斷，再無瓜葛？

胡小天笑道：「這叫紳士風度，在我過去的世界隨處可見。」他解下圍裙，來到秦雨瞳對面坐下，變魔術一樣拿出了刀叉，倒不是胡小天崇洋媚外，想要打動美女的心，先征服美女的胃也不失為一個很好的途徑，胡小天的廚藝只能說是馬馬虎虎，所以只能巧中求勝，做一桌秦雨瞳沒吃過的飯菜，讓她感受一下西式風情。要說這些刀叉，還是他讓宗唐幫自己打造的。

秦雨瞳望著面前的刀叉，即便是才女也有被難住的時候，筷子呢？她有些矜持地咬了咬櫻唇，實在不知道這古怪的餐具如何使用。

胡小天笑道：「吃飯不僅僅可以用筷子還可以用刀叉，我教你，左手拿叉右手拿刀。」想要顯現出自己的淵博和深度，就必須要挑選冷門入手，秦雨瞳雖然才華橫溢，可是在西餐方面的知識等於零，於是胡小天這個半瓶子醋的西餐大廚在她面前也是高山仰止的存在了。

不得不承認，胡小天今天憋足勁做出的這頓西餐味道還真是不錯，尤其是對秦雨瞳這個從未吃過西餐的人來說，一切都是如此的新奇，原來飯菜還可以這樣做，她冰雪聰明，一會兒功夫已經將刀叉使用得純熟，切下一小塊牛排優雅地送入櫻桃小口之中，品嘗之後微笑道：「真是想不到你居然還是個烹飪高手。」

胡小天道：「上得了廳堂，入得了廚房，進得了臥房，我是全能好男人。」在這個世界除了專職的廚師之外，男人是很少主動下廚的。

秦雨曈心中暗歎，這廝真是不禁誇，還沒誇一句呢就喘上了，她輕聲道：「這是什麼菜系？」

胡小天暗笑，不懂了吧？你還以為是八大菜系？他厚顏無恥道：「我獨創的，胡氏菜系！」

秦雨曈心中雖然不信，可是過去從未吃過這樣的飯菜做法，也拿不出反駁的理由，小聲道：「很好吃。」

得到美人的誇獎，胡小天笑顏逐開。

秦雨曈道：「不如給我說說你過去的世界。」

胡小天點了點頭，挑揀著一些不同的事情告訴了秦雨曈，這廝本來就口才絕佳，舌燦蓮花，再加上他今日所說的全都是秦雨曈聞所未聞的稀罕事兒，聽得秦雨曈都呆住了。

直到這廝說得口乾舌燥這才停下來，端起茶飲了幾口。

秦雨曈意猶未盡道：「接著說，飛機的事還沒說完呢。」

胡小天道：「嗓子都痛了，反正咱們有的是時間，要不晚上咱倆秉燭夜談。」

秦雨曈俏臉一紅，焉能不知道這廝又在打什麼主意，淡然道：「誰跟你秉燭夜談。」

胡小天一臉壞笑：「我就提議，看你求知欲那麼強，不然我才懶得跟你費那麼多的口舌。」

秦雨瞳歎了口氣道：「如果當真那些天外來客的科技比你所來的那個世界更加發達，那麼就算中原列國聯手也不可能是他們的對手。」

胡小天道：「今天大年初一，咱們別聊這些沉重的話題了，還是大口喝酒，大塊吃肉，來個一醉方休。」

翌日正午夏長明就來到了雍都，他專程回來接胡小天回去，胡小天本想讓秦雨瞳和他一起返回東梁郡，可是秦雨瞳卻決定遲一些時間再回去，現在雍都的疫情雖然暫時得到了控制，可是難保以後不會再有反覆，秦雨瞳要確定疫情沒有妨礙才能夠安心離開這裡，再說神農社重新開張，這裡也需要人幫忙坐鎮，秦雨瞳和神農社的柳長生是忘年之交，神農社是柳長生的心血，她自然有義務幫忙振興神農社。

東梁郡和雍都完全是兩個不同的景象，胡小天回到這裡的時候已經是大年初三，城內處處洋溢著新年的喜慶氣氛，街道之上懸紅掛彩，鞭炮齊鳴，家家戶戶喜氣洋洋。

夏長明返回雍都接胡小天之前，眾人已經知道了主公即將返回的消息，胡小天回到府邸的時候發現很多人都在府中等他。

讓胡小天驚喜的是，梁英豪和展鵬也從火樹城回來了，在方芳的悉心照料之下，展鵬恢復得很快，雖然功力還沒有恢復到昔日的巔峰狀態，可是已經行走自如。反倒是龍曦月和維薩並不在府中，原來是諸葛觀棋的妻子洪凌雪剛剛生產，兩人都去陪洪凌雪了。

熊天霸、高遠這些胡小天手下的得力幹將也都在他的家中等候，余天星因為目前坐鎮興州，即便是新年也無法離開，李永福則駐守武興郡，常凡奇駐守東洛倉、趙武晟王伯喜則在碧心山統領整個雲澤及其周邊水系的佈防。

眾人聽說胡小天安然歸來，一個個慌忙出門相迎。

胡小天掏出早已準備好的紅包一一分發給眾人，來到展鵬面前，他用力拍了拍展鵬的臂膀，笑道：「我鐵骨錚錚的展大哥又回來了。」

展鵬笑道：「偷懶了這麼久，再不回來擔心主公都把我給忘了！」

胡小天道：「怎敢相忘，患難之情永生難忘！」他緊緊握住展鵬的雙手。

身後傳來一個爽朗的女聲道：「你們兩個既然如此情投意合，乾脆白頭到老永不分離。」

胡小天轉身望去，卻見霍勝男金盔金甲騎著一匹純白如雪的獅子驄來到了自己的身後，他哈哈大笑道：「勝男，你吃醋了！」

霍勝男笑道：「自然吃醋，兩個大男人在光天化日之下勾肩搭背，卿卿我我，看得我雞皮疙瘩都要起來了。」

胡小天走了過去，伸出手去，作勢要扶霍勝男下馬，可是霍勝男將手交給他的剎那，他卻攔腰將霍勝男整個抱了起來，霍勝男一聲嬌呼，俏臉羞得通紅，這畢竟是在大庭廣眾之下，胡小天這傢伙從來都不分場合的胡鬧。

霍勝男紅著俏臉道：「放下，放下！」

胡小天笑道：「我對展大哥跟你還是有所不同，至少展大哥不能幫我生兒子。」

此言一出，眾人全都笑了起來。

霍勝男在他胸膛捶了兩下，胡小天這才將她放下，向來豁達的霍勝男，這會兒在眾人面前也不禁有些抬不起頭來，芳心中又羞又喜，只說了句去換衣服，然後匆匆逃到府中去了。

熊天霸、高遠兩個小輩來到胡小天面前磕頭。

胡小天讓他們起來，招呼眾人去府內落座，梁英豪笑道：「主公剛到，咱們也該讓主公好好休息，等晚上再給主公接風洗塵。」他在眾人中年齡較長，人情世故比其他人懂得也多，自然明白胡小天剛到正是親人相聚之時，他們這些做部下的不可喧賓奪主，更不可壞人好事，眾人全都醒悟過來，一個個向胡小天道別。胡小天也不挽留，眾人約定當晚前往李明成府上吃飯，東梁郡太守李明成此時沒來，已經在家中準備晚宴，只為給胡小天接風。

送走了眾人，胡小天走入府中，來到霍勝男居住的院落，看到院中空無一人，來到門前，輕輕敲響了房門，聽到霍勝男的聲音道：「進來！」

胡小天微微一笑，推門走了進去。

卻見霍勝男已經卸下盔甲，換上紅裝，室內熱氣騰騰，原來這會兒功夫她已經讓人準備好了熱水，這是特地為胡小天準備的，霍勝男走上前去，關上房門，嬌滴滴道：「主公長途跋涉而來，風塵僕僕，身心俱疲，容奴婢為您寬衣沐浴。」

胡小天還從未見霍將軍如此表現過，恍惚間如同進入了一個角色扮演遊戲，霍將軍成了美女僕人，樂得胡小天張大了嘴巴，露出一口雪白整齊的牙，像極了一頭狼，一頭色狼。他笑道：「這種事一直都是維薩，怎麼好意思麻煩霍將軍呢。」

霍勝男伸出手指抵在他的胸前：「怎麼？嫌我手粗是不是？嫌我不如你的維薩溫柔體貼，伺候得不如她舒服是不是？」

胡小天腦袋搖得跟撥浪鼓似的：「沒有，絕對沒有！只是感覺受寵若驚。」

霍勝男笑道：「那就乖乖聽話讓人家伺候你一次。」

胡小天望著她的那雙柔荑：「霍大將軍是握槍的手，讓你幫我搓澡豈不是大材小用。」

霍勝男柳眉倒豎，鳳目圓睜：「快！脫衣服！」

胡小天濕淋淋從浴桶中爬出來的時候，霍勝男雲鬢散落，慵懶靠在浴桶之中，紅衫半褪，玉腿橫陳，一雙美眸半睜半閉，咬著櫻唇道：「你真是人家命中的魔星。」一聲音濕糯的幾乎可以擰出水來，本以為這廝長途跋涉而歸，應該疲憊不堪，好心幫他準備熱水，洗去一身疲憊，卻想不到他非但不見絲毫疲態，反而英勇更勝往昔，連驍勇善戰的霍大將軍也被他折騰得丟盔卸甲，連連討饒。

胡小天呵呵一笑，換上乾淨的衣服，來到霍勝男身邊低下頭去，在她俏臉之上輕吻了一記：「我去諸葛先生那裡一趟，要不要一起去？」

霍勝男搖了搖頭道：「被你折騰得半條命都沒有了，我要好好歇歇。」

胡小天道：「那你好好歇著，我去去就回。」

諸葛觀棋新得了一個女兒，洪凌雪正在月子裡，雖然請了月嫂過來伺候，可身為洪凌雪義妹的維薩仍然堅持每天都過來幫忙，龍曦月也加入其中。

胡小天剛剛來到諸葛觀棋家門前，就聽到嬰兒的啼哭聲，走入院中，看到一人正在晾衣繩上搭曬著尿布，正是諸葛觀棋。

胡小天沒有打擾他，笑瞇瞇站在一旁看著，諸葛觀棋曬好了尿布方才察覺胡小天的到來，情不自禁笑了起來。

胡小天笑道：「從未見過觀棋兄笑得如此開心。」

諸葛觀棋道：「有女萬事足！我現在總算明白為何很多人都甘當女兒奴，養兒方知父母恩吶！」

胡小天聽到諸葛觀棋幸福滿滿的話語，心中卻不覺生出感慨，自己這些年來也是勤耕不輟，紅顏知己這麼多，也從未採取過任何安全措施，勤耕不輟，可至今卻顆粒無收，估計和自己的特殊體質有關，難不成這輩子註定要絕後了？想到這裡心中隱隱感覺到有些失落。

聽到外面的聲音，龍曦月從房內迎了出來，看到寶貝公主，胡小天頓時露出會心的笑容，然而這裡卻並不是傾訴衷腸的地方，龍曦月淺淺一笑，無限深情全都在眼波之中，輕聲道：「回來了！」

胡小天點了點頭道：「回來了，方不方便看看小傢伙？」

諸葛觀棋笑道：「當然方便！正等著主公賜名呢！」

胡小天道：「這我可不敢代勞，觀棋兄學究天人，我豈敢班門弄斧，再說您才是孩子的親爹，這個機會當然留給你自己。」

諸葛觀棋呵呵笑了起來。

龍曦月道：「我已經認寶兒丫頭當乾女兒了。」

胡小天笑道：「那我就是當仁不讓的乾爹了！」他取出一個禮盒裡面裝著紫金手鐲和長命鎖，讓龍曦月去給孩子戴上，來此之前胡小天已經準備好了禮物。諸葛觀棋心中暗暗感激，胡小天對自己有知遇之恩，而且對他的關懷無微不至。

眾人一起走入房內，洪淩雪在內室，按照規矩月子裡不能見人，維薩抱著寶兒出來，胡小天接過一看，果然是粉雕玉琢的一個娃兒，那孩子跟他有緣，剛才還在啼哭，可胡小天抱在手中之後頓時就不哭了，胡小天逗弄她道：「你認不認得我？我是你乾爹，她是你乾娘！」

寶兒自然聽不懂他在說什麼，不過咧開小嘴笑了起來。

維薩欣喜道：「寶兒跟主人還真是有緣呢，她見到其他人從未笑過，唯獨對主人才是如此。」

胡小天伸手摸了摸寶兒柔嫩的小臉，將她交到維薩的手中。

諸葛觀棋微笑道：「主公，咱們還是書齋裡喝茶敘話，這裡滿屋子的奶味。」

胡小天點了點頭，和諸葛觀棋來到隔壁書齋。

諸葛觀棋取出粗陶茶具，給胡小天泡了杯茶，兩人圍著火爐坐了，胡小天將前往雍都的經歷簡單說了一遍。

諸葛觀棋點了點頭道：「最近也聽說了雍都的不少事情，主公悲天憫人，關鍵時刻能以天下蒼生為重，這份胸懷實在讓人欽佩。」

胡小天道：「悲天憫人只是其一，說來慚愧，我也不是全無私心，當時想著若是薛道銘當真死了，大雍的權力就會全都落在李沉舟和薛靈君的手中。」

諸葛觀棋笑道：「對主公來說，自然是內部權力紛爭不斷的大雍更為安全。」

胡小天道：「只是大雍目前來說，最具威脅的並不是李沉舟，而是薛勝景！」

「哦？」諸葛觀棋詫異道，論到對大雍政局的熟悉，他遠不如胡小天。

胡小天曾經將龍靈勝境的事情告訴過諸葛觀棋，在他看來諸葛觀棋知識淵博，見識超出尋常，所以他將大雍所遇鬼醫符刓的事情向諸葛觀棋詳細說了一遍，甚至連天命者和大雍敬德皇和蔣太后身後紋身的事情也沒有瞞他。

諸葛觀棋聽完不由得皺起了眉頭，他低聲道：「主公還記得當初交給我丹鼎篇嗎？」

胡小天點了點頭，那丹鼎篇是他在凌嘉紫的畫像中找到，然後又將之交給了諸葛觀棋。

諸葛觀棋轉身來到書架前，從中取出一幅圖，回到書案前，將那幅圖攤開鋪平，胡小天走過去觀看，卻見上面繪製的乃是天象圖。

諸葛觀棋道：「這幅天象圖乃是我根據丹鼎篇中的內容所繪製，這其中有不少的地方和我祖上傳下來的天象圖有所出入。」

胡小天自從得知天命者可以通過記憶傳承之後，就對凌嘉紫畫像中丹鼎篇的真偽產生了懷疑。諸葛觀棋拿出的這幅天象圖進一步證明了那丹鼎篇很可能是偽造。

胡小天道：「觀棋兄怎麼看？信不信這世上果真有天命者存在？」

諸葛觀棋點了點頭道：「自從見到主公的那柄光劍，屬下就對這些事情深信不疑了。」

胡小天歎了口氣道：「聽鬼醫符刓的意思，如果能夠找到蔣太后背後的紋身，或許我們可以通過其中的線索找到天命者，還能讓這位天命者出面阻止他的那些後輩在這個世界上胡作非為。」

諸葛觀棋道：「根據主公剛才所說，當年墜落的那艘飛船很可能就在皇陵之中。只要將飛船毀去，那麼洪北漠等人自然無法和其他的同族聯繫，那麼危險也不攻自破。」

胡小天道：「那飛船對他們如此重要，其中必然防備森嚴，洪北漠此人隱藏極深，他的實力或許遠不止我們所看到的那些。」

諸葛觀棋深有同感地點了點頭道：「興州之戰已經充分顯示出他的實力，若非龜甲戰車和震天弩的幫助，蘇宇馳未必能夠以少勝多，輕易將西川大軍擊敗。」

胡小天道：「這些武器全都來源於天機局的設計。」

諸葛觀棋道：「只是洪北漠既然擁有這麼強的實力，卻為何會在和姬飛花的爭鬥中敗下陣來？」

胡小天道：「應該是刻意所為，又或者他根本不想暴露本身的實力，避免引起太多的關注。」

諸葛觀棋道：「洪北漠、任天擎、慕容展這些人無一不是實力超群的人物，他們因何會對永陽公主如此恭敬？究竟想利用她來掩飾他們的本來目的，還是永陽公主早已洞悉了一切，和他們已經形成了默契。」

胡小天沒有說話，可心中卻已經明白，以七七的性情又豈肯被人利用，這小妮子心機深重，而且野心勃勃，為人更是冷血無情，連自己這個未婚夫她都能夠下得狠手去害，更不用說別人。也許七七就是那個天命者，或許她和姬飛花一樣都能夠接收藍色頭骨隱藏的資訊。

諸葛觀棋道：「屬下現在方才明白，為何永陽公主會主動向主公求和，原來她的最終目的並非是一統江山，而是要毀滅這裡的一切。」

胡小天的目光顯得有些迷惘，低聲道：「也許這一切還需證實。」

諸葛觀棋道：「如果永陽公主當真是主公所說的那個天命者，只需將她剷除，那麼洪北漠的計畫應該就無法成功。」

胡小天緩緩點了點頭，諸葛觀棋說得不錯，洪北漠之所以到現在仍然沒有啟動飛船，看來他在修復的過程中遇到了障礙，或是技術方面的問題，或是缺少星圖，七七如果是天命者，那麼她可以通過頭骨接受資訊，其中的資訊恰恰是洪北漠所需要的，所以洪北漠這些人才會對七七如此忌憚。

諸葛觀棋從胡小天凝重的目光，已經知道他們面臨局勢的嚴峻性，真正麻煩的不僅僅是這些強大的敵人，而是在這些強大敵人來到之時，絕大多數的人並不知道，甚至很多人還忙於內部紛爭。

諸葛觀棋道：「永陽公主究竟是什麼意思？」

胡小天皺了皺眉頭道：「我並不清楚。」

諸葛觀棋道：「主公或許應該儘快搞清她的立場，如果她當真要毀滅這裡，那麼主公也應當早下決斷。」

胡小天明白諸葛觀棋的意思，想要粉碎對方的計畫，七七或許是其中最脆弱的一環，從目前的境況來看，洪北漠應該還沒有成功將飛船修復，如果七七當真是天命者，只要將她剷除，對方的所有計劃自然瓦解，可是諸葛觀棋又摸不清胡小天的態度，畢竟永陽公主和胡小天曾有婚約，兩人雖然一度斷絕往來，可是新近朝廷主動向胡小天拋出橄欖枝，這背後必然是永陽公主在起作用。

胡小天不想在這個問題上繼續談論下去，岔開話題道：「對了，龜甲戰車和震天弩有沒有克制的辦法？」

諸葛觀棋笑道：「我新近也研製了幾樣武器，圖譜也已經畫出來了，正準備和主公商量。」

胡小天道：「我不行，這方面也不是我的專長，用不了多久宗唐就到了，有他幫你，必然事半功倍。」

諸葛觀棋也聽過宗唐的大名，欣喜道：「如果宗先生能來，當然最好不過！」

東梁郡的冬天比起雍都溫和了許多，或許是因為臨近庸江，水氣太重的緣故，這裡的夜空遠不如雍都明朗，不過卻因此而處處流露出朦朧的美，一草一木全都被模糊了輪廓，也正因為如此，夜晚顯得格外溫柔起來。

月亮猶如披上了一層薄紗，星星不知逃到了哪裡？

當晚維薩留下來照顧洪凌雪，胡小天則和龍曦月一起去參加了東梁郡太守李明成專程為胡小天設下的接風洗塵宴，胡小天借著這個機會和所有部下一起吃了頓團圓飯。作為今晚的主角，胡小天自然喝了不少的酒，離開的時候已經微醺。

龍曦月陪著他回到府上，發現霍勝男也沒有回來，留下口信說今晚要去巡查駐軍，其實她也是給龍曦月和胡小天留下一個單獨相處的空間。

胡小天發現自己真的很幸運，身邊的這些紅顏知己都懂得為他人考慮。

龍曦月攙扶著他回到房間內，親自打來熱水為胡小天擦了擦面孔，柔聲道：「你等著，我讓人熬了醒酒湯，馬上就好。」

胡小天笑道：「我又沒醉，不用醒酒湯。」他牽住龍曦月的柔荑，讓她坐在自己身邊。

龍曦月螓首低垂，俏臉微紅道：「你晚上喝了那麼多，剛才走路都晃了。」

胡小天道：「我那是故意裝醉，不然又怎麼能早點回來陪你？」

龍曦月生性矜持，雖然心中因為愛郎的平安歸來而欣喜不已，可是兩人共處一室又覺得有些不安，連她自己都不知道為什麼會這樣，小聲道：「我回去了，待會兒維薩和勝男都要回來了。」

胡小天笑道：「她們不會回來。」伸出手去撫摸龍曦月絲緞般光華的秀髮：「怎麼感覺這次回來，你跟我之間好像生分了許多？」

龍曦月小聲道：「才沒有，只是……咱們還未成親，這樣總是不好……」

胡小天呵呵笑了起來。

龍曦月有些難為情地皺了皺眉頭：「討厭啦，又笑人家。」

胡小天變魔法般拿出了一個禮盒，然後在龍曦月的面前單膝跪了下去。

龍曦月被他突如其來的舉動嚇了一大跳，跺著腳道：「你幹什麼？就說你喝多了是不是？趕快起來，讓人家看到要笑話的。」在她的心中，胡小天是頂天立地的男兒，是萬萬不可以跪下的。

胡小天將禮盒打開，裡面放著一顆鑽戒，璨如星辰的光芒讓龍曦月為之炫目，這鑽戒卻是胡小天在雍都之時委託宗唐幫忙打造。其實胡小天在雍都之時已經考慮清楚，他不可以讓龍曦月再這樣繼續長久的等下去，他們之間歷盡艱辛，經過了那麼多的波折方才走到了一起，是時候談婚論嫁了，雖然在他心目中這些紅顏知己沒有孰輕孰重，可最終要選擇一位後宮之主，龍曦月溫柔賢慧，善良寬容，而且她的身分如今是天香國的公主，是成為自己妻子的當然人選。

「嫁給我！」胡小天情真意摯道。

龍曦月咬了咬櫻唇，望著那顆鑽戒，美眸已經濕潤，雖然她心中早已認定了非胡小天不嫁，可是卻沒有想過，胡小天居然會用這樣的方式向自己求婚。她小聲道：「我們不是已經有了婚約……」

胡小天道：「我要你親口答應，我要親手為你戴上訂婚戒指，然後我會籌備一場讓你今生難忘的婚禮。」

龍曦月的芳心完全被幸福充滿了，鼻子酸酸的，眼淚不由自主就落了下來，她點了點頭，胡小天抓住她的柔荑為她戴上戒指，然後站起身來，捧住龍曦月的俏臉，深吻下去……

得知這件事之後，率先向胡小天道喜的是霍勝男和維薩，兩人非但沒有絲毫的嫉妒，反而由衷地感到高興。

胡小天今日和龍曦月說好了要去，他回來之後還沒有去探望過唐輕璇，而且簡融心和柳長生、尉遲聘婷從雍都前來東梁郡之後就暫住在沙洲馬場，胡小天理所當然應該去探望一下。

霍勝男要留在東梁郡駐守，維薩都在諸葛觀棋家裡幫忙，所以無法同去。

胡小天聽到兩人道喜，他不由得笑了起來，展開臂膀分別將她們擁入懷中，在兩人俏臉之上各自吻了一口道：「我這麼做，你們心中該不會有什麼想法吧？」

霍勝男和維薩對望了一眼，兩人都笑了起來。

霍勝男道：「什麼想法？以為我們會嫉妒是不是？」

維薩道：「換成別人或許會，可公主這麼好，我們才不會！」

胡小天心中大感安慰，信誓旦旦道：「其實在我心中對你們每個人都是一樣，並沒有任何的偏頗和不同。」

霍勝男格格笑了起來，主動在胡小天臉上回吻了一記：「好啦，別把我們的心胸想得那麼小，其實我們姐妹幾個的關係比你想像中還要融洽得多。」

胡小天在兩人的胸上分別捏了一下，兩女同時嬌呼著從他懷中掙脫開來，胡小天笑道：「分明大得很，又怎會小呢。」

霍勝男道：「還是維薩更大一些。」她們和胡小天早已突破了最後一道防線，所以彼此也時常開些玩笑。

維薩紅著俏臉，雙手捂住高聳的胸膛：「姐姐又笑人家，我去幫主人收拾行裝。」她藉口有事，飛快地逃了出去。

胡小天又將霍勝男拉入懷中，一臉壞笑道：「趁著咱們時間還來得及，要不要把射日真經再修煉一下？」

霍勝男充滿愛意地伸出手指在他鼻子上點了一下：「討厭，你腦子裡就沒點正經的事情，若是覺得精力無處發洩，去沙洲馬場有的是機會。」

胡小天笑道：「你該不是說那些馬吧？我才沒有那麼口重。」

霍勝男忍不住笑了起來：「德行，你也是名滿天下的人物，怎麼說話做事還是一副的無賴樣子。」

胡小天將臉埋在她胸膛之上，低聲道：「不管到了什麼時候，我都願意當你的小無賴。」

霍勝男緊緊抱著他，輕聲道：「對了，我想去北疆一趟。」

胡小天微微一怔，馬上就明白了霍勝男的用意，北疆之行必然和尉遲冲有關。

霍勝男道：「此次見過聘婷，再聽你說起義父的事情，我心中始終都在擔心他，大雍朝廷內部爭權奪利漸趨白熱化。那薛勝景又和黑胡勾結，北疆必將陷入空前的壓力之中。」

胡小天道：「其實就算你過去，也未必能夠改變什麼。」

霍勝男道：「儘管如此，我仍然還是想過去一趟，見見義父，我自小父母雙亡，若非義父將我撫育成人，我也不會有今日，更沒有機會遇到你。」

胡小天點了點頭，他能夠理解霍勝男對尉遲冲的感情，低聲道：「不如我讓長明送你過去。」

霍勝男笑道：「不用，你把小灰借我就行，等這邊的事情全都處理好了，我權當是去北疆遊歷散心，以我現在的武功，你也用不著為我擔心。」

這一點胡小天倒是相信，自從他們一起修煉射日真經，霍勝男在內功方面獲益匪淺，已經練成了馭氣為箭，在箭術方面甚至已經超過了落櫻宮的唐驚羽。

胡小天嘴上卻道：「還是不放心，不如在你離開前咱們把射日真經多練練。」

霍勝男俏臉之上浮現出一絲媚色，嬌聲道：「你想什麼時候練，人家什麼時候陪你練好不好？」

胡小天樂得點頭，正想說自己現在就想練的時候，卻聽外面傳來維薩的聲音：「主人，大康使臣到了。」

這次派來的使臣卻是胡小天的拜把兄弟史學東，這讓胡小天多少有些意外，畢竟史學東上次受到自己的牽累，被七七趕出了皇宮，和他老子史不吹一起回歸故里，胡小天也曾經派人給他送信，讓他來自己這裡，史學東卻始終沒有過來，其實並非是他不想來，而是他老子史不吹經歷這場宦海沉浮大起大落之後，對官場已經敬而遠之，定下家訓，嚴令幾個兒子不得再涉足政事。

可有些事並非是他所能夠決定的，七七一紙詔書又把史學東給調了回來，仍然召他入宮，還是擔任過去的職位，負責司苑局和尚膳監。

胡小天對這位義兄的到來也表示歡迎，他讓龍曦月先行前往沙洲牧場，自己則留在東梁郡接見了這位久違謀面的義兄。

史學東見到胡小天作勢要跪下去，口中道：「卑職史學東參見王爺千歲千歲千千歲！」

胡小天不等他跪下就將他一把給攙了起來，笑道：「大哥，您跟我還講什麼繁文瑣節？見外了不是？」

史學東滿臉堆笑道：「尊卑有別，兄弟您現在是王爺千歲，我還是個宮裡的太監頭兒，起碼的禮節是必須要兼顧到的。」

胡小天拉著他的手道：「你我兄弟乃是患難之交，什麼狗屁禮節，兄弟我才不在乎，在我心裡你始終都是我的好大哥。」

史學東聽到胡小天的這句話感動得差點眼淚沒落下來，他和胡小天可謂是不打不成交，兩人因為朝堂變動，家道中落，因而落罪當了太監，只不過他們兩個一個是真，一個是假。要說史學東壓根算不上什麼好人，也沒什麼真正的朋友，胡小天有句話說得不錯，患難見真情，他們是患難之交，這種感情難能可貴。史學東由衷感歎道：「富貴不相忘，兄弟這份義氣天下少有人及。」

兩人落座之後，胡小天笑道：「大哥，你此前不是說過要從此遠離朝堂，甘心平淡一生嗎？」

史學東苦笑道：「若非家父相逼，愚兄又怎會做出那樣的選擇，這個世界如此動盪，我想要獨守一片安寧根本就是一個奢望。」

胡小天有些驚訝地望著史學東，想不到這位墨水不多的義兄居然能夠發出如此文青的一番感慨，果然士別三日當刮目相看。

史學東道：「兄弟啊，不瞞你說，連我爹都被重新啟用了。」

胡小天笑道：「可喜可賀！大哥回去之後代我向史伯伯道賀，恭喜他官復原職。」

史學東歎了口氣道：「什麼官復原職，我爹去天牢當了一個牢頭兒，美其名曰給他一個監管百官的權力，可事實上等於把他給關起來了。」

胡小天心中暗笑，七七這妮子當真手腕夠辣，什麼招數都想得出來。不過他們父子兩人對七七也沒有太大的危害，按理說七七沒必要向他們下手，胡小天道：「大哥這次過來所為何事？」

胡小天發現七七往往在談大事的時候會派權德安之流，若是派史學東過來，十有八九都是談私事了。

史學東看了看周圍，這他在內宮多年所養成的習慣，小心駛得萬年船。

其實胡小天早已將其他人摒退，房間裡只有他們兩個罷了，微笑道：「大哥放心，在我這裡只管暢所欲言，任何事絕對傳不到第三個人的耳朵裡。」

史學東不好意思地笑了笑，他顯然是過慮了，以胡小天的頭腦怎會犯如此低級的錯誤，端起茶盞飲了口茶，清了清嗓子道：「其實我這次是受了公主殿下的委託而來，她托我送給你一樣東西。」他小心取出一個錦盒遞給了胡小天。

胡小天接過錦盒，打開一看，其中放著那枚能預知陰晴的碧玉貔貅，此物乃是燕王薛勝景送給自己，又被他轉贈給了七七，說起來也算得上他們的定情之物，七七將此物送還給他，是不是意味著從此以後跟他在感情上一刀兩斷再無瓜葛？

史學東壓低聲音道：「公主殿下還讓我轉告你一句話。」

胡小天點了點頭。

史學東道：「我錯了！」

胡小天皺了皺眉頭。

史學東或許是認為自己這句話引起了胡小天的誤會，慌忙解釋道：「她讓我跟你說她錯了。」

胡小天呵呵笑了起來，臉上的表情充滿了懷疑。

史學東道：「她先免了你的罪責，然後封你為王，現在又通過我跟你道歉，看來永陽公主還是喜歡你的。」

胡小天問道：「你相信她會有誠意嗎？」

史學東笑道：「我不是你，老弟你英俊瀟灑，高大威猛，玉樹臨風，風流倜儻，絕對是人中呂布，馬中赤兔，但凡是女人又如何能夠抵擋得住你的魅力呢？換成是我也會後悔不已，痛心無比，別說是認錯，就算被你狠狠虐待一頓，只要能夠獲得你的原諒也是心甘情願。」

胡小天歎道：「多日不見，你依然還是那麼賤！」

史學東嘿嘿笑了起來，人一旦拍馬屁拍習慣了，奉承的話自然脫口而出。

胡小天道：「以你對永陽公主的瞭解，她是不是一個感情用事的人？」

史學東很用心地想了想，然後很用力地搖了搖頭。

「依你之見，她讓你過來究竟是何用意？」

史學東道：「還用問？肯定是要跟你搞好關係，你現在實力這麼強，她肯定是對你有所忌憚，所以才對你進行懷柔，讓你不要跟大康作對。」

胡小天點了點頭。

史學東又道：「別看她年齡不大，可是心思縝密，心狠手辣，冷酷無情，兄弟千萬不要上她的當才好。」

胡小天道：「她明明知道咱們是結拜兄弟，卻還要派你過來，究竟是何目的？以她的聰明才智，應該可以猜到你在我面前一定會暢所欲言，說不定連你此刻罵她她都能夠猜得到。」

史學東聽他這麼說嚇得臉都白了，轉過身去，有些擔心地望著身後，似乎身後當真站著七七一般。

胡小天看到他惶恐不安的樣子不禁大笑起來，起身拍了拍史學東的肩膀道：「別怕，你分析得不錯，如果她當真是這麼想的，我又當怎麼應對才好？」

史學東道：「我那點兒見識還是別說出來讓你笑話了。」

胡小天道：「說！」

史學東道：「其實這方面你應當是高手，對付女人無非就是一個哄字，無論她是不是騙你，你必須要騙她，她既然主動向你認錯，你索性裝作大氣一點，就說原諒她了，然後約她相見，看她到底敢不敢來？」

胡小天笑瞇瞇望著史學東，這貨好主意沒有，歪主意一大摞，不過聽聽倒也無妨。

史學東道：「她若是不敢赴約，就證明她道歉根本全無誠意，她若是敢去，你就找機會給她來個霸王硬上弓，只要把生米做成熟飯，她對你自然會服服貼貼。」

胡小天假惺惺道：「這麼幹是不是太卑鄙了？」

史學東道：「成大事者不拘小節，別看有些女人表面高貴傲慢，可越是清高冷淡的女子，骨子裡越是騷媚入骨，只要嘗到這男女的滋味，嘿嘿……」他沒有繼續說下去，一臉的曖昧和猥瑣。

胡小天心中暗歎，幸虧這廝被喀嚓當了太監，不然以他過去的秉性還不知要禍害多少良家婦女。

胡小天道：「那你就幫我轉告她一件事。」

史學東樂呵呵點了點頭。

胡小天道：「告訴她今年五月初八是我的大婚之日，我準備前往雲澤舉辦婚禮，希望她能夠賞光。」

史學東聽完他的話，一顆心頓時涼到了半截，就算他敲破腦袋也不會想到胡小天居然會讓他傳達這個消息，七七若是得知胡小天大婚的消息，怕不是要惱羞成怒，盛怒之下搞不好會砍了自己的腦袋，他哭喪著臉道：「兄弟，你這是把我推上絕路啊。」

胡小天笑道：「怎地？我結婚又怎地為難了你？」

史學東道：「你結婚，新娘不是她，以她的心性豈能咽下這口氣？」

胡小天道：「是她向天下宣佈跟我解除婚約，是她不要我在先。」

史學東苦笑道：「兄弟難道不瞭解女人的心思，女人遇到心愛的東西多半是寧願毀去也不願意便宜別人！」

胡小天道：「大哥好像很瞭解她的樣子，在她心中真正愛惜的只有她自己。」

史學東道：「就算她不想要也一樣不想讓別人得到，這就是佔有慾！」

胡小天發現史學東今天居然靈光迭現，金句頻出。他笑道：「你只管放心，她一定不會為難你。」

史學東歎了口氣道：「反正我是賤命一條，也沒什麼好怕的了。」

胡小天道：「她雖然心狠手辣，可頭腦卻是極其清醒，冤有頭債有主，她要恨也是恨我才對。」

七七今天的心情不錯，大康最近國內的狀況轉好，剛才在朝上聽過周睿淵關於國情現狀的長篇大論，種種跡象表明，在經濟企穩回升的同時，民心也開始重新安定了下來。

洪北漠並未參加朝會，在散朝後單獨來見七七。

七七在勤政殿召見了他。

洪北漠一見七七就滿面喜色道：「恭喜殿下，賀喜殿下。」

七七表情漠然道：「何喜之有？」她對洪北漠並沒有好臉色，自從兩人合作以來，洪北漠頻頻索要金錢，然而取得的進境卻是極其緩慢。

洪北漠道：「輪迴塔建成了！」他的表情顯得異常激動。

七七的反應卻超乎尋常的平靜：「成了？」

洪北漠道：「只是還欠缺部分星圖。」他抬起頭來，目光望向七七，這最關鍵的一步還在七七的身上。

七七道：「有沒有查到那顆頭骨的下落？」

洪北漠恭敬道：「正在調查之中，相信很快就會有結果。」

七七道：「以你的能力，真想查那還不容易？」

洪北漠苦笑道：「殿下，那胡不為心機深沉，狡詐非常，再加上他身在天香國，我雖然派出了不少的高手，可是進展卻非常緩慢。」

七七冷冷道：「乾脆說毫無進展就是！」

洪北漠道：「也不是全無進展，我們發現徐家在天香國活動頻繁。」

七七秀眉微顰道：「徐家？」

洪北漠點了點頭道：「就是金陵徐家。」

七七道：「那又能證明什麼？」

「正在調查！」

七七極為不滿地瞪了他一眼：「說了跟沒說一樣。」

洪北漠乾咳了一聲道：「公主殿下有沒有聽說新近雍都發生瘟疫的事情？」

七七道：「倒是聽說了，應該沒有你說的那麼嚴重吧。」

洪北漠道：「不但嚴重而且比微臣說得還要嚴重得多，是鼠疫！」

七七充滿質疑地看著洪北漠道：「鼠疫會那麼容易就控制住？」

洪北漠道：「臣也百思不得其解，不過最近還有一個傳聞。」說到這裡，他故意停頓了一下。

「少賣關子，有話快說！」

洪北漠道：「傳說大雍大都督李沉舟的妻子簡融心被胡小天給拐走了。」

七七美眸圓睜，真是覺得天雷滾滾了，胡小天居然幹這種事情？錯愕之後，旋即轉為憤怒，怒視洪北漠道：「你跟我說這些作甚？」

洪北漠恭敬道：「殿下千萬不要誤會，臣之所以這樣說是想證明胡小天最近曾經在雍都出現過。」

七七道：「腿長在他身上，去哪裡都是他的自由，你也應當記得，我跟他已經沒有任何的關係。」

洪北漠道：「他畢竟是大康的鎮海王，雖然野心勃勃，可仍然屬於大康治下，若是他在大雍搞出了什麼事情，大雍難保不會追根溯源，追究到大康的身上。」

七七呵呵笑了起來：「你操心的事情還真是不少，過去本宮怎麼沒發現你會對政事那麼感興趣？」

洪北漠道：「臣對殿下忠心耿耿，鞠躬盡瘁死而後已！」

七七道：「忠誠與否不是掛在嘴上的，你是什麼人本宮心中清楚，以你的實力其實根本不用害怕我，可你卻在我的面前忍氣吞聲，逆來順受，心中只怕恨不得要把我碎屍萬段吧？」

陽穴。

法。」

洪北漠腰身躬得更低，幾乎成為了九十度：「臣從未有過如此大逆不道的想

七七道：「你不是容忍我，而是容忍……」七七伸出手指輕輕點了點自己的太

洪北漠道：「公主殿下實在是委屈死微臣了。」

七七道：「你安排一下，我想去輪迴塔看看，是否當真有你說的那般神奇。」

洪北漠道：「絕無問題。」

七七又道：「最近好像沒有見到玄天館的任先生。」

洪北漠道：「任先生行事向來神龍見首不見尾。」

七七點了點頭，揮了揮手道：「你先去吧。」

洪北漠恭敬告退，七七有些心煩意亂，抓起一旁的茶盞狠狠扔在了地上，瓷器碎裂的聲音驚動了外面的兩名小太監，兩人匆匆趕了進來。

七七柳眉倒豎，怒喝道：「誰讓你們進來的，給我滾出去！」

那兩名小太監又灰溜溜退了出去。

權德安悄聲無息地從外面走了進來，七七正要發火，看到是權德安，又按捺住心頭的憤怒。

權德安來到近前，默默蹲了下去，仔細收拾著地上的碎瓷片，輕聲道：「洪北

漠做了什麼事情，令殿下如此生氣？」

七七道：「沒什麼事情，我只是一時失手摔了茶盞，難道這麼小的事情也要向你解釋？」

權德安笑了起來：「殿下心情不好。」

七七道：「你什麼都知道？」

權德安笑道：「畢竟跟在殿下身邊這麼多年，這點察言觀色的本領還是有的。」權德安將碎瓷片清理乾淨，重新為七七沏了杯茶送到她的手裡，輕聲道：「剛才殿下摔的是您最心愛的一個杯子，老奴本想找工匠重新黏合起來，可仔細一想，就算勉強黏合在一起，這上面裂痕仍在，所以乾脆就扔了。」

七七焉能聽不出權德安話裡有話，淡然道：「權公公，你有什麼話不妨直說，不必拐彎抹角的。」

權德安道：「公主那麼聰明，老奴不說您也明白。」

七七道：「老狐狸啊，本宮發現，你們這群人果真是越老越奸。」

權德安嘿嘿笑了起來。

七七道：「本宮派史學東去了東梁郡。」

權德安道：「冤家宜解不宜結，公主殿下這麼做倒也不失為明智之舉。」

七七道：「本宮若沒猜錯，胡小天說不定會約我見面，以此試探我的誠意。」

權德安眉毛抖動了一下，低聲道：「如果他當真提出，殿下會不會見他？」

七七道：「見，因何不見？」

權德安滿面錯愕：「殿下難道不怕他會趁機加害於你？」

七七道：「害我又有什麼意義？我想來想去，我和他雖然成不了朋友，可也不至於成為敵人，西川乃是我們共同的利益所在，如今我控制鄖陽，他控制了紅木川，若是能夠集合雙方之力，收復西川並不困難。」

權德安心中暗忖，七七說得冠冕堂皇，這其中究竟有多少私心成分在內都很難說，他低聲道：「只怕胡小天不會做徒勞無功的事情吧。」

七七道：「他當然不會，可是如果有利可圖，那麼他的想法就會不同了。」

權德安道：「殿下派史學東前往東梁郡，難道不清楚這廝是胡小天的結拜兄弟？」

七七道：「正因為此才讓他去，本宮倒要聽聽，他究竟說什麼鬼話。」

說曹操曹操就到，此時小太監進來稟報，卻是史學東回來了，史學東前往東梁郡，雖然胡小天盛情款待，極力挽留，可是這廝任務在身不敢耽擱，生怕被永陽公主怪罪，得了胡小天的回覆之後，當天就趕了回來，這一路翻山涉水，也是累得不行，抵達康都甚至沒顧得上換身衣服就前來覆命。

七七看到史學東風塵僕僕的樣子，再估算了一下他來回的時間，斷定這廝沒有偷懶，端起權德安剛剛送上的香茗，抿了一口，掃了一眼跪在地下向她行跪拜禮的史學東道：「史公公起來吧！」

史學東卻沒有站起來，因為他擔心自己帶來的這個消息可能觸怒七七，若是她雷霆震怒，自己還得跪下去，索性一直跪著，省得站起來再跪下去那麼麻煩。

史學東道：「鎮海王讓小的將這樣東西轉呈給公主殿下。」

七七點了點頭，向權德安使了個眼色，權德安走過去將錦盒接過，然後來到七七面前雙手呈上。

七七接過錦盒打開，卻見裡面放著一張精美的喜帖，芳心不由得一震，暗自吸了口氣，這才將喜帖拿起，緩緩展開。

史學東嚇得幾乎跪伏在地上，心中忐忑不安，若是七七遷怒於自己，恐怕自己項上人頭不保。可讓他意外的是，七七居然表現得出奇冷靜，看完喜帖，並沒有發怒，甚至臉上的表情都沒有什麼變化，輕聲道：「史公公辛苦了，你去休息吧！」

史學東如釋重負，慌忙叩頭謝恩，轉身匆匆離去。

權德安自從七七從錦盒中拿出那封喜帖，心中就已經猜到是什麼，他內心中擔心不已，這胡小天真是夠狠，居然利用這種方式來回敬七七。

第十章

蓄謀已久的報復

胡小天怒火填膺，這幫馬賊的手段實在是太殘忍了，
他的馬隊一向都是光明正大的來往經商，
西行這條道路之上誰人不知他胡小天的名頭，
誰也不敢輕易打他貨物的主意，
更不用說搶了貨還要將他的手下趕盡殺絕，
十有八九是一場蓄謀已久的報復。

當年胡小天主動退婚，現在雙方的關係剛有點緩和的跡象，這廝就送上喜帖，真正的用意是在羞辱七七，激怒七七。權德安為七七擔心的同時卻又有些慶幸，當局者迷旁觀者清，一直以來他都認為七七對胡小天餘情未了，這種敏感的事情又不方便勸說，生怕會觸怒這位性情冷酷的小主人，而現在胡小天這麼做，等若是主動斬斷了情絲，對七七而言未嘗不是一件好事。

等到史學東出門，權德安方才小心翼翼道：「殿下，不如出去走走，散散心！」

七七點了點頭，緩步走了下來，權德安恭敬跟在她的身後，兩人一前一後出了宮門，七七舉目看了看陰鬱的天空，小聲道：「好像要下雨了。」

「春雨貴如油，對莊稼是好事，看來今年又會是一個豐年。」

七七道：「不知五月初八會不會下雨？」

權德安還不知道五月初八是胡小天大婚的日子，不由得為之一怔。

七七道：「他請本宮去參加他的婚禮，他和映月公主的婚禮！」她的語氣雖然平淡，可是此時每說出一個字都感到心如刀絞，她清楚地意識到自己在嫉妒，胡小天已經成功刺激到了自己。

權德安道：「殿下準備怎樣做呢？」

七七道：「你說得不錯，本宮困在宮裡實在太久了，是時候出去走走了。」

權德安內心一震：「公主殿下當真準備去參加他的婚禮？」

七七道：「如果他能夠順利舉行的話！」

胡小天這段時間基本上都在沙洲馬場渡過，他過得逍遙自在，平日裡就看書習武，閒暇的時間和龍曦月、唐輕璇、簡融心一起縱馬馳騁，出遊踏青。簡融心自從離開了大雍，整個人變得開朗了許多。

月朗星稀，龍曦月和簡融心一左一右偎依在胡小天的身邊，坐在沙洲馬場的草丘之上，靜靜遙望著星空。

龍曦月道：「勝男姐去了北疆，算起來也應該差不多到了。」

胡小天點了點頭。

簡融心道：「我實在不明白，為何她不肯讓夏先生相送？」她從大雍來到這裡，就得益於夏長明護送，騎乘雪雕一路而來，經歷了那場不可思議的飛行之後，大大顛覆了簡融心對距離的認知。

胡小天道：「我總覺得勝男好像有心事，她去北疆不僅僅是為了探訪義父那麼簡單。」

龍曦月咬了咬櫻唇道：「你這樣一說，我都有些擔心她了。」

胡小天笑道：「不必擔心，勝男的武功進展很快，而且箭法出眾，智慧超群，就算遇到危險也有自保的能力。」

龍曦月道：「我真的很羨慕勝男姐，可以獨當一面，不用總是帶給你麻煩。」

胡小天哈哈大笑起來：「你的打狗棒法也很不錯，只不過你性情淡泊，與世無爭，不然以你的悟性，想要成為頂尖高手又有何難？」

簡融心暗自慚愧，自己才是給胡小天增加麻煩最多的那個，自己幾乎不懂武功，而且還曾經嫁過人，又有什麼資格跟人家平起平坐。

龍曦月心思極其縝密，看到簡融心的表情就知道自己的話讓她多想了，伸出手去主動牽起簡融心的手道：「心姐，咱們去泉邊打點水來，我有些口渴了。」

胡小天微笑望著二女結伴離去，簡融心的內心深處仍然存在著自卑心理，不過龍曦月待人大度，有她的幫助，相信簡融心很快就能夠解開心結。

此時一陣急促的馬蹄聲引起了胡小天的注意，他舉目眺望，卻見遠方一騎正風馳電掣地向他所在的位置奔來，一身黑色勁裝身材火辣，卻是唐輕璇。

胡小天心中暗笑，唐輕璇本來說好了要跟他們一起出來遊玩，卻因為馬場臨時有事而留下，現在看來是辦完事情了，這妮子總是那麼心急。可唐輕璇走近，胡小天方才看到她滿臉淚痕，心中不由得一怔，起身迎了過去。

唐輕璇翻身下馬，含淚道：「小天，我大哥……大哥……他……」話未說完就已經暈了過去。

胡小天慌忙將她抱住，伸出拇指摁壓她的人中，唐輕璇這才悠然醒轉，悲悲切切道：「我大哥被人殺了……連人頭都……都被人割下……」說到這裡，她再也繼續不下去，螓首埋在胡小天的懷中大聲哭泣起來。

胡小天內心震驚不已，唐家自從為他經營沙洲馬場之後，唐鐵漢主要負責販馬之責，這些年來風裡來雨裡去，為胡小天立下汗馬功勞，不僅如此他還是胡小天的大舅子，想不到竟然落到身首異處的下場。

胡小天等到唐輕璇情緒穩定之後，方才繼續詢問，原來唐鐵漢此次前往域藍國販馬，途徑安康草原的時候，馬隊不幸遭遇馬賊，不但他們販運的馬匹被搶，而且對方還下了格殺令，唐鐵漢率領手下士兵浴血奮戰，最後仍然不敵對方眾多，唐鐵漢被亂箭射死，頭顱也被人割去。

僥倖逃生的幾名士兵逃過一劫之後，又回去撿回了他的屍體，這支三百人的馬隊，最後只有六人逃過死劫，其他人全都被馬賊將頭顱割掉棄屍荒野。

胡小天聞言不禁勃然大怒，他即刻和唐輕璇一起返回了沙洲馬場的總部。唐文正白髮人送黑髮人，也是老淚縱橫，老三唐鐵鑫因為外出辦事尚未回來，老二唐鐵成正在暴跳如雷，眼睛都哭紅了，正在召集人馬準備前往安康草原復仇，任何人都無法將他勸住。

唐鐵成雖然性情暴烈，可是對胡小天卻是極其買帳，看到胡小天回來馬上平靜了一些，他一邊抹淚一邊道：「主公，我大哥被人害死了，還有近三百名兄弟，我要去安康草原，將那幫賊人趕盡殺絕。」

胡小天伸出手去拍了拍他的肩膀道：「鐵成，你先冷靜下來再說。」他來到唐文正身邊，看到唐文正瞬間似乎蒼老了許多，輕聲歎了口氣道：「唐伯伯，您節哀順變，一定要保重身體。」

唐文正抬起頭看了看胡小天，還未說話又是老淚縱橫，轉過身去用衣袖擦乾淚水，黯然道：「什麼人這麼狠心，竟然……連全屍都不給留下……」

胡小天低聲道：「唐伯伯，眼前先處理好唐大哥的身後事，其他的事情您不用操心，我一定會還您一個公道。」

胡小天安慰過唐家人之後，來到外面讓人將僥倖逃生的那六名士兵叫了過來，這六個人也是鼻青臉腫，他們卻不是在安康草原那場戰鬥中受的傷，而是帶著唐鐵漢的屍體回來之後，被性情暴烈的唐鐵成痛毆了一頓，說起來這幾人也是無辜，冒著風險將唐鐵漢的無頭屍體護送回來，非但沒有得到獎賞反而挨了頓痛揍，不過他們也不記恨，畢竟唐鐵成失去了兄長，悲傷之下做出這種失控行為也可以理解。

幾人來到胡小天面前全都跪了下去：「主公，我等沒有保護好唐總管，請主公責罰！」

胡小天看到幾人的樣子已猜到發生了什麼事，歎了口氣道：「此事怪不得你們，你們辛苦搶回了唐總管的屍體，風塵僕僕護送而來，不但無過，而且有功。」

幾人聽到胡小天這麼說，方才放下心來，想起死去的兄弟，再想起剛才被痛揍一頓的委屈，一個個都流下了熱淚。

胡小天道：「你們幾個將經過詳細跟我說一遍，還有你們知不知道這些馬賊究竟是什麼來路？」

他們所說的情形大都和唐輕璇類似，其中一人道：「那些馬賊全都黑衣蒙面，我們並未看清他們的面貌，其中有人用胡話交談。」

胡小天皺了皺眉頭，這倒是一個線索，他追問道：「胡話？聽不聽得懂是哪國話？」幾人同時搖了搖頭，他們馬隊之中的通譯也死於這場劫殺之中，他們幾個都聽不懂是哪國話。

胡小天道：「你們當時有沒有反抗？」

其中一人道：「當時我們看到對方人多勢眾，唐總管說貨可以丟，至少以後還可以想辦法搶回來，讓我們保持冷靜不要輕舉妄動，表示那些馬匹和財產可以任由馬賊拿走，可是我們怎麼都沒有想到，那些馬賊竟然對我們趕盡殺絕，他們展開殺戮之後，我們方才奮起反抗……唐總管他……」

胡小天怒火填膺，這幫馬賊的手段實在是太殘忍了，只要稍稍想一下，這件事就並不尋常，他的馬隊一向都是光明正大的來往經商，西行這條道路之上誰人不知他胡小天的名頭，誰也不敢輕易打他貨物的主意，更不用說搶了貨還要將他的手下趕盡殺絕，十有八九是一場蓄謀已久的報復。

胡小天首先想到的就是嵇城，自從郭光弼敗走興州之後，他率領殘部就在嵇城安家，依仗著安康大草原幹起了馬賊的勾當，自己奪了他的老巢興州，難道是他策劃了這場屠殺來報復自己？胡小天越想可能性就越大，唐鐵漢的事情他不能就此作罷，不僅僅因為他和唐家的關係，更是為了要向天下人證明，誰敢動他胡小天的人，必將遭到十倍的懲罰和報復！

郭光弼狠狠給了兒子一記耳光，打得郭紹雄眼冒金星，唇角溜出了鮮血，他捂住已經隆起五道清晰指痕的面孔，愕然道：「爹，你幹嘛打我？」

郭光弼氣得手足顫抖，指著郭紹雄的鼻子怒罵道：「混帳東西，你真是氣死我也，那胡小天是什麼人？他不來惹我們就已經足夠慶幸了，你居然還主動惹他，知不知道這是太歲頭上動土？你自己作死就算了，為何要連累大家？」

郭紹雄大聲道：「你怕他，我可不怕！我率領的一千名兄弟全都黑衣蒙面，而且其中多半都是黨邑族，胡小天就算天大的本事也追查不到我們的身上，那些馬我也讓人轉賣了，根本沒有留下任何線索。」

郭光弼道：「你不怕？不怕為何要蒙住面？不怕為何不敢將那些戰馬留下？」

郭紹雄無言以對。

郭光弼怒道：「你以為將那些人斬盡殺絕就完了？搶劫發生在安康草原，這一帶有能力調動那麼多兵馬的沒有幾個，本來或許能夠僥倖躲過一場劫難，你居然還自作聰明地將那些馬匹賣了，這麼多匹馬，你以為胡小天會查不到？」

郭紹雄道：「就算追查到又有什麼好怕，安康草原那麼大，他只要出動大軍，我們往草原上一躲，想找到我們並沒有那麼容易。」

郭光弼望著這個非但幫不了自己反而處處惹事的兒子一時間不知說什麼才好，指了指大門外，怒喝道：「你給我滾出去！我不想看到你！」

郭紹雄冷哼一聲，轉身就走，出門之時險些和謝堅撞了個滿懷。謝堅招呼道：「少帥哪裡去？」

郭紹雄對他理都不理，大步就走。

謝堅望著郭紹雄的背影也不由得搖了搖頭，從郭紹雄氣急敗壞的反應來看，應該是剛剛被郭光弼一通痛責，舉目向郭光弼望去，卻見郭光弼臉色鐵青餘怒未消。

郭光弼咬牙切齒罵了句畜生，然後歎了口氣道：「謝先生來了。」

謝堅道：「少帥又惹您生氣了？」

郭光弼一臉嚴峻，將郭紹雄做過的事情向謝堅說了一遍，謝堅聽完也不由得大驚失色，驚聲道：「主公，此事非同小可，胡小天豈肯善罷甘休。」

郭光弼嘆道：「事情都已經做了，現在後悔也來不及了。」

謝堅點了點頭，低聲道：「有沒有活口逃走？」

郭光弼道：「據他所說將所有人都趕盡殺絕，並未有一名活口逃離。」

謝堅皺了皺眉頭，心中卻並不敢全信，他對郭紹雄還是有些瞭解的，這廝是個沒什麼本事的二世主，而且還自視甚高，捅了那麼大的漏子，難免會感到害怕，未必敢在郭光弼的面前說實話。

謝堅道：「要儘快讓少帥出去避避風頭，嚴控參與行動的那些人，散佈消息，將此事推到域藍國的身上，還有要儘快找到購買馬匹的商人，那商人很可能會知道內情，必須要將之剷除，以免後患。」

郭光弼點了點頭，沉聲道：「希望胡小天不會追蹤到咱們這裡。」

胡小天在深思熟慮之後，決定放棄征討郭光弼的想法，儘管郭光弼擁有最大的嫌疑，但是自己這邊並無確切的證據，征討也是師出無名，另外一點尤為重要，從興州到嵇城這一路荒無人煙，水源缺乏，於大規模行軍不利，軍需補給會成為一個很大的問題，嵇城雖小，易守難攻，而且周邊方圓五十里都是沙化的戈壁，讓攻城變得更為困難。

可真正要征討的話，這些困難也能夠克服，無非是多付出一些代價罷了。自從鄖陽一戰之後，郭光弼的勢力已經被徹底清除出了庸江流域。胡小天也不再將他視為對手，原本打算任由這廝在那座邊陲小城自生自滅，卻想不到發生了這件事情。鄖陽一戰證明郭光弼及其手下的那幫人只不過是烏合之眾，並無太強的戰鬥力，只要將郭光弼剷除，其手下必然作鳥獸散。這才是胡小天決定選擇親自前往並解決這件事的原因，唐鐵漢於他不僅僅是手下，還是大舅子，此事他必然要儘快給唐家一個公道。

唐鐵成雖然準備前去，卻被胡小天拒絕，他性情衝動，而且因大哥之死被仇恨蒙蔽了雙目，胡小天擔心他跟著去會壞事，這廝又不肯老老實實待在家裡，乾脆讓人將唐鐵成軟禁起來，以免他壞了大事。

此行他帶上了唐輕璇，一來帶著她前往復仇，二來也是為了讓她出門散心。剛好宗唐從大雍來到東梁郡，聽聞胡小天要去嵇城，主動提出陪同前去，他過去曾經多次前往西域購置貨物，對那邊的情況也非常熟悉，加上精通各種語言的維薩，天生神力的熊天霸，擅長挖坑打洞的梁英豪，又集結了一支五十人的精銳隊伍，一行人扮成商隊，乘船沿著庸江逆流而上，在興州登陸之後，一路向西而行。

從興州到嵇城就算日夜不停的趕路也需要半個月的時間，途中胡小天儘量開導唐輕璇，一邊打聽消息，一邊流覽沿途風光，凡事不可操之過急，胡小天深諳欲速則不達的道理。

離開興州之後，眼前所見的植被就越來越少，雖然已經到了初春時節，可是戈壁灘上仍然是一片死氣沉沉的景象，開始的時候，眾人對這廣闊無垠的塞外風光還有濃厚的興致，可一連幾日看到的全都是這樣的風光，單調的色彩讓人開始覺得無趣了，再加上中途遭遇了一連三日的沙塵暴，一個個都被吹得灰頭土臉。

臨近嵇城的時候這場肆虐多日的沙塵暴總算平息了，天空蔚藍，一絲雲兒都沒有，太陽直射下來，強光刺得眾人幾乎睜不開眼睛。

熊天霸黑黝黝的面孔現在有些發紫了，他用雙手在額頭搭了個涼棚，遮住強光向遠方望去，嘴裡嘟囔著：「娘的！夜裡凍死個人，白天曬死個人，我這張臉都快被風沙打成大麻子了，以後還要找媳婦兒呢。」

一旁梁英豪哈哈大笑起來：「就你這樣子，長得跟個大馬猴似的，誰家閨女願意嫁給你？」

熊天霸道：「蘿蔔白菜各有所愛，不一定長得英俊才有美女喜歡，臭豆腐夠臭了，可也有不少美女搶著吃！」

周圍人都被這廝的話引得笑了起來，宗唐哈哈大笑道：「我看熊孩子說得在理。」

梁英豪道：「我怎麼聽著他話裡有話呢。」故意向胡小天看了一眼。

胡小天嘿嘿笑道：「我也這麼認為，熊孩子，你看我不爽是不是？」

熊天霸慌忙搖頭道：「三叔，您可別聽梁叔瞎起哄，我可沒有說您的意思，您長得那是真英俊，別說美女喜歡，我都喜歡你。」

眾人笑得越發歡暢。

胡小天笑罵道：「我對你這隻大馬猴可沒興趣。」

唐輕璇仍然神不守舍騎在馬上，落在隊伍後面顯得落落寡歡，維薩一直都陪在她的身邊，小聲道：「輕璇姐姐，他們聊什麼這麼熱鬧，不如咱們也過去聽聽。」

唐輕璇輕聲道：「你去吧。」

維薩知道她還沒有從喪失兄長的痛苦中走出來，有些同情地望著唐輕璇，此時忽然聽到前方胡小天道：「兄弟們，前面就是嵇城了！」

歷經半個月多月的艱苦跋涉，一行人終於來到了此行的第一目的地嵇城，其實發生那場屠殺的地方距離嵇城向西還有一百五十里，按照計畫他們還是要前往那裡的，不過他們辛苦多日，需要在嵇城休息調整一下，順便打探一些消息。

進入嵇城，發現城門處盤查很嚴，他們這次是以商販的身分前來，也帶了一些貨物，主要是茶葉和絲綢，梁英豪走過去偷偷塞了銀子給衛兵，那衛兵果然行了個方便，只是裝腔作勢地搜查了一下，然後就予以放行。由此可見郭光弼治軍不嚴，手下的這幫烏合之眾根本談不上任何的戰鬥力。

他們在嵇城早有佈局，嵇城的風沙堂就是唐家用來中轉的商行。

商行目前的老闆傅興也是唐家的老人，又和唐文正是結拜兄弟，其忠誠毋庸置疑。胡小天一行徑直來到風沙堂。除了唐輕璇之外，其餘人並未暴露身分。傅興得知大小姐親自到來，慌忙出迎，將眾人全都迎接到商行裡面，安頓好之後，傅興來到唐輕璇所居住的小院拜會。

傅興參拜之後，歎了口氣道：「大小姐，大少爺這次販馬，並沒有選擇通過嵇城，我在事前也沒有得到通知，直到出事之後，方才知道。」他首先還是要解釋清楚，自己並不是不想幫忙，而是壓根不清楚唐鐵漢的蹤跡。

唐輕璇輕歎了口氣道：「傅叔叔，你和我爹是結拜兄弟，我們自然信得過。」

傅興道：「這些天我始終都在打聽消息，可是並未聽說郭光弼一方有過任何的行動，而且在馬市之上並未見到一匹唐氏的馬匹。」

一旁胡小天皺了皺眉頭道：「這就有些奇怪了，如果是馬賊所為，他們搶走了馬匹一定會選擇儘快銷贓，就這一帶而言嵇城應該是最好的選擇。該不會是此地無銀三百兩？」他向傅興道：「這裡最近的馬市除了嵇城之外，還有什麼地方？」

傅興道：「安康草原西北，有黨邑族人的部落，每月十五月圓之日，黨邑族人就會到穆崁兒河畔，一個叫歸墟的地方集會，不少商人也會去那裡交易販賣，或許那些馬賊將那些馬匹送到了那裡。」

胡小天點了點頭：「郭光弼方面有什麼動靜？」

傅興道：「沒什麼動靜，好像一切如常，只不過聽說郭光弼並不在城內，去安康草原圍獵，或許要一段時間才能回來。」

胡小天心中暗忖這廝倒是逍遙自在，這次既然來了，必然要將這場血案查個水落石出，不過無論背後真凶是不是郭光弼，此番都不能白來，他要順便將郭光弼幹掉，只要郭光弼一死，嵇城必然不攻自破。

眾人休息盤整的時候，胡小天和維薩兩人去了城內閒逛，一來遊覽一下這邊陲小城的風貌，二來可以打聽一下消息。

嵇城很小，城內的駐軍也只有五千人，帥府前方戒備森嚴，距離帥府東南不到一里的地方就是嵇城馬市，馬市是嵇城最為繁華熱鬧的地方，雖然名為馬市，可事實上這裡什麼都賣，因為嵇城是東西交流的重要驛站，不少商隊都選擇在這裡停留補給，所以市場也格外繁榮。

胡小天買了幾樣特色商品，趁機和攤主攀談，不過從這些攤主那裡並未聽到太多有用的消息，多半人都不知道外面發生馬隊被劫的事情。

維薩則去和其他各族商人攀談，有一個消息引起了他們的注意，原來郭光弼從興州逃到這裡之後，他手下原本的五萬士兵因為不少受不了辛苦，在途中逃走者比比皆是，等到了嵇城，手下只剩了不到兩萬人，於是郭光弼開始招募兵馬，因為黨邑族和域藍國發生戰鬥，被域藍國軍隊擊敗，於是很多黨邑族人投入了郭光弼的軍中。現在郭光弼對外宣稱兵馬四萬餘人，實際上也不過三萬左右，其中還包括了近萬名黨邑族人。

黃昏時分，兩人回到風沙堂，走入大門就聞到一股烤肉的香氣，卻是傅興專門準備了烤全羊，用來招待遠來的貴客。

熊天霸正眼巴巴等著胡小天他們回來，看到胡小天的身影剛一出現，就大步迎了上去，嘿嘿笑道：「三叔，您總算回來了，我肚子都打鼓了，可大家都要等您回來才吃。」

胡小天笑道：「先吃就是，不必等我。」

來到客廳馬上就發現唐輕璇並不在列，胡小天知道她心情不好，仍然一個人躲在房中，維薩道：「你們吃吧，我去陪她。」

胡小天點了點頭，在傅興的引領下來到桌旁坐下。

宗唐也出門逛了一趟，而且收穫不小，買了一把正宗的西域精鐵彎刀，此時正愛不釋手的欣賞呢。胡小天來到他身邊坐下，笑道：「刀不錯。」

宗唐將刀反轉，刀柄遞給胡小天，胡小天入手之後感覺彎刀頗為沉重，再看刀身之上鋪滿一層猶如龍鱗般的紋路。

宗唐道：「彎刀的鍛造工藝還在其次，材質才是最重要的，這種精鐵在中原已很少見了，如果其中加入紫金和烏金，強度和韌度都會進一步加強，完全可以打造成一把無堅不摧的寶刀，寶劍也行，公子若是喜歡，我鑄造好了送給你。」

胡小天笑道：「我有兵器了，宗大哥還是留著自己用吧。」君子不奪人所愛，再說自從他學會了破天一劍，可以化身為劍，兵器對他來說只不過是錦上添花的事情，寶刀對他已經不是那麼重要。

熊天霸厚著臉皮道：「宗叔，三叔既然不要，您就便宜我得了。」

宗唐把眼一瞪：「臭小子，貪得無厭是不是？不是送你兩柄大錘了？」

熊天霸見他不肯給只能訕訕一笑，切了一聲道：「小氣！」

梁英豪道：「你不小氣把你的坐騎送給我！」

熊天霸腦袋一耷拉只當沒聽見，這貨可不是傻子。

胡小天笑道：「來，大家長途跋涉來到嵇城，一路辛苦了，我敬大家一杯，再感謝傅老闆的盛情款待。」眾人齊聲回應。

傅興隱約也猜到胡小天的身分必然非同凡響，否則眾人也不會對他如此尊敬，他笑道：「大家太客氣了，咱們原本就是一家人，到了這裡權當是自己家一樣，有什麼需要只管明說，只要傅某能夠做到一定傾力而為！」

當晚眾人興致高漲，胡小天也特許眾人可以開懷暢飲，所有人都是盡興而歸。

胡小天卻沒喝太多，只是淺嘗輒止。酒宴散後，梁英豪悄悄來到胡小天的身邊，他一直都在留意胡小天的舉動，低聲道：「主公是不是有事要辦？」

胡小天也沒有瞞他，點了點頭道：「我準備去夜探帥府。」

梁英豪道：「我陪主公過去。」

胡小天淡然笑道：「不必了，這裡又不是什麼龍潭虎穴，我一個人應付得來。」

梁英豪道：「多一個人過去有個照應，我不會成為您的累贅。」

胡小天看到他堅持，於是答應了下來，梁英豪雖然出身草莽，可是他頭腦靈活，做事穩重老道，這些年來為胡小天立下了不少汗馬功勞。

午夜時分，胡小天悄悄起身，躡手躡腳來到門外和梁英豪會合，梁英豪已經提前在後門等待，兩人彼此交遞了一個眼神，胡小天聽到身後傳來輕盈的腳步聲，轉身望去，卻見一個嬌俏的倩影出現在他們的身後，原來是維薩尾隨而來。

胡小天向梁英豪看了一眼，梁英豪慌忙攤開雙手，表示自己絕沒有將他們夜探帥府的消息洩露給任何人。

維薩來到胡小天的身邊，小聲道：「這麼晚了，主人要去哪裡？」

胡小天將她拉到一邊，低聲告訴她自己的計畫，維薩道：「我也要去。」

胡小天苦笑道：「我是去辦事又不是去遊玩，你跟著去幹什麼？」

維薩道：「你若是不讓我去，我就將他們全都叫起來。」

胡小天真是哭笑不得，這小妮子居然學會威脅自己了，他點了點頭道：「你跟著去就是，可一定要記住，不可離開我的視線範圍。」

維薩笑道：「你放心吧，我能夠照顧好自己。」

三人出了後門，一路向帥府走去，梁英豪白天對這一帶的情況已經摸得非常清楚，帥府周圍每半個時辰就會有隊伍巡邏，帥府四角還設有角樓，角樓內有衛兵徹夜值守，不過根據梁英豪的判斷，帥府仍然有盲區，角樓上負責警戒的士兵還是有監察不到的地方。

胡小天讓維薩和梁英豪兩人就在帥府外面等候接應，他獨自一人按照梁英豪指定的地方，悄然潛行，來到帥府的院牆下，目光望向對面屋頂的梁英豪，看到梁英豪向自己做出約定的手勢，馬上就騰空而起，身軀越過外牆，然後俯衝而下，悄聲無息地落在帥府內。

按照梁英豪事先給他的帥府簡圖，胡小天悄然溜到了郭光弼起居的院落，反倒這裡是警戒最為薄弱的地方，因為郭光弼外出打獵，並不在這裡。

胡小天翻牆進入院落之中，看到院內每個房間都是一片漆黑，顯然空無一人，他先來到郭光弼的書房，抽出光劍，乾脆俐落地將門鎖切開，推門走了進去，卻見書房內找不到幾本書，反倒是博古架上放了不少的珍寶古玩，郭光弼也沒多少墨水，所謂書房也只不過是附庸風雅，他很少看書寫字。

胡小天在牆上掛著的一幅字前停下，橫幅上寫著力拔山河！雖然是豪情萬丈的四個字，可寫得是歪扭七八，蹩腳之至，胡小天心中暗笑，郭光弼臉皮也夠厚，這麼醜的字居然也敢掛在牆上。

在其中找了一圈，並未發現任何特別之物，既然來了也不能空著手離去，將博古架上的玉如意順手牽羊。

正準備離開之時，卻聽到屋頂傳來腳步聲，胡小天心中一怔，按理說維薩和梁英豪兩人不會跟隨他過來，難道這麼巧，除了自己以外，還有人夜探帥府？果不其然，那腳步聲應該是從屋頂經過，徑直向北，對方的目標應該不是書房。

胡小天將窗紙開一個小孔向外望去，卻見一道黑影出現在郭光弼的臥室前方，那黑影很順利地開了門鎖，推門走了進去。

胡小天心中暗忖，家賊啊！這廝明顯有鑰匙。他悄悄來到外面，迅速靠近臥室，卻見裡面透出微弱的光芒，卻是有人在用夜明珠照亮，從背影來看，那人的身高和自己相若，他輕車熟路，對房間的一切頗為熟悉，打開衣櫃，用隨身攜帶的匕首破開衣櫃的背板，露出後方的隔牆，此人揚起右拳，狠狠一拳砸向牆面，牆面破出一個大洞，原來中空。

那潛入者三下五除，很快就將洞口擴大，可以容納一個人出入的時候，他停了下來，從中走了進去。

胡小天等到那人的身影消失，也迅速跟了進去，他也是藝高人膽大。進入洞口之後，發現夾牆內有一道向下的階梯，胡小天沿著階梯悄然下行，看到前方光芒閃現的時候，再度停下腳步，悄悄探頭望去。

卻見那名潛入者已打開了密室大門，進入密室，裡面的財富琳瑯滿目，郭光弼做賊那麼多年，燒殺搶掠積累的自然不少，那名潛入者就是衝著他的財富而來。

胡小天看到那潛入者將隨身的口袋全都裝滿，實在是夠貪婪，胡小天悄悄摸了過去。

那潛入者裝滿了口袋，又準備開裝第二隻口袋時，一轉身卻看到一隻拳頭在眼前放大，蓬的一拳將他砸得暈了過去，手中的麻袋落在了地上，金銀散落一地。

胡小天揭開那潛入者臉上所蒙的黑布，但見此人高鼻深目，看樣子應該是黨邑族人，胡小天直接將另外一隻口袋用上了，把這廝塞入口袋之中，一手扛起那袋裝滿金銀財寶的口袋，另外一隻手將此人抱起，悄然離開帥府。

梁英豪和維薩兩人等了多半個時辰，正在擔心之時，卻看到胡小天的身影出現在帥府外，不但如此，他還帶了兩個大口袋，看來是滿載而歸。

三人會合之後，片刻不停地離開了帥府周邊。

梁英豪早就選好了藏身之處，帶著他們來到一處廢棄的民居，胡小天將兩隻麻袋都扔在了地上，梁英豪照著其中一隻口袋踢了一腳，卻聽到慘叫之聲，原來那名黨邑族小偷已經醒了。梁英豪將他放了出來，那黨邑族的小偷滿臉惶恐，看到胡小天幾人嘰哩咕嚕地說了一句。

胡小天和梁英豪都聽不懂黨邑族話，兩人大眼瞪小眼地對望著。還好有維薩在，維薩望著那黨邑族小偷，一雙深藍色的美眸綻放出誘人的光芒。

胡小天伸手遮住梁英豪的眼睛，他知道維薩要放大招了，維薩的攝魂術已經登堂入室，對付這小小的蟊賊還不是小菜一碟。

果不其然，那黨邑族小偷目光被維薩所吸引，目光頓時變得呆滯起來。神智被維薩所控制，自然知無不言言無不盡，維薩問完之後，做了個手勢，那黨邑族小偷頓時歪倒在地上沉沉睡去。

胡小天道：「他說什麼？」

維薩道：「他是帥府的馬夫，一直以來都以這個身分作為掩飾，真正的用意是要竊走郭光弼的財富，剛好郭光弼外出行獵，他趁機進入郭光弼的臥室竊取珍寶，想不到那麼倒楣居然被你遇上了。」

胡小天禁不住笑了起來，不過難掩失望，大老遠從帥府中扛出一個大漢，原本指望著能從他那裡得到一些內幕消息，可目前看來似乎並無幫助。

維薩道：「他說了一些事，說郭光弼和郭紹雄之間發生了一場激烈的爭吵，而且說他們父子二人短時間內都不會回來了。」

胡小天微微一怔：「為什麼？」

維薩道：「可能和那場屠殺有關。」

胡小天道：「你問清楚！」

維薩搖了搖頭道：「他知道的應該只有那麼多。」

胡小天低聲道：「如此看來，唐鐵漢的事情當真是他們幹的，應該是郭紹雄自作主張，郭光弼現在出去行獵，十有八九是為了躲避風頭，他擔心我會報復。」

梁英豪道：「很有可能。」他指了指在地上昏睡的那名黨邑族小偷道：「這個人怎麼辦？」

胡小天道：「不管他。」

維薩點了點頭道：「不用管他，他根本不記得發生過什麼。」她的攝魂術不留痕跡，對方不可能記得在迷失意識的階段到底發生了什麼。

穆崁兒河是安康草原最長的一條河流，蜿蜒延綿長達四百餘里，河流兩岸水草豐茂，沿著穆崁兒河兩岸生存著不少以放牧為生的塞外民族。黨邑族是其中最大的一支，黨邑族人生性勇猛好鬥，可是族內部落眾多，各個部落之間並不團結，各自為政，所以黨邑族人形同散沙，也正是這個原因，他們始終無法稱雄於安康草原。郭光弼之所以能夠來到䅶城之後不久，就能夠迅速稱霸，也是因為這個緣故。

胡小天在䅶城沒有找到郭光弼父子，所以只能繼續西行，抵達歸墟之日正是黨邑族每月一次的集市之日，各方商人彙聚於此，外來的商人大都是來購買馬匹和皮毛製品，而黨邑族人則趁著這個時機需要換購一個月所需的生活物品。

歸墟市集的最大不同就是交易多半都是以物換物，金銀只是在大宗交易的時候才能派上用場。

唐輕璇在馬市之上仔細尋找，果然讓她找到了幾匹留有唐氏印記的駿馬，這些馬匹在從域藍國購入之後就馬上被打上了烙印，主要是為了避免走失，現在成了尋找唐鐵漢死因的重要線索。唐輕璇向那賣馬人道：「這些馬你是從何處收購而來？」

那賣馬人聽不懂她的話，還是維薩走了過來，利用黨邑族話跟他一番交流，過了一會兒維薩出錢買下了他的馬匹，然後回到幾人身邊，輕聲道：「他說是從瀚爾金部落購入的，其他的他也不清楚。」

唐輕璇道：「我們這就去瀚爾金部落，找他們的人問個清楚！」

胡小天知道她報仇心切，輕聲道：「輕璇，此事不用著急，我們在周圍再看看，是否還有其他的線索。」果不其然，他們陸續又在馬市之上發現了不少打著唐氏印記的駿馬，他們全都購買下來，通過詢問知道，這些馬匹大都是從周圍黨邑族部落而來，不只是瀚爾金部落，還有其他的不少部落，不難看出對方是在故布疑陣，查出馬的來源並不容易。

唐輕璇看到線索越查越亂，急得就快落下淚來，她恨不能現在就找出兇手為大哥報仇。

胡小天安慰她道：「輕璇，你不必心急，就算咱們將安康草原翻個底兒朝天，也要將兇手找到。」其實他心中已經初步鎖定了兇手，只是在茫茫草原之上尋找郭光弼父子的蹤跡也不是那麼容易。

宗唐此時輕輕拉了拉胡小天的衣袖，指了指遠方，胡小天舉目望去，卻見前方有一張熟悉的面孔出現在事業之中，正是大雍富商昝不留。這個世界說大不大說小不小，沒想到在這邊陲之地也能夠遇到老熟人，想起昝不留和薛勝景的關係，胡小天不由得笑了起來，難不成燕王薛勝景也逃到了附近？真要是如此的話，自己倒要好好跟他算算帳了。

昝不留正和一個黨邑族商人談笑風生，卻看到一人徑直朝著自己走過來，他舉目望去，吃驚不小，胡小天現在雖然易容，可是他在雍都之時就以這幅模樣前往拜會過昝不留，所以昝不留對他的這幅面孔並不陌生。

胡小天揚聲道：「昝兄，雍都一別數月不見，想不到咱們在邊塞重逢，哈哈，你我還真是有緣！」

昝不留的表情顯得極其古怪，硬生生擠出一絲笑容：「王爺……」話未說完已經遭遇對方凌厲的眼神，昝不留呵呵笑了起來，笑聲中透著說不出的尷尬。抱拳深深一揖，胡小天也還了一禮，微笑道：「燕王爺也跟昝兄一起嗎？」

昝不留低聲道：「我和燕王早已沒有聯絡了。」

胡小天點了點頭，向周圍看了看。

昝不留馬上道：「我此番前來乃是為了前往域藍國經商，剛巧路過歸墟，所以才來湊個熱鬧，看看有沒有什麼稀罕貨品，沒想到居然在這邊塞之地遇到了胡公子。」

胡小天微笑道：「昝兄若是不說，我還以為你是專程來找我的呢。」

昝不留乾咳了一聲道：「聽聞公子五月大婚，我還以為公子正在忙於準備婚禮呢。」

胡小天笑道：「本想讓人給你送去請柬，在這裡遇上了，剛好直接跟你說一聲，到時候你可一定要來哦！」

昝不留連連點頭道：「一定，一定！昝某從域藍國回來，直接就去參加公子的婚禮。」

此時宗唐幾人也走了過來，昝不留跟他們大都是認識的，心中不由得暗歎，胡小天何時把宗唐也收攏了過去，其人的魅力果然非同尋常。昝不留主動相邀道：「胡公子，我的營地就在不遠處，若是公子有空不如屈尊移駕，咱們飲酒敘舊如何？」

胡小天欣然應允，集合眾人向昝不留的營地而去。

他向維薩招了招手，維薩縱馬來到他的身邊，胡小天以傳音入密道：「昝不留是個老滑頭，回頭找機會控制他的心神，我問他點事情。」

維薩向胡小天淺淺一笑，風姿無限。

胡小天望著維薩紅撲撲的小臉，鼓鼓的小胸脯，心頭一熱，又以傳音入密道：「今晚乾淨了嗎？」

維薩紅著俏臉咬了咬櫻唇，輕輕嗯了一聲，照著馬兒抽了一鞭子，迅速奔到前方追逐唐輕璇的腳步去了。

胡小天樂呵呵望著維薩的倩影，身後宗唐縱馬趕了上來，低聲道：「昝不留這個人很不簡單，他的興隆堂遍佈天下，其實力在大雍屈指可數。」

胡小天不緊不慢道：「若無背景怎能經營到如此的地步。」自從他知道昝不留和薛勝景相互勾結之後，就漸漸明白昝不留為何能夠積累如此驚人的財富，其背後有燕王薛勝景支持，薛勝景不方便做的事情，昝不留可以代勞，這廝其實就是個官商。現在想起當初昝不留敢在大雍對大康封鎖經濟之時偷偷經營，牟取暴利，也不是沒有原因的。若無夠硬的後台，誰敢做這種瞞天過海的事情？不過昝不留也沒做過危害自己利益的事情，即便是在薛勝景的關係上有所隱瞞，也是出於利益的需要。

昝不留的營地距離集市只有三里的距離，一望無垠，宛如綠色大海般的草原上，點綴著二十多個營帳，營帳外還有近五十輛車馬，昝不留的商團規模不小。

昝不留就讓人在草原之上點燃篝火，宰殺牛羊，款待胡小天一行。

酒至半酣，昝不留方才道：「胡公子這次來安康草原所為何事？」

胡小天道：「昝兄沒聽說新近發生在這裡的一起劫殺血案嗎？」

昝不留皺了皺眉頭道：「倒是聽說過，說是有一支三百人的商隊在安康草原遇襲，所有人都被殺了個乾乾淨淨，馬賊搶走了所有貨品，留下近三百具無頭的屍體。」說到這裡他停頓了一下，低聲道：「難道那是您的商隊？」

胡小天點了點頭。

昝不留這才明白胡小天因何來到這裡，歎了口氣道：「我在這條商路上來回無數次，縱然有馬賊，也很少害命，畢竟盜亦有道，我看這次或許不僅僅是謀財那麼簡單。」

胡小天道：「應該是報復吧。」

昝不留道：「什麼人這麼大的膽子，竟然敢跟胡公子作對？」

胡小天笑瞇瞇道：「這世上有眼無珠的人實在太多，我這些年也得罪了不少人，想要報復我的也不在少數。」他看了昝不留一眼道：「想找到一個可以信賴的朋友不容易，想找幾個敵人卻容易得多。」

昝不留聽出他話裡有話，端起酒碗，卻發現酒碗已經空了。

胡小天使了個眼色，維薩主動拿起銅壺去給昝不留倒酒。

昝不留頗有些受寵若驚，目光和維薩接觸，只覺得維薩一雙深藍色的美眸明澈無比，可是卻讓人無法看透，讓人從心底生出忍不住想要透過她的雙眸窺探她內心的想法，一時間目光竟然無法脫離維薩的雙眸。

其實身為主人這樣看客人的女眷絕對是一種不禮貌的行為，胡小天不露聲色，其餘人因為胡小天和昝不留談話都躲得很遠，並不清楚這邊發生了什麼。

維薩柔聲道：「昝先生為何不喝？」

昝不留喃喃道：「喝……喝……」目光迷離，此時腦海之中竟然迷迷糊糊，空白一片。

胡小天以傳音入密道：「你問問他跟薛勝景到底是什麼關係？」

維薩點了點頭，輕聲問道：「你和燕王薛勝景究竟是什麼關係？」

昝不留道：「我們合作多年，一直以來，我在明他在暗，他為我擺平朝廷之事，我負責解決他不便出面的事情。」

胡小天微微一笑，從昝不留的這番話就已經可以斷定他已經被維薩迷失了意識，現在所說的一切根本不受大腦控制。

維薩向胡小天笑了笑，因為昝不留此人意志力較強，最好還是由她親自控制發問，按照胡小天的話又問道：「你這次來又是為了什麼？」

昝不留道：「奉王爺之命前往域藍國為他解決一些事情。」

「王爺現在何處？」

「不知道，王爺做事謹慎，我只知道他離開了雍都，至於具體在哪裡，我也不清楚。」

「唐鐵漢的馬隊究竟是被何人劫殺？」

昝不留搖了搖頭：「不知道。」

胡小天不由得皺了皺眉頭，看來昝不留或許當真不知道，他的目的應該是前往域藍國，湊巧經過此地。

維薩道：「你去域藍國做什麼？」

昝不留道：「王爺讓我去找一個人。」

「什麼人？」

昝不留道：「霍小如！」

胡小天內心劇震，霍小如竟然去了域藍國，這倒是一個意外的收穫。他已經知道薛勝景和霍小如實為父女關係，可是霍小如在渤海國對自己避而不見，卻不知是什麼緣故？

維薩道：「找她做什麼？」

昝不留搖了搖頭道：「我也不知道，反正王爺給了我一樣東西，說我給她看了就會明白。」

「那東西現在何處？」

昝不留拿出一塊玉牌，從表面看那玉牌並無特殊之處，可是仔細一看，上面刻著不少密密麻麻的文字，那文字胡小天並不認識，維薩精通多族語言，可是她也看得一頭霧水，向胡小天搖了搖頭，示意自己根本不認得上面的文字。

胡小天湊過去仔細看了看，總覺得這上面的文字和光劍劍柄之上有些相似，難道薛勝景和霍小如之間竟然可以用這種文字交流，如果當真這樣，霍小如是不是已經知道了不少的真相，難怪她會躲著自己。

昝不留此時皺起眉頭，顯然是在竭力和外力對抗，這種被攝魂術控制住心神的人，如同進入夢中，昝不留頭腦精明，意志力非常強大，若非維薩的攝魂術已經修煉到了一定的境界，也很難控制住他，既便如此，他會在潛意識中與之對抗。

維薩若是堅持控制仍然可以控制一段時間，但是擔心太久會被這廝察覺，而且該問的事情已經基本上問完，也沒有繼續控制他的必要，胡小天點了點頭，維薩馬上拿起了銅壺。

胡小天故意在昝不留胳膊上搗了一記，微笑道：「昝兄？昝兄！」

昝不留如夢初醒般醒了過來，目光仍然盯著維薩，維薩羞得垂下頭去，昝不留這才意識到自己失態了，尷尬地咳嗽了兩聲，正想解釋。

胡小天向昝不留道：「維薩是我的妾侍，我可從未拿她當過下人。」昝不留一張老臉羞得通紅，人家這話分明是表示不悅，這也難怪，誰的女人被別人這麼直愣愣的盯著也會不開心，昝不留慌忙道：「驚為天人，驚為天人，胡公子好福氣，好福氣啊。」經胡小天這麼一打岔，這廝只是認為自己失態，壓根就沒有想到剛才被人給迷魂了。

胡小天卻並沒有給他好臉色，起身道：「吃飽喝足，我們也該告辭了。」昝不留連忙挽留，胡小天卻已經揚長而去，望著胡小天一行人的背影，昝不留心中暗歎，自己今天實在是失態了，這一生也算得上閱美無數，可過去也未曾這樣失禮過。

胡小天他們離開昝不留的營地之後，又前往歸墟的集市和梁英豪等人會合，剛才他們過來，梁英豪和熊天霸則留在集市繼續打聽消息，希望能夠有所發現。

來到會合地點，卻見梁英豪喜滋滋迎了上來，胡小天向他使了眼色，梁英豪會意，並沒有當著唐輕璇的面說，跟著胡小天來到一旁，低聲道：「有幾個黨邑族人形跡可疑，一直都在暗中跟蹤著我們。」

胡小天道：「有這回事？」

梁英豪點了點頭道：「我讓兄弟們暫時不要輕舉妄動，又故意在集市上四處詢問，發現那人始終在後方跟蹤，明顯是衝著我們來的。」

胡小天道：「那些人現在何處？」

梁英豪道：「還在附近，幾個人輪流跟蹤我們，我讓熊孩子暫時分開，悄悄跟蹤他們。」

胡小天點了點頭，梁英豪辦事老道，他非常放心，熊天霸也是個粗中有細的小子，大事上並不糊塗。梁英豪暫時沒有採取行動，而是讓熊孩子來了個螳螂捕蟬黃雀在後，這樣的應對無疑是正確的。

胡小天想了想，讓他暫時不用向大家散佈這個消息，他們繼續在市集上閒逛，公開收購打上唐氏印記的馬匹。既然有人跟蹤，就證明這些人已經留意上了他們，在找不到線索的前提下，故意製造影響，等待敵人主動送上門來也不失為一個很好的辦法。

胡小天出手闊綽，他們在集市之上大肆收購的做法自然引起了不少人的注意，與此同時，胡小天又派人去查探昝不留方面的動靜，那昝不留在他們離去之後不久，就帶人拔營而去。

黃昏時分每月一次的市集開始散去，眾人收起營帳，趕著各自的車馬，多半前來採購的商人都是滿載而歸。

胡小天今天一共收購了六十多匹戰馬，這些戰馬的來源不一，看來那些馬賊也想過會有人前來追查，所以將馬群化整為零，分開出售給安康草原上的各個部落，千頭萬緒，源頭眾多，追查起來也並不容易。

在胡小天看來對方的這種行為並不明智，只要留下線索，有跡可循，就有被發現的可能，對方做事並不果決，想要清除隱患的辦法甚至連馬匹都不應該留下。

歸墟西北十里有一座廢棄的古堡，胡小天事先已經讓人查探清楚地形，將那裡定為當晚歇息的地點，一來古堡可以阻擋風沙，二來那座古堡地勢較高，佔據古堡之利可以方便觀察周圍的動靜。

梁英豪和熊天霸佈置警戒的時候，宗唐察覺到情況有些不對，來到胡小天身邊道：「怎麼？有敵人要來嗎？」

胡小天將梁英豪他們的發現告訴了宗唐。

宗唐道：「只要敢來，定叫他們有來無回。」

胡小天搖了搖頭道：「也許是我們過慮了，他們未必敢直接現身。」抬起頭看到前方殘破的烽火台上，一個嬌俏的身影煢煢孑立，卻是唐輕璇。

胡小天緩步向烽火台走去，還未走到唐輕璇身邊，唐輕璇就已經聽到了身後的腳步聲，幽然歎了口氣道：「我想一個人靜靜。」

胡小天來到她的身後，展開臂膀將她擁入懷中，唐輕璇閉上雙眸禁不住又抽泣起來，這些日子以來，大哥被殺的慘狀始終迴盪在她心頭，猶如夢魘揮抹不去。

胡小天柔聲道：「有我在，什麼都不用怕。」

唐輕璇點了點頭，輕聲道：「我不怕，可是……每當我想起大哥死得那麼慘，心中就異常難過，平時就數大哥他最疼我。」

胡小天歎了口氣，輕撫她的秀髮，低聲道：「你放心，我一定會為大哥討回這個公道！」在他的勸慰下唐輕璇回到了營帳之中，胡小天將她交給維薩照顧。

走出營帳，梁英豪迎了上來，壓低聲音稟報道：「啟稟大人，周圍並未發現任何異常。」

胡小天道：「不能掉以輕心，他們既然跟蹤而來，就不會輕易放棄。」

梁英豪道：「主公早點休息，今晚我和兄弟們輪流守著。」

此時烽火台上一人做著手勢，看來是有了情況。

胡小天和梁英豪兩人一起來到烽火台上，舉目望去，卻見遠方有一騎向他們所在的位置而來，從那人的樣子來看應該不是過路的客商，他策馬揚鞭，四蹄飛揚，直奔古堡而來。

梁英豪做了個手勢，在古堡外面負責警戒的四名武士同時迎了上去。

沒過多久就有人進來稟報，那人卻是昝不留派來的使者。

胡小天心中暗自奇怪，他們前腳剛走，昝不留後腳就到，而且他居然對他們的落腳地掌握得如此清楚，如果說這廝沒有跟蹤他們鬼才相信，難道此前梁英豪發現的追蹤者就是昝不留的人？

胡小天讓幾名武士將昝不留的使者帶進來，那使者來到胡小天面前躬身行禮道：「胡公子，我家老爺托我給您送一封信，請您親自過目。」

胡小天接過那封信展開一看，卻見上面寫著一行字：「今晚黨邑族集結一千人意圖襲擊公子，還請多加小心。」

胡小天看完之後將信收起向那名使者道：「幫我多謝你家老爺，就說他的這份人情我領了。」

那使者抱了抱拳，轉身離去。

胡小天將宗唐、梁英豪、熊天霸三人叫到無人之處，將這封信遞給他們看。

熊天霸道：「來得正好，娘的，我憋了一肚子的火，正想為唐叔報仇，誰敢來，我必然殺他個片甲不留。」

宗唐道：「昝不留說的話未必可信，現在咱們佔據有利地形，進可攻，退可守，若是離開這片營地，如果當真有人想要對咱們不利，咱們只怕就無險可守了。」

胡小天道：「昝不留應該不敢騙我，他或許是得到了消息，以此來賣我一個人情。」他看了看梁英豪顯然在徵求他的意見。

梁英豪道：「安康草原地勢平坦，這周圍的地形我也詢問過，全都是一望無際的大草原，就算真有人要對咱們不利，咱們逃也無處藏身。」

胡小天不禁笑了起來：「誰說我們要逃？我們不遠千里來到這裡是為了什麼？不就是為了查出唐大哥和那幫兄弟遇害的真相，如果黨邑族真敢派人來圍攻我們，就證明他們和這場屠殺案有關，我們雖然只來了不到六十人，可是我們這些人無一不是以一當十的勇士，對付他們絕無問題。」胡小天環視這座廢棄的古堡道：「現在走了，恐怕再沒機會查清真相。」

宗唐道：「公子說得雖然很有道理，但是畢竟敵眾我寡，我們恐怕難以避免傷亡。」

胡小天微笑道：「宗大哥不必擔心，我們擁有諸葛先生設計的追星連弩，還經由你幫忙調校，現在正好可以派上用場。」

梁英豪道：「就怕他們的人數不止一千。」

熊天霸道：「有什麼好怕，我一個人單槍匹馬就能幹掉他們。」

胡小天瞪了這廝一眼，這小子真是狂妄，若說他單槍匹馬可於千軍之中取敵將首級他相信，可說他一個人幹掉對方的大部隊，簡直是天方夜譚。

熊天霸也知道自己牛皮吹得太大，嘿嘿笑了笑不再說話。

胡小天道：「大家輪流值守，靜待敵人到來，我倒要看看，這些黨邑族人是否真有三頭六臂。」

眾人一直等候到午夜都沒有見到任何人發動進攻，甚至在方圓三里的範圍內連鬼影子都沒有見到一個，往往夜襲都會在選擇午夜之後的一個時辰，往往在這個時間段是人最容易疲憊，也最容易放鬆警惕的時候。

胡小天也親自參加了值守，他正準備去和宗唐換防，卻聽遠處傳來號角之聲，舉目望去，但見四面八方共有三支隊伍向城堡的方向飛速而來，他的目力雖然強勁，可是也無法在深夜之中馬上計算出敵軍的具體人數，從陣型的規模來看，對方的人數絕不是昝不留所說的一千人，應該是兩千人還要多一些。而且對方自恃實力遠遠超過胡小天一方，根本沒有隱藏行蹤的意思，遠遠就吹響了號角。

號角聲將胡小天一方全都驚醒，因為都知道今晚很可能有敵寇突襲，所以所有人都是和衣而臥，只要聽到動靜，可以在最短的時間內集結迎敵。

唐輕璇和維薩兩人也全副武裝來到胡小天的身邊，熊天霸拎著兩柄大錘興奮叫道：「三叔，派我去殺他們個屁滾尿流。」

胡小天卻只是笑了笑，他向維薩點了點頭，維薩跟隨他走到烽火台上，取出胡笳吹奏起來，蒼涼淒冷的胡笳聲隨著夜風遠遠送了出去，胡小天這方的所有人都已經提前做好了準備，利用特製的耳塞將耳朵塞住。此前胡小天發給他們耳塞的時候並未告訴他們真正的用意，只說是為了防止風沙灌入耳孔。其實真正的目的，卻是防止這些人受到維薩所吹奏的胡笳迷魂曲的干擾。

三支隊伍向這座廢棄的古堡集結，胡小天雖不會攝魂術，可是在維薩的幫助下也掌握了定神之術，知道如何抵抗，即便是站在維薩身邊也沒有受到任何影響。

三支高速逼近的隊伍明顯速度慢了下來，那些黨邑族人一個個被胡笳聲所迷，臉上流露出極其茫然的表情。

胡笳聲曲風卻是陡然一變，宛如狂風呼嘯，暴雨突襲，萬馬齊奔，胡笳聲又如無孔不入的水流滲入黨邑族人的內心深處，那一個個黨邑族人的目光開始從迷惘變得憤怒進而變得凶殘，隨著胡笳聲越來越激烈，他們如同瘋了一樣，向對方衝了上去，三支隊伍瘋狂交戰起來。

包括宗唐在內的所有人都被眼前的一幕驚到了，他們因為戴了耳塞的緣故並沒有受到胡笳聲的影響，宗唐見多識廣，他此前也曾經見識過攝魂術，只是他並沒有料到維薩這位美麗的異族少女竟然是一位深藏不露的攝魂高手。

熊天霸率領那五十名武士早已做好了血戰一場的準備，雖然熊天霸說得輕鬆，可他心底也知道這場仗不容易打，畢竟對方的人數接近他們的四十倍，在兵力絕對占優的前提下，他們想要取勝也必然會付出一定的代價。五十名精銳武士已經準備好了追星連弩，這種由諸葛觀棋設計，宗唐改良的連弩，可以連續射出十支弩箭，威力極其強大。

在他們預定的計畫中，利用追星連弩遠距離射殺占著相當重要的部分，可以說他們已經蓄勢待發，熊天霸更是做好了一馬當先的先鋒準備，可是他此時方才明白，真正決定這場戰鬥勝負的關鍵卻是看似弱不禁風的維薩。

胡笳聲越來越激烈，維薩一雙冰藍色的美眸泛出神秘莫測的光芒，和胡小天共修射日真經之後，維薩的內力也是一日千里，有了強大的內力為基礎，攝魂術修煉方面自然突飛猛進。

胡小天等人一時間完全淪為了看客，雖然維薩的迷魂曲不可能將兩千人完全影響到，可即便是如此威力也不容小覷，那些被迷失意識的數百名黨邑族人宛若瘋魔，倒戈相向，揮動武器向同伴發起瘋狂殺戮，即便是頭腦清醒的族人也不得不奮起迎擊，一時間現場亂成一團，殺聲陣陣。

就在此時，忽然聽到一陣雄渾的喇叭聲，喇叭聲滾滾而來，和激越的胡笳聲交織在一起，不同的樂曲又如一頭猛虎撲向一條蛟龍，雖然維薩的迷魂曲仍在繼續，可是這喇叭聲卻嚴重干擾到了迷魂曲的效力。

不少黨邑族猛士已經從剛才的迷惑狀態清醒了過來。

胡小天舉目望去，卻見遠方一個身穿紅褐色僧袍的番僧，手持一隻長長的喇叭，鼓足腮幫子竭力吹奏著古怪的樂曲，聲音劃破寧靜的夜色，遠播在延綿無盡的草原之上。

胡小天冷哼一聲，他抽出玄鐵劍，向宗唐道：「宗大哥負責這裡，我去幹掉那兩名喇嘛！」話音剛落已經飛掠而起，施展馭翔術猶如一隻大鳥飛向夜空。

清醒過來的黨邑族人留意到天空中的動靜，慌忙引弓施射。此時在古堡之上嚴陣以待的武士在宗唐命令下，數十支弩箭一起激發，弩箭宛如飛蝗一般射入黨邑族人的隊伍，追星連弩可以連發十支，而且黨邑族人還沒有完全從混亂中鎮定下來，一時間衝在最前方的黨邑族人猶如割韭菜一般倒了下去。

胡小天利用手中玄鐵劍來回撥打，將射向自己的羽箭盡數撥落，玄鐵劍向下劈出一道凌厲劍氣，宛如砍瓜切菜，人群中斷肢殘體飛出一片，慘叫聲此起彼伏，胡小天卻借著這一劈之力，身軀再度飛升而起，目標直指那個紅衣番僧。

與此同時，一人一馬又如一道黑雲般從殘破的古堡中疾馳而出，手中兩柄大鐵錘揮舞的猶如風車一般，正是熊天霸，這黑小子猶如猛虎下山，單人匹馬殺入對方陣營之中，兩柄大錘來回揮舞，敵人沾著即死，挨著就亡，這廝就是殺神再世，神擋殺神，佛當滅佛！

那名紅衣番僧看到胡小天從空中俯衝而下，雙目中迸射出陰冷的寒光，他的胸膛鼓起，猛然將胸腹之氣全都吐入喇叭之中，喇叭竟然解體，一道金色光環旋轉著向空中飛去，高速旋轉中，發出尖銳的嗚嗚聲。

胡小天手中玄鐵劍照著那金色光環就是一劍，噹的一聲劈了個正著，這一劍並未將金色光環劈落，只是讓它改變了方向，在空中劃出一道弧線，然後奔著胡小天的後腦再度襲來。

胡小天暗叫邪門，再一劍將之劈飛，然後加速俯衝而下，手中玄鐵劍直刺番僧胸膛。殺雞焉用牛刀，胡小天並沒有使用破天一劍，認為這一劍足以將對方擊退。

那紅衣番僧手中喇叭的長桿一抖，幻化出數百道金色光影，瞬息之間和胡小天手中的玄鐵劍碰撞了無數次，只聽到叮叮咚咚一陣怪異的聲音不絕於耳，胡小天聽得頭皮發麻，雖然他在內力方面超出對方甚多，將對方擊得連連後退，可是這古怪刺耳的聲音卻如針扎般讓他的太陽穴微微疼痛。

身後傳來古怪的嗚嗚聲，卻是那只金色的光環再度來襲，胡小天實在是有些詫異了，這玩意兒如同裝了個追蹤器，被自己接連擊飛了兩次，竟仍然可以準確找到自己的位置，目光向人群中望去，卻見人群之中，一雙陰冷的眼睛也在盯著自己，那人身穿黑色斗篷，周身包裹得嚴嚴實實，只露出一雙眼睛在外面。

胡小天反手一劍，這次改成劍身平拍，重重拍打在那金環之上，用足了十成的力量，將那金環拍得改變了形狀，歪歪斜斜落在了地上。

紅衣番僧又將嘴巴湊在了喇叭的長桿上，腮幫鼓起。他的動作畢竟比不上胡小天，胡小天手中玄鐵劍已經瞬間變向，狠狠拍在喇叭長桿的尾端。

那紅衣番僧應變不急，喇叭長桿在胡小天的重擊之下，撞碎了番僧的門牙，直搗咽喉，從這廝的頸後戳了出來。那番僧瞪圓了雙眼直挺挺倒了下去，到死也沒鬧明白自己因何死在了自己的喇叭下。

胡小天不屑地哼了一聲：「誰讓你喜歡吹喇叭！」目光卻盯著那身穿黑色斗篷之人，表情變得極其凝重，因為胡小天看到那人正向自己飄來。對方的雙足竟然沒有沾在地面上，虛浮在距離地面一尺的空中。

胡小天心中暗歎，他也見過不少的高手，除了在天龍寺所遇的緣空大師，還沒有人展現出這樣的驚人身法，胡小天內力雖然很強，可是他也無法達到這樣的地步。黨邑族中竟然藏有這樣的頂尖高手，胡小天開始意識到今晚根本是一場殺局。

對方輕聲歎了口氣道：「天堂有路你不走，地獄無門你偏進來。」

胡小天內心劇震，他從聲音中已經判斷出對方的身分，竟然是當初傳給他馭翔術的不悟和尚。

胡小天望著不悟和尚道：「師父你好！」他和不悟的確有師徒之實。

不悟漠然道：「你不是我徒弟，我也不是你師父。」

胡小天微笑道：「有些發生過的事情永遠都是無法改變的，恭喜師父重見光明。」心中隱約猜想到不悟的這雙眼睛應該是拜玄天館主任天擎所賜，上次他在皇宮出現，就是受了別人的委託對付自己和夕顏，現在他在這裡出現應該也是同樣的原因，一個武功到了巔峰級別的老怪竟然也會被人控制，足見控制他的那個人何其可怕。

不悟道：「有人讓我殺了你！」

胡小天哈哈大笑道：「還是您老人家夠坦白，誰啊？這麼恨我？」

不悟道：「看在你我一場師徒的份上，我不妨告訴你，永陽公主！」

胡小天內心一怔，可旋即就生出疑竇，七七為何要殺自己？難道是因為自己要迎娶龍曦月的事情？不對，她如果當真恨自己，以她的性情最想殺的應該是曦月才對，自己死了一了百了，七七怎能解恨，必然要讓自己痛苦終生才行，想到這裡卻發現自己居然這麼瞭解七七。大敵當前，不敢有絲毫怠慢，胡小天向不悟點了點頭道：「念在你我師徒一場的份上，你現在走，我放你一條生路。」

不悟盯著胡小天，彷彿聽到了這世界上最大的笑話，他呵呵冷笑起來：「我倒要看看你有多少分量！」

請續看《醫統江山》第二輯卷十六 內奸攻心

醫統江山 II 卷15 千幻魔眼

作者：石章魚
發行人：陳曉林
出版所：風雲時代出版股份有限公司
地址：10576台北市民生東路五段178號7樓之3
電話：(02) 2756-0949
傳真：(02) 2765-3799
執行主編：劉宇青
美術設計：許惠芳
行銷企劃：林安莉
業務總監：張瑋鳳

初版日期：2021年4月
版權授權：閱文集團
ISBN ：978-986-352-958-3
風雲書網：http://www.eastbooks.com.tw
官方部落格：http://eastbooks.pixnet.net/blog
Facebook：http://www.facebook.com/h7560949
E-mail：h7560949@ms15.hinet.net
劃撥帳號：12043291
戶名：風雲時代出版股份有限公司

風雲發行所：33373桃園市龜山區公西村2鄰復興街304巷96號
電話：(03) 318-1378
傳真：(03) 318-1378
法律顧問：永然法律事務所 李永然律師
北辰著作權事務所 蕭雄淋律師

行政院新聞局局版台業字第3595號 營利事業統一編號22759935

國家圖書館出版品預行編目資料

醫統江山 第二輯／石章魚 著. -- 臺北市：風雲時代，2021.02- 冊；公分

ISBN 978-986-352-958-3（第15冊；平裝）

857.7 109021687